我坐在这里，仿佛面对着永恒。

偶然，激情，愿望，理解，一切在我心里，

一切都在动，活动，斗争。

而我，我看着，我创造。

诉讼笔录

Le procès-verbal

J.M.G. Le Clézio

让-马·居·勒克莱齐奥

许钧 译

上海译文出版社

我的鹦鹉，仿佛是我的宠儿，唯它获准说话。

——《鲁滨孙飘流记》

我暗中有两个抱负。其中之一，就是哪一天写出这样一部小说，如若主人公在结尾一章死去，或至少患上帕金森综合征，谩骂的匿名信会劈头盖脸冲我飞来。

就此角度看，我知道，《诉讼笔录》并未完全成功。它有可能失之于过分严肃，矫揉造作，啰唆累赘；该书所运用的语言由冒牌的现实主义对话体渐变为古董学究式的夸张笔触。

不过，我并未放弃希望，日后将完成一部真正的虚构小说：类似柯南·道尔天才之作的东西，针对的不是读者真实的旨趣——大致为心理分析与阐释——而是读者的感觉。

我似乎觉得其中有着广袤的处女地需要勘察，那是作者和读者之间相隔的辽阔的冰冻区。这种勘察应借助于从幽默到幼稚在内的各种形式的感应，而不应该借用准确性。叙述者与听话者之间有着一个信赖感逐渐明确、成形的时刻。这一时刻也许就是"主动式"小说的关键时刻，此类小说的基本要素是某种逼迫感。在这一时刻，文本以淡淡的轶事和通俗色彩发生作用。就像面对一幅漫画，面对长河小说，面对廉价报纸刊载的电影小说，任何一位姑娘都不禁会发出“啊”的赞叹，以此方式填补在此之前语句之间存在的空白。

依鄙人之见，所谓写作与交流，就是有办法能让任何人相信任何事。而只有通过连续不断的，一连串的冒昧之笔触，方能最终动摇读者冷漠的城墙。

《诉讼笔录》叙述的是一个不甚清楚是从军营还是精神病院出来的男子的故事。因此，我一开始便存心提出了一个微不足道而又抽象的论题。我很少顾忌现实主义（我越来越感到现实并不存在），我希望我的小说被当作纯粹虚构的东西，其唯一的价值就在于在阅读者的脑中引起某种反应（哪怕瞬息即逝）。此类现象为侦探小说迷等所熟悉。这就是人们至少可称为游戏小说或积木小说的东西。当然，所有这一切似乎并不严肃，倘若别无长处的话，那么，使文笔轻快，给对话增添些许主动性，避免充满积尘味的描述和散发着哈喇味的过时的心理分析，就不是最微不足道的一点了。

我抱歉如此拼凑了几条理论，这是当今一种有些过分时髦的追求。我也预先请诸位原谅，尽管我做了校改，文中可能还存在用词不当与打印错误（我本该亲自打自己的书稿，可我只会用每只手的一个手指打字）。

最后，我冒昧地告知诸位，我已着手创作另一部小说，它涉及的面要广得多，并将以尽可能简洁的手法叙述一位年轻姑娘死后第二天所发生的故事。

致以

崇高敬意

让-马·居·勒克莱齐奥

A

有一回，时值酷暑，有个人坐在一扇敞开的窗前，这是个身材异常高大的小伙子，背稍有点驼，名叫亚当，亚当·波洛。他像是个乞丐，四处寻找阳光，有时坐在墙角，几乎不挪身子，一呆就是几个钟头。他从来不知自己的双臂派何用场，通常让它们顺着躯干晃动，尽可能不碰一下。他好似那些染病的动物，动作挺灵巧，藏在洞穴里，严密戒备着危险，戒备着来自地面的危险，它们以自己的皮毛为掩护，几乎与地面浑为一体，难以分辨。他躺在敞开的窗户前的一把长椅上，光着脊背、脑袋、双脚，斜对着天空。身上，他只穿着一条本色的破布裤子，汗渍斑斑，裤腿一直卷到膝盖。

黄光正面打在他的身躯上，但没有反照：黄光立即被潮湿的皮肤所吸收，未反射出一丝光亮或发出任何微弱的反光。他自己心中有数，一动不动，只是不时地把香烟送到唇间，吸上一口。

当香烟抽尽，烧到他的拇指与食指，不得不扔到地上时，他才从裤袋里掏出一块手绢，大大咧咧地揩拭胸脯，前臂，脖根与腋窝。一旦揩去一直保护着皮肤的那层薄薄的汗泥，皮肤即刻闪现出火一般的光亮，且亮中透红。亚当站起身来，较为快速地走向屋子深处，走向阴凉的地方；从扔在地上的一堆毯子中拎出一件旧棉布衬衣，不知是绒布衬衣还是平布衬衣，抖一抖，往身上一套。他一弯腰，衣服便裂开个口子，正好在后背正中两块肩胛骨间，口子裂得很有特色，像一块硬币大小，恰巧豁露出三条尖尖的椎骨，紧绷的皮肤下，像是指甲上套了一层橡胶薄膜。

亚当连衬衣的扣子也没扣，从毯子间拿出一个黄色的笔记本，像学生作业簿那样大小，本子的首页写着抬头，像是一封信的格式：

我亲爱的米雪尔：

接着，他又回到窗前坐下。此刻，衣服紧贴着他身子的两侧，为他挡住了阳光的直接照射。他打开膝盖上的笔记本，翻了翻本子里写得密密麻麻的纸张，片刻，从口袋里掏出一支圆珠笔，念了起来：

我亲爱的米雪尔：

我多么希望房子一直都空着。但愿主人不要很快归来。

近段时间以来，我所梦寐以求的生活是这样的：在窗下面对面放置两把长椅，这样到了正午时分，我就可以躺下，迎着太阳睡大觉，面前就是一片风光。听别人说，那风光美极了。要么我就迎着阳光侧过点身体，突出我脑袋的黑影。四点钟，若太阳西沉了，或者光线更直了，我就伸展开身躯，此时，太阳约摸挂在窗户的四分之三处。我看着太阳，它圆圆的，整个儿倚靠着窗台，倚靠着大海，也就是倚靠着天际，完全是垂直的。我任何时候都呆在窗前，自信所有的时光都默默地属于我，而不属于任何人。这真滑稽。我就这样一刻不停地迎着太阳，几乎一丝不挂，有时干脆赤身裸体，细细地观看着天空和大海。我真高兴人们都以为我死了。开始我不知道这座房子是废弃的，这可是不常出现的好运气。

当我下决心住到这儿来时，我带上了所有的必需品，像是去垂钓，到了夜里又摸回家，把我的摩托车推进海里。就这样，我让大家都以为我死了，我再也用不着让人相信我是个活人，而且为了让自己活着，还得做许许多多事情。

滑稽的是，一开始大家就没有注意什么；我幸亏没有多少朋友，也不认识姑娘，因为往往是这些人先来跟你啰唆，让你别再犯傻，还是回到城里去，像以前一样另起炉灶，当作什么也未曾发生过：也就是说，仍旧是老样子，咖啡、电影、铁道，等等。

我时不时到城里买些吃的，因为我吃得多，也吃得勤。谁也不询问我什么，我也没有多少可说的；这并不让我感到难受，因为多年来，人们已经让我习惯于不吭声了，我可以轻而易举地被人当作聋子，哑巴，瞎子。

他停了数秒钟，在空中转了转手指，像是放松放松；接着，他重新朝笔记本俯下身子，太阳穴上的青筋鼓鼓的，蛋形的脑壳上披着浓密的头发，任凭太阳猛烈照射；这一次，他写道：

我亲爱的米雪尔：

多亏了你，米雪尔，因为你的存在——我相信你——我与尘世才有了唯一可能的接触。如今你在工作，你常到城里去，置身于十字街头，置身于闪光信号灯中，上帝知道还置身于什么之间。你跟不少人说你认识一个十足的疯家伙，孤独一人生活在一座废弃的房子里，他们都问你，为什么不把他关进疯人院？我呀，告诉你，我并不反对，我可不怕难为情，我觉得这也不失为一种方式，就如另一种方式一样，住着一座漂亮的房子，拥有一座法兰西式的美丽的花园，有人侍候你吃喝，安安逸逸地度完人生。其余的一切无关紧要，这并不妨碍人们发挥想象力，写出类似这样的诗句：

今日，是老鼠的日子，

是出海前的最后一天

你呀，幸亏你在成堆的记忆中还隐约可见，就像在玩捉迷藏，我透过密密匝匝的枝叶，瞥见了你的眼睛，手，或头发，一想到这一切，我便再也不被表象所迷惑，声音尖利地喊叫起来：我看见你了！

他想着米雪尔，想着不论怎样，她迟早有一天将生育的那些孩子；荒谬的是，这根本无所谓，他可以等待。等时候一到他可以跟他们，跟这些孩子说许许多多的事情，比如告诉他们地球不是圆的，它是宇宙的中心，而他们是一切的中心，一切的一切，绝无例外。这样，他们再也不用担心迷失方向，而且（除非他们得了脊髓灰质炎）有百分之九十九的希望像他最后一次在海滩上见到的那些孩子一样自由自在，跟在皮球后面喊呀，叫呀，跑呀。

人们或许也会对他们说，要害怕的只有一件事，那就是害怕地球翻个个儿，他们全都头朝下，脚冲上，太阳在六点钟左右坠落到海滩上，烧得大海沸腾，烧得所有小鱼肚子全都开裂。

他身上穿着衣服，坐在长椅上，凭窗远眺；为了够着窗台，他不得不把长椅的活动插销固定在最高的一档。山丘顺势而下，坡道不算陡，也不算缓，一直延伸至公路，再越过四五米，便是茫茫海水。亚当并不是什么都看得一清二楚：沿线有众多的松树和杂树，还有电线杆，其余的一切，他只得大致猜想。有时，他没有把握，不知猜得是否准确，只好下山去：随着他向前行走，他看见纵横交错的直线和曲线一一散开，诸多物体闪烁着物质的光亮，远处，浓雾重又合拢。在此类的景观中，谁也难以断定什么；置身其间，人们多多少少总像是个滑稽可笑的陌路人，而且其表现方式令人扫兴。若您愿意，就像是患了斜视，得了轻微的突眼性甲状腺肿；随着亚当往山下走去，连房子，天空，甚或海湾的曲线也渐渐变得模糊不清。因为前面是一色的小灌木和矮林；一切都压迫着大地，酷热令空气摇曳不定，遥远的天际宛若缕缕青烟，从草丛中袅袅升起。

太阳也扭曲了某些东西：阳光下，公路化作了灰白色的薄片；有时，车辆驰过，看似一条普普通通的流线，可突然，黑色金属无缘无故地像炸弹般爆炸开来，发动机罩里迸发出螺旋形的闪光，骤然形成一圈光晕，映红整个山丘，致使山丘低头，连大气也退缩了数毫米。

这是开始阶段，真的只是开始阶段；因为后来，他开始明白了寂寞这个魔鬼到底意味着什么。他打开了黄色的笔记本，首页写上了抬头，像是一封信的格式：

我亲爱的米雪尔：

他和大家一样，也学过音乐。一次在城里，他从一个玩具商的货架上偷了一支塑料芦笛，他一直想拥有一支芦笛，得到了这支芦笛，高兴极了。当然，这是支儿童芦笛，可质量优良，是美国货。于是，每次来了兴致，便坐在敞开的窗户前的长椅上，吹奏起悠扬的小曲。他有点害怕，担心引起别人的注意。因为有些天，一些家伙带着姑娘来到房子周围的草丛中睡觉。他低声地吹着，无比轻柔，轻得几乎听不见笛声，他舌尖顶着笛孔，皱缩的笛膜似颤非颤。接着，他不时放下笛子，用指尖敲击着按其大小顺序摆成一行的空罐头盒，发出令人心宁的微微声响，像是鼓点，在空中萦绕，又好似狗的吠声。

亚当·波洛的生活就是这样。夜间，在卧室里点上蜡烛，来到敞开的窗前，海风轻轻地吹拂，他站立着，身子直挺挺的，被正午的慵懒氛围夺走的活力又充溢了全身。

一动不动，久久地呆着，为再也没有多少人的气息而自豪，等待着首群夜蝶飞来，一时在空空的窗洞前翻飞，犹豫，沉思，可挡不住那摇曳闪烁的黄色烛光的诱惑，又疯狂地跃身扑击。然后，就地而卧，身子裹着毯子，双眼直勾勾地看着蹿动的飞虫，虫子越集越多，给天花板投下无数黑影，它们飞落到火花上，滚烫的烛花四周饰上了一圈爪子，吱吱直响，空中的摩擦声，宛若锉刀在力锉花岗岩墙时发出的声音，一丝丝光迹先后窒息而灭。

对一个处在亚当这种境况的人，经过多少个春秋寒窗苦读，已经相当习惯于静思，献身于读书，可现在除了想想这些事情，避免神经衰弱之外，便无事可做，那么十有八九，仅仅恐惧感（比如恐惧太阳）就可以帮助他保持镇静，不超越其界限，一旦需要，便可回到海滩上去。亚当正是这样想的。此时，他稍稍变换了习惯的姿势：上身往前倾，脸朝向屋子深处，看着隔墙。透过自己的左肩上方，太阳光隐约可见，他极力想象着太阳俨然似一只巨大的金蜘蛛，其光线像无数的触角，遮天盖地，那触角有的卷曲，有的呈W形，紧紧地缠着悬崖峭壁，缠着天然风光中每一个突出部，每一个固定点。

其余的触角缓缓地、悠悠地蠕动着，变成枝叶，变成无数的树枝，忽而一分为二，忽而又合二为一，像珊瑚虫般反复变化。

他把这一景象画了下来，为了更有把握，就用木炭画在对面的墙壁上。

因此，他是背窗而坐，面对纷乱的昆虫爪子，面对野蛮的死死纠缠，他怎么也理不出个头绪来，随着时间一分钟一分钟过去，他内心越来越感到恐惧。看那外表，煞是特殊，如同干燥的黑煤，闪闪发亮，上面积着一层粉末，可除此之外，这纯粹像条章鱼，令人恐怖，且不吉利，那千万条触角黏糊糊的，像是马肠子。为了静下心来，他对着图画说话，目光集中到中心点，正对着那只黑煤球。那儿，蠕动着一只只触角，好似昔日被烧焦的树根；他对图画说着，话中带着些许孩子气：

你漂亮——漂亮的虫子，漂亮的虫子，走吧，你是美丽的太阳，你知道，一只乌黑的、美丽的太阳。

他知道自己摸到了门道。

确实，渐渐地，他终于重新拼凑出一个充满孩提时代那种种恐惧的世界；透过长方形的窗扉望去，天空仿佛时刻就要坠落，朝我们头上砸来。太阳亦然。他凝视着地面，猛然发现地面在溶化，沸腾，像过滤紫外线，在他脚下流淌。树木蠢蠢而动，散发出有毒气体。大海开始扩展，吞噬了灰濛濛的狭窄海滨，接着上涨，向山丘发起攻击，向他涌来，要淹没他，逼得他走投无路，将他吞没在脏乎乎的波浪之中。他感觉到某处出现了化石猛兽，就在别墅附近游荡，那巨脚发出喀嚓喀嚓的声响。恐惧感不可抗拒，愈来愈强烈，他难以抑制想象力与恐怖感：连人也变得充满敌意，残忍不堪，四肢长满了毛，脑袋缩小，摆开阵势，密密麻麻穿过田野，向前冲来，其中有吃人的，有凶残的，也有怯懦的。夜蝶扑向他的身躯，张颚咬他，用它们那柔滑如丝的毛茸茸的羽翼将他团团围住。沼泽中涌出戴盔披甲的乌合之众，有寄生虫，有龙虾，都是粗暴、神秘的甲壳动物，贪婪地撕扯下他身上的一块块肌肉。海滩布满古怪的人群，他们带着孩子，来此不知等待着什么；野兽在路上游荡，在号叫，在尖吼，那是些令人好奇的多色动物，身披的甲胄在阳光下熠熠闪光。突然间，一切全都动荡起来，生机勃勃，那是种隐秘，克制，沉重而又奇特的生命，像是一头海底巨兽。他渐渐缩进自己那个角落，时刻准备飞身跃起，奋起自卫，戒备着最后的攻击，以免成为那些创造物的嘴中之食。他又拿起刚才的黄笔记本，看了看墙上的图画，有一次画的是太阳，他动笔给米雪尔写道：

我亲爱的米雪尔：

我承认，在这儿，在这座房子里，我有点儿害怕。我想，如果地上躺着你一丝不挂的躯体，映着阳光，我可以从你那柔滑、温暖的肉体中辨认出自己的肉体，那我就不需要这一切了：就在我给你写下这几行字的时候，你猜猜，在长椅和踢脚板中间，恰好有一块狭长的空间，就像手套一样，对你合适不过；这地方丝毫不差，正好跟你同一长度，一米六十一，我觉得它的宽度也不会超过你的髋围，八十八点五厘米。对我来说，地球已变得一片混沌，我害怕恐兽，直立猿人，尼安德特人（吃人的），更不用说恐龙，迷龙，翼指龙，等等。我害怕山丘变成火山。或者北极的积冰融化，导致海水上涨，将我淹死。我害怕下面海滩上的人。沙滩正变成流沙，太阳正变成蜘蛛，孩童正变成龙虾。

亚当很快又合上笔记本，用前臂支起身子，望着外面。没有任何人来。他估算着下山到海里去洗个澡，再上山，需要多少时间。天色已经不早，他不太清楚已经多久没有走出这座别墅了，也许已有两天，或许还更长。

只要看一眼，就知道他只以饼干充饥，那是从一个商店买来的削价华芙饼干。他经常感到胃痛，声门四周发酸。他俯身倚靠着窗台，细细观看着右前方两座山丘间隐约可见的那一小片地区。

他点了一支烟，他最近一次出门新买的八包零售烟就剩下最后这几支了，只听得他高声说道：

“去城里顶个屁用？很有必要像我这样，做一些另一个世界的事情——害怕了，是的——以为要是我不去那儿，他们就会来杀我的，对，对——我明白，我丧失了心理反应能力……可是从前呢？从前，我可以做这，或做那，而今，众多的事情都向我表明，一切全都了结了。亚当，他妈的，要我到那些破烂房子中去，听他们鬼喊鬼叫，争吵不休，让我孤独一人呆在墙旮旯里听别人说，做不到。迟早总要失口说出个把字，说声是呀，谢谢，对不起什么的，还有什么今晚天气真美，可是，得承认是这样，昨天，我直接出了中学校门，应该，也许是应该结束那些傻事了，那纯粹是无话找话，纯粹是废话，蠢话，混账话，弄得我今晚呆在这个鬼地方，缺乏新鲜空气，没有烟抽，时刻都经受着营养不良的威胁，心里直犯嘀咕，为什么就不多出点不可思议的事。”

他后退了一步，用鼻孔吸了吸烟，继续自言自语（可幸好他没有胡说滥说，其部分原因是他从不爱说话）。

“好极了，好极了——所有这一切都很好，可我得去城里，买些烟卷、啤酒、巧克力和吃的东西。”

为了更明白些，他在一片纸头上写下了：

烟卷

啤酒

巧克力

吃的东西

纸

报纸，如有可能

看一看

接着，他就地坐在窗前，迎着太阳，他已经习惯在这个地方等待黑夜的来临，为了休息一下，他开始用指甲尖在尘土上画起画来，那都是随意乱画的小玩意儿。其原因显而易见，孤单单一人，呆在山顶一座被人废弃的房子里，确实令人厌倦。这要求善于自我调节，喜欢恐惧、慵懒和奇异的情调，憋不住总想要去挖地穴，并忍辱负重，悄悄地藏到洞穴里去，就像儿时那样，钻进两片破旧雨布里。

B

他来到了海滩，躺在左侧尽端的鹅卵石上，紧挨着耸崎的峭壁和流苏般的海藻，那是苍蝇产卵的理想场所。他刚刚洗了个澡，此时，他支着两肘，后仰着身子，在湿乎乎的后背和地面之间留下些许空当，以便水汽蒸发。他的肌肤呈深红色，而不是古铜色，与他身上那件鲜蓝色的游泳衣很不协调。远远看去，他像是个美国游客，可走近一瞧，只见他脏乎乎的面孔，长得过分的头发，金黄色的胡子被剪得乱七八糟，不成样子。他脑袋耷拉着，下巴贴着胸脯，一副毫不在乎的姿态。

他的两肘对称地搁在一块浴巾上，可肩胛下方，身子的其余部分直接跟海滩接触，双腿的汗毛沾着细沙砾，像是一片片泥巴。他扭着脑袋，从这个方向，也许只能看到一小片海面，收入眼帘的主要是左侧大块大块的礁石，只要设想一下这些礁石历经沧桑，也许已经多少个世纪未经冲洗，且多少个世纪以来，人兽尽在上面制造污秽，那么眼下这一令人恶心的景象，也就不难解释了。自然，海滩从此端到彼端（亚当呆在东南侧的尽端），人山人海，有妇女，有孩子，有的在走动，有的在睡觉，还有的在喊叫，真是形形色色，无奇不有。

亚当迷糊了一会儿，就这么一小会儿，或更长一些；后来，他似乎觉得最好还是走一走，到别处找一小块阴凉地。就这样，他一直呆到下午两点，而他的手表指着半点钟。

天实在太热，各种各样的声音先后都被窒息了，仿佛空气在变稠，形成了云彩，实际上，这一切并不让人讨厌。只不过感觉到被投进一个大气洞里，这气洞属于自己，周围是地，是水，是天。

亚当喜欢观看他右侧那熙熙攘攘的人群：他们花花绿绿，嗡嗡的话声不绝于耳。总之，从这儿看去，远远不是那么可怖。仿佛已经知道了他们的尊姓大名，他们近在身旁，唯此就使他们与波洛家族增进了一层亲眷关系；不管怎么说，他们之间确实有着同一祖先的确切标记，并带着某个早已绝迹的美洲猿人那难以察觉的黑人印记。有的女人安睡时模样可人，只见她们的肌肉耷拉着，足足有一半陷入灰色的鹅卵石中，富有立体感，曲线柔和，像是多情的花草。

她们时而在浴巾上翻身，滚动，上身动作并不明显，可脖颈伸得长长的，扭动着。她们的孩子可没有这般柔软。恰恰相反，他们年纪小，个子矮，倒一本正经；大伙儿都聚集在水边，忘情地玩耍，自己组织起来修筑小路，耙平路中的砾石。有两三个孩子，年纪实在太小，还不能动手去玩，无缘无故地不断发出尖利的叫喊声，其他孩子以为他们是在念咒，这对他们圆满完成整个工程很有必要。

亚当心不在焉地看着他们，仿佛他们与他之间，他们的声音或动作与他之间没有任何逻辑联系，他的躯体受到了刺激，感觉到身体的细小部位在渐渐增大，整个儿变成了一个怪物，浑身疼痛，可那生命的意识不过是神经对物质的感知而已。当然，所有这一切都有着一个传奇般的故事，人们尽可随意编造，即使连续编造千次，也决不会出现谬误。

空中充满扁蝇和微尘，有的飞落到卵石堆上，有的歪歪斜斜，悠悠飘忽。说实在的，对这一切也同样无可奈何，不能抱有幻想——别无选择，要么盲目朝哪块鹅卵石看一眼，脑中表达出类似这样的欲望：

“我这就用它砸中那边水中漂浮的桔子皮。”

要么用目光环视周围风光，这是一片辽阔的风光，绝无特别之处，尽是洼地和山包，海角和港湾，树木和矿井，是与否，水与气。如若选择后者，那么便会感到自己被印在地面上，陈列在阳光下，成为极端的中性物质的名副其实的中心。

他不敢多动，可有的时候，他却有着几近疯狂的欲望，憋不住想动动；他展开身子躺着，脊柱顶着凹凸不平的砾石，脖颈弯曲着，肚子有力地挺着，绷得几乎要开裂。由于疲惫或炎热的缘故，颧颊上不停地渗出细汗珠，像雨点般顺着脸、脖子、肋骨和大腿往下流淌。他感到自己是全海滩上唯一的一个湿点，仿佛浸润着他身下卵石的那个湿点刺激了他四周那略含咸味的灰尘，颜色变得更白，更不柔和。

他知道个中原因。他心中对这一切都有数。谁也不能谴责他不知自己的所作所为；因为像这样一动不动地呆着，他更清楚地看到了世界在渐渐挣开锁链，一片又一片地展现开来，宁谧，怪诞，活跃，像是侵蚀性的化学反应；突然间，活塞在上下滑动，机械在树间启动，碳在循环，黑影在有规则地拉长，声音骤起，连棉絮般的土地也发出沉闷的微微声响，大地在有条不紊地开裂，张开唇口，发出娃娃般的咿呀叫喊，在这之前，这声音似乎只从鱼儿嘴中才能听到。

一个男人走过，发出尖细的叫卖声。他身体孱弱，被太阳灼烤的身躯似乎垂直地紧绷着，以承受一篮糖衣花生豆的分量。他停下脚步，看了看亚当，说了句什么，接着朝海滩方向转过身去。亚当见他双脚平放在卵石上，发现他在让身体的其余分量落到双腿上之前，脚趾从左到右，微微做着循环运动。这运动无疑让他放心，确信地面上没有任何障碍。就这样，这人在人山人海中悄悄地离去，带着异乎寻常的威严，不时冒昧地发出一声叫喊。

一只狗匆匆地从水边走过，亚当紧跟其后。他尽可能加快步伐，浴巾围在脖间，一手抓着浴巾的一角；他效仿狗的举动，故意走入齐膝深的水中。此时，他在品味着两种殊异的恐惧感：其一，若他赤脚在海滩上行走，会产生恐惧。因为，众所周知，水外的砾石比较尖利，脚后跟时刻都有被砾石的锋棱割伤的危险。其二，就在此时，他已恐惧地感觉到双腿陷入一个古怪的处所，它比空气更凉，更稠，同时感到落脚时直打滑，在海底沉积重叠的基础上怎么也站不稳脚跟，冷飕飕的水中，滑了数次之后，好不容易才接触到了黏糊糊的流动泥层，上面尽是块茎与微藻，经他一踩，发出啪啪的响声，水立即变了颜色，而靠近底层的部位，布满了灰绿色的片状物，像是一团团腐烂的碎树叶。

幸亏水中坑坑洼洼，那条狗经常踟蹰不前，亚当抓住每次机会，从后面赶上去。那动物感到被人跟踪，一时转过身子，投出一束直勾勾的目光，落到了亚当的下巴处。接着，继续走自己的路，像用一条绳索牵着背后的人；前后几分钟时间，它便一举成功，获得了一种令人难以置信、似乎永恒不变的威严，它向前走去，海水淹到了胸脯，可它没有在乎，一心要走到海滩的右端去，走到浴场那片有名无实的更衣室去。

就这样，他们俩一个在前，一个在后，一直走到了尽头。更衣室如同人们从远处看到的一样，呈半圆形，背朝水泥海堤。从那水泥海堤开始，便是港口。更下方，洗海水浴的人们横七竖八躺在卵石上，浴巾和比基尼闪闪发光；他们全都面朝太阳，从水边望去，距离大为短缩，他们一个个全都像换了一层皮，呈浅橙色，阳光在上面任意涂抹，留下了熠熠闪光的痕迹。

狗停下脚步，鼻子转向亚当，可刚转了一半，便又朝海岸窜去。它爬上砾石堆，在两三群睡觉的人中间左躲右闪，最后跑到一位年轻女人身旁，回到了它自己的位置上。

亚当效仿着狗，可狗呆在右侧，而他占据了左侧。坐下之前，他动作麻利地打开了围在脖间的浴巾，摊在地面上；接着，他双手抱膝，蹲了下来，在他距离那位女人腹部几厘米的地方观察了十至十五秒钟，看着狗在做些什么：只见它合着眼皮，额顶正对着天体中线，舔着爪子。亚当也看了看自己的双脚，心想这倒是个好榜样；上次暴风雨后，岸边肯定积了不少污油，自己的脚掌黑乎乎的。他捡了一小根落在身边的枯树枝，剔起脚趾缝来。

亚当并不怀疑时间以出人意料的方式在消逝；这正是人们可以完全支配的一类时间，是可以延伸的一类时间，只要根据人们必须进行的准确动作加以调整，就可安安静静享用这一时光；因此，亚当低声地自命为万物之主；在他先后占据的海滩的两端之间，并不存在本质的差异。人坐在浴巾上，目光可以无限地环视四周，盘旋式地逐渐伸向远方。要么承认，一块砾石，加上一千块砾石，再加上荆棘，垃圾，盐渍，所有这一切远不是静止不动的，都具有分泌的生命力，在不同的时间系统中运动着；要么就得宣称，唯感知为生命的度量单位。若以此衡量，亚当无疑是世界上唯一的一个活人。

“您还是用这试试吧，怎么样？”年轻女子建议道。

亚当微微一笑，对她表示感谢，接过递给他的纸巾。接纸巾时发现他在妇人的指尖上留下了一点毛茸茸的东西，或类似雪的东西。接着，他继续擦着油污，心想该说点什么，于是咕哝道：

“确实——这样容易些。”

他试图看看年轻妇人的眼睛，可白费心机：她戴着那种黑黑的太阳镜，镜片和镜框都厚厚的，在葡萄牙海滨观光的纽约游客，专戴这种眼镜。他不敢请她摘下眼镜，可感到要是能看到她的眼睛，该是多大的慰藉。他好不伤心，只见自己的形象重叠反照在镜片上，四周是塑料框，那模样俨然似一只肥胖的大猴子弓着腰在摆弄它的脚。由于躯体向前弯曲，这一姿势仿佛引起了精神的集中，这对感知生活来说，是不可缺少的，对，远离世界的末日，独自生活在自己的小天地里。

年轻女子突然收起胫骨，微微地斜屈双腿，上身平卧地面，发出快活的“啊、啊”声，手指沿着椎骨轻轻移动，触及了赭石色的肌肤上的那条白印，重又扣上了胸罩的细带。她这样呆了片刻，呈现出迷人的线条，弯曲的双臂搭在后背上，肩胛下凹现出深洞，仿佛在暗示某个持剑的斗牛士胸甲有缺陷，剑可乘虚而入，刺及心脏。她的腋窝和乳房间淌着细汗。她说道：

“现在，我得走了。”

亚当追问了一句：

“您常来这儿？”

“不一定。”她答道，“您呢……？”

“我，天天来。您没有见过我？”

“没有。”

亚当继续说道：

“我，我已经见您在这儿坐过……噢，在这一带。我是说在海滩的这块地方。您为什么天天都坐在同一个位置？我是想问，是否有什么特别的事情？我不知道，这儿是不是比别的地方更干净，或者更凉，或者更热，或者气味好闻，或因为别的什么？”

“我不知道。”她答道，“我猜想是一种习惯吧？您是想说这意思吗？”

亚当记在心里，仿佛这真是非同一般的妙语：

“不，不，我不相信您的话。至少不相信您所谓的习惯。我似乎觉得只有您的狗才有习惯可言。说实在的，如果确是它每次把您领到海滩这块地方来，我倒不觉得奇怪。若您观察过它，您准会发现它是怎样到这海滩上来，怎样去洗澡，直伸着鼻子，水一直淹到脖颈，怎样迎着太阳睡上一会儿，再舔舔爪子。您还会发现它接着又怎样不慌不忙地离去，专找扁平的砾石落脚，以免刺伤脚掌，而且还离孩子们远远的，防止他们用铲子或铁耙砸掉它的一只眼睛。嗯？所有这一切，从来都不改变式样。”

“听我说……”年轻女子说道，“您，我觉得您好年轻。”

她突然穿上衣服，头发干干的，嘴角叼着一支已点燃的莫里叶牌香烟，墨镜里透射出两三束黑光，她唤了声狗，遂向公路走去。

C

“你记得在山里那一次吧？”亚当问道。年轻姑娘嫣然一笑，分明是要顺势换个话题。他不得不再重复，神情相当严肃，声音愈加响亮，稳健，用词也更有把握了，但其中也不乏恶作剧的念头，想冒犯一下。

“喂，米雪尔，你记得吗？”

她摇了摇头，表示不记得，这话题已经让人腻烦了。

“实际上，”他说道，“所有姑娘都有个这种滋味的故事要讲给母亲听。每当她们讲述这种故事时，她们都说，我被强奸的那一次，你也一样。”

“咱们就不能谈点别的东西？”米雪尔回了一句，可是亚当没有理会；他继续讲着他的故事，自然是为了别人，廉价而又可笑地复述昔日模糊不清的往事。

“嗯，你也记得，我们俩骑着摩托出发。我先带你进了两家咖啡店，当时正值寒冬，嗯，差不多都快结冰了。气温不会高于一二度，也许已到零度。咱们要了黑咖啡，大杯的黑咖啡；我看着你喝，你喝黑咖啡的模样可真滑稽，那模样真惹人喜欢；是的，那时候，你左手握着杯子，就像这样，右手托着下巴，像托着只茶盘，上嘴唇拉得长长的。你轻轻地把上唇浸入咖啡，开始喝之前，你还记得吧，你先扬了扬脑袋，让人看见了咖啡在你唇边留下的半圈黑影。”

招待送上了饮料，米雪尔伸出胳膊，接过啤酒杯，一口气连喝了好几口。然后，她手腕有力地一摆动，放下了酒杯。泡沫在杯壁上渐渐缩小，慢慢地拉长了气泡长条痕迹之间的空当。黄黄的液体，稍有点儿透明，从上至下，气体沸腾闪亮。它千姿百态，有着大海一般丰富多彩而又雄浑有力的景观。此时，已有一部分，大约四分之一，储入了米雪尔的胃腔，好似一块液状石，其中有少许汽油，也有微量美发油。至于在杯中待命的四分之三，整个看去就像是一只空空的金鱼缸，摆在客厅里一张拿破仑时代式样的独脚圆桌上，时值正午，里面的红色金鱼都已死尽。

甚或像一家大餐馆玻璃橱窗后的一个鱼缸，一本正经的美食家们用海斗捞上缸中肥美的鲤鱼，鲤鱼抛下了它在指示灯、氧气机和海藻之间的水中之穴，舍弃了那层翠绿的隔墙，进入了苦难的世界，眼中塞进了黄油和香芹，嘴中填入了西红柿。

“喝了咖啡，咱们俩又骑上摩托，沿大公路驰去。后来，我上了乡间小道，夜幕已经降临，天开始下起毛毛细雨。想想过去那般愉快的往事，多美啊。我向你发誓。像是真的吧，至少，你不愿答理我？你不愿也说点什么？只要对我说：于是？然后？因为讲这类玩意儿，只有一种形式，即情感方式——你明白我说的意思吧，先给人信赖感，然后嘛，让人觉得有点儿像是真的，这让我感到开心。

“你知道你说了什么？你说的就是‘没有必要’。没有必要！没有什么必要？最有意思的是我虽然明白了，可还是继续往前开。直到一个大泥坑挡住了去路。再说，不……说到底，当你说‘没有必要’时，我并没有明白。我觉得我所做的一切都是无意识的，管它怎么做呢。我把摩托车推到一棵树旁，靠在树上，咱们在潮湿的草地里走着，草湿乎乎的。你说你冷，或说了句别的什么，于是，我对你说应该到树下避一避，等雨停了再走。咱们找到了一棵大松树，树的形状像把伞，咱们背靠树身，一人一边。就是在那儿，我们肩膀沾上了松脂。树周围一层松针，还有草，像床美丽的地毯。真的。突然，雨下得更大了，于是，我围着树身转了半圈，把一只手搭在你的颈项上，把你放倒在地上。我不知你是否还记得，雨水透过树叶，三三两两地聚在一起，像掌心那么大小，大滴大滴地往我们身上落。对，我撕去了你的衣服，你开始害怕了，而且还喊叫起来；我扇了你两耳光，不太重，冲着你的脸，啪啦两下。我记得你的拉链难拉得要命，总是卡住，我拼命地拉，最后终于扯开了。嗯，后来呢，你还是继续挣扎，可并不怎么使劲。我想，你害怕极了，怕我，或怕引起的后果。至少，我是这么想的。嗯，等你全身一丝不挂，我把你紧紧地按在地上，双脚顶住树身，脑袋全露在雨下，我用手把你的手腕紧紧捏住，双腿夹着你的膝盖。我大体上就是这样强奸了你，轻而易举，你瞧，身上被雨浇得像是从浴缸里出来一样；虽然并没有对你怎么样，可我还是听到了你狂怒的喊叫，暴风雨低沉的呼吼以及对面山丘矮林中传来的打猎的枪声。我说‘大体上’，因为实际上是失败了。可是不管怎么说，那也许对我并不那么重要。既然我已经如愿以偿，把你剥得赤条条一丝不挂。反正——为了编造一个美丽的故事，一个独具文学性的、完美的故事，就这么说吧，我渐渐看清你身上沾满了湿漉漉的头发，泥土，荆棘和松针，看见你张开嘴巴，拼命呼吸，气喘吁吁，嘴里流出泥水，流自一个无形的泉眼，那泉眼就在你头发根的某个地方。说实在的，最后你全身简直成了一个花园。你挣脱开身子，背靠树身坐着。你知道，对我来说，你不过是团灰红色的泥土，乱七八糟，沾满了草，滴着雨水。只是这儿一块，那儿一块，还留下那么点儿女人的痕迹。也许是因为你在等待的缘故。总之持续了一会儿——我无法计算确切的时间，十分钟，二十分钟……反正不到一个小时，什么也没有做。要是想想当时冷得结冰，都到了零度，实际上是零上，那绝对滑稽可笑。等咱们，噢，不，等咱们俩都穿上了衣服，穿衣服时谁也没有看谁，你在树身的那一边，我在树身的这一边。因为你的衣服被扯坏了，我把雨衣借给了你。雨始终下得很猛，可咱们已经等得不耐烦了，咱们又骑上了摩托，走了。我把你丢在一家咖啡店门前，你虽然没有提出什么要求，可我还是把雨衣送给了你。你在那里面的模样可不怎么样，不是真的吗？我不知道你跟你父亲说了些什么，也不知道你是否去警察局报了案，可是……”

“去了，我去了警察局。”米雪尔说。这有点不可信。

“你知道你所做的是什么吗？……我是想说，这会引起什么后果吗？”

“知道。”

“那么？”

亚当又重复了一遍：

“那么？”

“那么，没什么……”

“怎么，没什么？他们说了些什么？”

米雪尔摇摇头。

“他们什么也没说。我不会告诉你的，算了。”

“就我所知，我在报上什么也没见到。”

“报纸有别的东西要登，不是吗？”

“那么，你为什么要上警察局？”

“我当时想——我记不清了，我当时想你该让人收拾一顿。”

“那现在呢？”

米雪尔手一摆，呈抛物线状，大概是表示不愿说。

亚当装着不肯罢休。

“现在呢？”

她嗓门提高了几分：

“现在，都已经完了，还能有什么好纠缠的？”

亚当也火了，他数落道：

“你问我这能有什么好纠缠的，嗯，咱还是个开小差的呢？你就不知道这样去报案，可能会把我抓去坐大牢？你真是疯了，要么还有什么，米雪尔！你不明白，你就不明白亚当·波洛是个开小差的，一有人告密，就逃不了，你就不知道明天，我说什么来着，就不知道再过一个小时，再过一分钟，就可能来两个身穿制服的家伙，对我拳打脚踢，给我套上紧身衣[①]，铐上手铐，戴上那些乌七八糟的东西，直到把我关进佐阿夫兵营[②]的一个黑得不见天地的牢房，才会罢休，那里边没有面包，没有火，没有女人，一无所有，还差什么来着？这，你就不明白？”

米雪尔犹豫了一下，可很快又打定了主意，决定先结束这场游戏：

“够了，亚当，你真的开始让我厌烦了。”

可他还是继续说：

“米雪尔，我真不理解你？难道你真主张那种生活方式，总是装着对什么也不相信？依你，我该处以死刑是不是？回答呀！”

“亚当，我求求你，我真的头疼，我……”

---

① 束缚疯子或囚犯的专用衣服。

② 创建于一八三〇年的法国轻步兵团，原由阿尔及利亚人组成，一八四一年起全部由法国人组成。

“先回答。”

“住嘴。”

“那么？我该处以死刑？”

“对，好，你高兴了？”

亚当决意什么都不再说。米雪尔从手提小包中掏出一面镜子，用指尖理了理眉毛。行人从人行道上经过，偷偷地看她。在人群中，她的样子没有一点儿出众的地方。亚当见她如此倔强，无可奈何，让她自个儿梳头发，抹口红，涂胭脂；最后，他只得去喝自己那杯差不多已凉了的咖啡。

后来，他们在桌上玩了一会，比试着将桌面上的东西向前移动几毫米；你一下我一下，轮流移动着镜框，杯子，托盘，勺子，羊毛线，死了的小飞虫，四方的小结账单，白色的烟灰缸，火柴，太阳墨镜，高卢-马伊斯牌烟头，咖啡渍（长长地往右边流去）等等。

最后，亚当赢了，将从年轻姑娘粗毛线衫上掉下来的一大片絮状的灰尘向前移动了四分之一毫米。他们俩很快一块儿起身，走出了咖啡店。当他们从柜台前走过时，招待喊了他们一声，只有亚当转过了身。他用硬币结了账，在遮住了墙面的镜子上照了照，便上了街。

他们并排走着，眼睛看着前方，一声不吭，大街呈缓缓的坡道，伸向下方的大海，他们捕捉着积木似的别墅间露出的每一线天际，行至海滨人行道时，他们俩犹豫了一下，险些分手各行其道。

可后来，亚当跟着米雪尔。走出不远，他们俩在一把长椅上坐了下来，椅子的靠背在三个月前的一次车祸中被掀掉了：一辆六吨卡车撞翻了从其右侧窜出的一辆索莱克斯牌自行车，方向失控，翻倒在人行道上，结果长椅被毁，两人丧命。

“我给你写了信。”亚当说，“我给你写了信，我又强奸了你。可你，为什么啥也没做？”

“你想要我做什么？”米雪尔声调疲惫地反问道。

“我给你写了信，我留了地址。”

“你当时总不想要我回信吧！”

“想呀！上帝啊！”他情不自禁地大声喊道，“想呀！要不，去找警察。”

“我犯不着找警察。”

“你报了案，是不是？”

“我没法子……

“我没法子……”她争辩了好几次。

他们在海滨久久地漫步，海风阵阵，忽冷忽热。他俩正走着的人行道上没有一个行人。一侧是大海，绝对风平浪静，可海面尽是油污，还有在海堤上闪烁的灯塔和几盏路灯，路灯垂直的反光仿佛在向前移动。另一侧，是坚实的陆地，布满城镇、电线杆和树木，有条不紊，可地面凸凸的，仿佛是人们头朝下看见的情景，在亚当的脑中，似乎风景全都底朝天，如同凸镜中所见。这样一来，他感到保持了平衡，踮着脚尖，高高地立在大陆之颠，脚踩圆圆的地球，就像踩着一幅世界地图，模仿着马利亚的姿态，颠覆了阿特拉斯[①]的工程；好似在往昔的时光（十二三岁时）：他拼命用自己的身体压住皮球，让它沉到海下去，可一压，球反而膨胀，在他的腿肚间不停滑动，微微地向上浮。

他们边走边又交谈了几句。

“你为啥没法子？”

“因为，因为我不知道。”

“你知道什么？你欠缺的是专一。”

“哦？”

“你感情也太强烈了。”

“就这些？”

“等一等。你不善于说服人。”

“真的？”

“对，真的。再说，你啥也不在乎。因为说到底，什么都一个样。我相信我所做的一切；重要的是说话要像写东西一样。这样，就感觉到自己并不自由。谁都不可能为所欲为，想说什么就说什么。结果呢，大家越来越搀和到一块去。也就不再孤独了。人都是与因子2、3或4共同存在的，还要再加上那个讨厌的因子1，你懂吗？”

“我懂，我头疼。”米雪尔答道。

---

① Atlas，希腊神话中顶天立地的巨神。

她又等了片刻，等他再说点什么。待她感觉到此刻他已不会再多言语，而且很长时间都会一声不吭时，她亲了亲他，跟他说了声再见，返身向市中心走去。她大步行走，身上紧裹着那件男式雨衣，头发被雨水淋得贴在一起，左脚跟沾着一块污油，她一见到什么东西，目光便死死盯着不放，几近邪恶。

D

应该反省反省，总这样提些不成其为问题的问题，是否已成习惯。拿定主意之前，他总要反反复复四五次；左一个问号，右一个问号，参考节日前夕收到的旧明信片，过时的或迟了个把月才到的年历，甚至还想想祖父母的叮咛嘱咐。有人请他随便喝杯开胃酒，喝一小杯桑萨诺酒，这本来很客气，可他脑袋瓜里总有自己的想法。他谢绝邀请，走到酒吧的尽里面，背墙而坐。他坚持认为自己应该是众酒客中年纪最大的，差不多已到二十八、三十来岁。如果确实到了这个年龄，倒是别人的话说了一半，就该全明白，尤其是一旦打定什么主意，就应该有能力付诸行动。

八月二十八日，盛夏，酷热，十九时三十分：他目光径直投向前方，越过在近景中攒动的酒吧常客，发现天已黑了。他从米雪尔经常光顾的酒吧中，精心选择了这一家。他面前摆着一杯桔汁，一边等候，一边尽力回忆往事。

三个美国水兵走进酒吧，十有八九是醉了，哼着美国歌曲。亚当见他们凭倚在钱柜旁的吧台上。其中一个离开了伙伴，从亚当的桌旁走过。他把一枚硬币塞进了自动电唱机的投币口，朝遮护屏俯下身子，查看歌曲目录，突然间恍然大悟，明白了这根本没有必要，投币唱机的所有歌曲该都是美国歌。他随便揿了两个按键，往后稍退了退，眼睛始终难以离开映着唱片的那个圆光点。他还是走开了，找到了厕所门，当他走出酒吧大厅的时候，耳边响起了《红河》的前几句唱词：

Hé ho Johnnie rockin′

rock-a-goose by the river

ho red river rock′n′roll①

亚当用左手在桌面上敲着节拍，听完了歌曲。等唱片放完，他付了账，走出酒吧。这时，那个美国水兵打开了厕所门，来到伙伴身边。

一个小时后，亚当又在旧城的一家烤肉酒吧与他们不期而遇。其中的一个认出了他，天知道为什么，一把抓住了他的胳膊，贴着他耳朵跟他说了通英语。亚当没有听：他给了他一支香烟，点着

---

① 英文，大致意思为：哎嗨，约翰尼在摇摆，在河畔，跳着鹅步舞，嗨，红河摇摆舞。

后，坐到他身边的一张圆凳上。他要了一份奶酪色拉三明治，接着朝美国水兵转过身。他再也没有任何思想，几乎成了行尸走肉。水兵说他叫约翰·博若莱，来自加拿大的蒙特利尔。接着水兵又问他叫什么。

“皮热·泰尼埃。”亚当答道。他咬了口三明治。

“我认识一位法国姑娘，名叫米莱伊。”美国人说。说罢，他朝伙伴转过身，低声跟他们说了点什么，他们哈哈大笑起来。亚当继续吃了一会，感到一种厌倦感渐渐袭来，仿佛在火星人的家中度过了整个下午，先后使用了多种语言。

“您还在从战，您？”他手中拿着一块面包皮，指了指军装，问博若莱。

“不，不是从战。”博若莱回答道，“而是……服兵役，嗯，您也是，对不对？”

“不，我不，我服过了。”亚当说。他打住话头，吃了一口面包和色拉，接着又补充道：

“我喜欢美国书。我很喜欢威格尔沃思，蔡尔德，还有那位诗人罗宾逊·杰弗斯，他写了《他玛》。我也很喜欢斯图亚特·恩格斯特朗。您熟悉吗？”

“不。”博若莱说道，“我是个搞音乐的——搞爵士乐。吹萨克斯中音管。那一年我跟贺拉斯·帕朗及谢利·玛纳合作演奏过。还有罗密欧·彭克，他是吹笛子的。我跟约翰·厄德莱很熟悉，他棒极了，棒极了。”他用食指的指节敲击着吧台。

"可我该走了……对，走了，嗯……"

"对，斯图亚特·恩格斯特朗，"亚当继续说，"他在这儿没什么名气，可在美国，人们差不多把他当作一个通俗作家，不是吗？可我觉得这挺好，他写的东西简单易懂，说的故事简单易懂。有些家伙想得到漂亮姑娘，跟她们结了婚。可正因为她们漂亮，所以情况就不怎么妙了。那些家伙都很狠毒，不像这儿。所以，最后他们总是有理。"

"法国姑娘漂亮，嗯？"美国人说道，"我很想……想娶一个。"

"对，"亚当说，"我也是……"

"听我说，"美国人说道，"您想知道米莱伊长得怎么样吗？她是这副模样，多俊俏的模样！夏天，她戴着小小的草帽，那玩意儿，你们是怎么说的？她有一条白狗。后来，狗死了，我想。我呀，我想要她以后跟我一起去美国。对，我跟她说过，去吧，可她说，不。我是多么希望她去呵。"

水兵一时目光直勾勾地看着亚当。接着，他说道：

"您想喝一杯吗？"

"不，"亚当说。他在圆凳上慢悠悠地转了转身子，双肘支在吧台边沿上，脊柱的中心顶在金属柜板的一角。他看了看在他左侧晃动的三套军装。外人之间闲聊几句，付点小费，晚上的小段时间无缘无故地缀合在一起度过，如此和平共处，却轻而易举就可变为仇恨，变为不新鲜的面包，变为黑夜中的恐怖，继而突变为战争，取而代之的是暗语、口令，面包没有了，爆炸声、枪声此起彼伏，鲜血流淌，硝烟弥漫。他隐隐约约地看见地球的每个角落都在开战，他脑中出现了一块怪诞的东西，渐渐地侵占其他部位，那是一个丛林地带：奇怪的大自然，实际上，那儿布满了铁蒺藜，像是草藤，硬邦邦，直挺挺，该长叶子的地方，却是一个个锋利的小结，间距统统为十二厘米。

但是，重要的是战争结束后，应该知道做些什么。人们可以从商，可以执教，或者写小说，一辈子以讲述军队为生。至少可以像加拿大蒙特利尔的约翰·博若莱，当个爵士乐手。要么又收拾起行装，背上背包，提起一挺机枪，进入丛林；空地，电线杆，清晨六时的常绿矮灌木丛，沉沉雾霭，紧挨地面缭绕，仿佛为了古希腊的百牲大祭，半遮起群群野鸭。可是，离开军队之后，能爬上山顶，孤单单一个人住进一座被废弃的大房子，把两把椅子面对面放在一起，然后，几乎赤身裸体，有时干脆一丝不挂地迎着太阳，淌着汗，一呆就是几个整天吗？

自以为：一个人要想生存下去，这并不需要去挣钱糊口，倒是需要时刻提防所有那些恨不得把您杀死的人（不乏其人）。

亚当试图回忆起某件往事，将他与前十年的岁月联系起来，哪怕一句话，军人的一个怪癖，或一个地名，向他确切地展示出过去的时光是如何度过的，后来，后来又是从何处来的。

一个法国士兵走进烤肉酒吧。他身着阿尔卑斯山猎兵服，好像在找人。他的那种神态为众人所熟悉，像是从不把生活中的琐碎小事放在眼里，富有生气，充满力量。亚当感到自己不可抗拒地被他吸引过去，他情不自禁地站起来，向他走去，不由自主地靠近了他。此时，他的胸部直冒汗。

“您是当兵的吧，您？”他问道。

“对。怎么了？”士兵答道。

“哪个连的？”

“阿尔卑斯山第二十二猎兵连。”

“莫西拉，您熟悉吗？”亚当问。

对方惊诧莫名地看了看他。

“不熟悉……怎么回事？”

“那是阿尔及利亚的一个乡村。”

“我没去过那里。”对方说道，“再说……”

“等等！”亚当继续说道，“我在找……您知道，我有绘图知识。那是在布阿拉里季堡附近。”

“可能。”士兵说，“可请您原谅，我没有时间。我在这儿等一位女的……”

他显出一副像是要找张桌子坐下来的样子，亚当跟着他，追问道：

“皮巴纳地区的莫西拉？是在霍德纳的山区的山梁分支处……离它最近的城市是塞提夫。塞提夫，您该听说过吧？”

“可是我已经跟您说过，”那人说得斩钉截铁，“我从来没去过您那个倒霉的防区……”

“您当几个月兵了？”

“三个月！”他高声说道，“三个，我……”

“那，可能，”亚当说，“可能我也没去过那儿。您理解，我在尽力回忆……算了，有什么关系呢？我总有一天会弄清楚的。您不愿喝一杯，一边等着您那位好女人？”

“不，谢谢，我不渴。”士兵道。他又添了一句：“好，再见，”遂快步向一张空桌走去。亚当又回到自己的圆凳旁，发现三个美国水兵已经走了。他点起一支香烟，想摆脱回忆。可是，他大脑不断分神，被他迄今才勉强发现的一堆堆琐事搅得乱七八糟，这桩桩琐事变得无比重要，像铁屑被磁铁吸引一般，紧紧地缚着他大脑的敏感结构，烦恼倍增。

一位满头棕红发的漂亮姑娘走进烤肉酒吧，她上身挺得直直的，可扭着腰，有点滑稽。只见她一摇三摆地走到法国士兵的桌旁。那人脸一红，站了起来，给年轻姑娘搬过座位，可忘了放在桌上的香烟，烟灰碰着了他卡其上装的翻边，烟卷一骨碌滚到了对面的桌角，落到了地板上，可落地时没发出丝毫声响；亚当如法炮制，把香烟推到杜拉铝柜台的边沿，往下滑去，可落地时发出的动静至少大了一千倍。

亚当蜷缩在圆凳上。一种奇特的衰老感将他团团围住，他悄悄地又回到了那个迎着太阳的地方，置身于空荡荡的城市之中，来到山顶上，从此对一切都不感兴趣，无论是城市，乡村，大海，还是忽而隆隆作响、忽而悄然无声、在天际飞翔的飞机，或是有人退役后有时撰写的美妙而又现实的作品，在这些作品中，他们一丝不苟地写道，在某年六月的某一天，有人让他们剥了二十公斤的土豆皮，紧接着又派他们用漂白水去洗茅坑；或是那些不知为一只冠形圆网蛛，为自然界的萧条景象而痛不欲生的人们，那些似乎不知为盥洗盆响亮的水滴声潸然泪下的人们，或是那些不愿在大地的怀抱中生活的人们，那温暖的怀抱里，有芳香有声响有光亮，那是属于我们的微生物集结的大地。

他渐渐地恢复了退却的姿态，面对敞开的窗户，蜷缩在两把空椅子之间的地面上，发现自己什么都不明白。这种种可怖的东西混淆在一起，其中没有任何事物可向他确切地表明，他到底是从疯人院还是从军营出来的。

E

米雪尔费了好大劲寻找亚当的住房。公共汽车把她带到海滩过后第一个弯道处的公路上。她环顾四周，别墅、花园、山丘一处紧连一处，被柔和的曲线连接在一起。这儿，草木比别处长得更为茂盛，眼前的这番景象中，看不出任何东西可以给她指点方向。她在路堤上慢慢走着，凉鞋踩在细砾石路面上，可以想象她正专心致志，将鞋子弯曲至精确的角度，约摸倾斜三十度，脚脖子紧绷着细皮带，发出吱呀吱呀声，有一次甚至响起脆裂声，迫使她放慢行走的节奏。

她从英国式样的上衣口袋掏出一张草图，那是亚当有一天在咖啡店画在一只杯子的纸垫反面的简图。这片纸垫两面都印有文字，类似：

尝尝斯拉维亚酒，味道就是不一样……祝您健康！

可是，她并没有看这文字，而是细心研究用铅笔涂在广告文字上的平面图。一条曲线代表港口过后的海湾。两条平行长线标志着公路，就是她正站着的这条公路。公路四周，即在“斯拉维亚”的“斯”字下方，草草地画着好几个小圆点或小方块，米雪尔想起了亚当的说明：

“那儿，有几座木板屋，分散坐落在山丘上。我不给你全画上，因为多着呢，我一天全搭上也画不完。我跟你说这些，是为了让你别以为我忽视了周围的环境，我给你注明，那儿：木板屋。”

更远处，又是两条平行线，可挨得较近，在圆圈和三角块之间打转，那是条小道。小道的左右两侧，硬纸片稍有点拉痕，几个字恰好在拉痕上，因纸片发毛，字迹无法辨认。顺着山道前行，左侧有个四方块，这个四方块完美无瑕，画得认真，而且清楚，比别的四方块也要大得多。方块的中心附带画了一个东西：像是一个圣安德烈十字架。亚当就居住在此，居住在世界微不足道的一个小点上。凭此小点，把他永远标在某个处所，留下永久的印记，就像有人在厕所门上涂上一幅淫秽画，以便世上的厕所有个重心，至少有那么一次。

行至小道平行线的尽头，米雪尔看了看左方。由于地面高高低低，又是房子，又是小灌木，她无法看清那个十字标示的长方形。因此，她不得不贸然前行，穿过丛生的荆棘，冒着不是太靠上，就是太靠下，擅自闯入他人住宅的危险。她的下方，大海呈圆球体，此处彼处，白帆点点。太阳的反光闪烁不定，宛如一盏水晶吊灯，海浪凝固不动，酷似条条犁沟。苍穹茫茫，双倍地寥廓，大地斑斑点点，装点得很不协调，尤其是挡住海际去路的那一线山峦周围，色彩刺眼，形态往往相互重叠，无视平衡与配景的基础概念，滑稽可笑。人们仿佛感受这自然风景从不放弃任何一个机会，如玫瑰色的夕阳，淡紫色的月食，以津津乐道于所谓的基础概念，廉价的音乐本质。

米雪尔连连碰壁，不是走到林中空地，就是碰上高低不平的路段，要么就是像炸弹坑似的火山口，里面生活着水蛇和蚁蛉，不然就是摸上小山包，荆棘丛生。她放眼远眺，发现了亚当的屋子；她觉得自己也许对草图理解有误，因为她最后抵达的地方远在标定点的下方。

她又向山丘上方攀登，衬衣被汗水浸得湿湿的，由于双肩前倾，左右晃动，格子紧身内衣的胸罩搭扣勒进了后背的皮肉。这一回，太阳远在身后，朝她行进的方向投下黑影，给房子的门面抹上一层灰白色。

亚当从窗口看到了她过来，他一时蜷缩起身子，心神不定，试图弄清闯入山林的到底是谁；直至离他不足五十米处，他才认出是米雪尔。他心中的石头落了地，离开观察点，重又坐到长椅上。响起一个热情或倦意的声音，呼唤着他的名字。

“亚当！喂……唉，亚当！”

在这块干燥的地方，那呼唤声格外令人讨厌，亚当害怕再响起喊声，遂爬出窗户，趴在一个花坛边。他无意中压着了两只黑红蚂蚁，其中一只正驮着一具食粪虫壳。待米雪尔行至距他仅几米处，他才以模仿得惟妙惟肖的自然口吻说道：

“是你呀，米雪尔？来。”

他拉着她的手，帮助她越过了最后几个土包；他看着她停下脚步，只见她上气不接下气，脸上闪闪发亮，衣服湿乎乎的，贴在身上。

“你吓着了我，”他说，“我一时在纳闷到底会是谁呢。”

“什么？你想要谁来？”米雪尔气喘吁吁。

“我不知道……总也不知道……”

他神色不安地看了看自己光溜溜的肚子。

“我被太阳猛晒了一阵，这儿，就在肚脐眼周围，”他说道。

“为什么……你为什么非要讲你的肚脐呀，鼻子呀，手呀，耳朵呀，或类似的东西？”米雪尔抢白道。他对此毫不在意。

“我该去把衣服穿上了，”他嘟哝道，“摸一摸这儿……不，不是那儿，是我肚皮上。”

她摸了一下他的肚皮，马上晃起手来，仿佛挨了烫似的。

“好了，你去把衣服穿上。”

亚当答应了，又回到别墅里，进去的方式与出来时完全一致；米雪尔紧跟其后，可从某种意义上说，亚当对此才不在乎呢。套上衬衣后，他点起一支烟，朝年轻姑娘转过身子。他发现她左手提着一包东西。

“你给我带东西来了？”他问道。

“对，我给你带了些报纸。”

她在地板上打开小包，摊开报纸。

“有十来份报纸，一份《竞赛画报》，还有一本电影杂志。”

“一本杂志？什么杂志？给我瞧瞧……”

她给他递去杂志。亚当翻了几页，凑近封面，用鼻子闻了闻，扔到地上。

“有意思吗？”

“能弄到的都带来了。”

“噢，”他说道，“有什么吃的吗？”

米雪尔摇摇头。

“没有……可你跟我说过，你啥也不需要。”

“我知道，”亚当说道，“钱呢？你能借给我一点钱吗？”

“不超过一千，”米雪尔答道，“你现在就要吗？”

“对，如果行的话。”

米雪尔递给他一张纸币，他谢了她一声，把钞票塞进了裤袋。接着，他从阴影处拉出一把长椅，坐了上去。

“你要喝点什么？我还剩两瓶半啤酒。”

她同意喝一点。亚当起身找来了那几瓶酒，又从一堆毯子附近拿了一把小刀，打开了瓶盖。他把一瓶酒递给了米雪尔。

“不，还是把你喝剩下的那半瓶给我吧，够了。”

他们对着瓶嘴，一连喝了好几口。亚当先放下酒瓶，揩了揩嘴巴，开口说了起来，仿佛在继续讲述一个古老的故事。

“除此之外，还有什么新闻？”他问道，“我是说，广播，电视上，有什么新鲜事儿？”

“跟报上说的一样，你知道，亚当……”

他皱着眉头，追问道：

“行，就换个方式问吧：除了报上写的，还有什么新闻？我是不知道，可像你，生活在别人中间，就不一样了，对吧？除了报上、广播里说的，总还有路人皆知的事情吧？没有吗？”

米雪尔想了想。

“可那就不是新闻了。要不就写到报上去了。那都是人们的看法，或者不如说……”

“你想怎么说都行，看法呀，传闻呀……人们都传了些什么？是不是会发生，噢，至少他们是不是觉得不久就会爆发原子战争？”

“原子？”

“原子，对呀。”

年轻姑娘一耸肩膀：

“我啥也不知道，我，我知道啥？不，我不认为他们会想这……我不觉得他们以为会爆发原子战争……说实在的，我认为他们才不在乎呢。”

“他们不在乎，嗯？”

“也许，对……”

亚当冷冷一笑。

“OK，OK，”他带着几分绝对不该有的酸楚，说道，“他们不在乎。我也一样。战争结束了。不是我结束了战争，也不是你，可这无关紧要。反正摆脱了战争。你言之有理。只不过有一天会让人绝望，看到从四面八方涌出的一些刷上卡其伪装色的铁怪物，那可是正儿八经的坦克，冲进城里。人们会发现整个地区一个个灰黑色的小点在褪色。一觉醒来，拉开窗帘，他们全在那儿，就在下面的街上；他们来回走动，人们纳闷，他们为何酷似蚂蚁，莫非看错了。原来，他们拿着一些东西，像是喷水管，四处乱拖，扑哧扑哧，声音十分柔和，正往大楼喷射凝固汽油。我哪能有机会目睹这种场面？管子里喷出火舌……在空中连成孤零零的一条线，稍有点儿弯曲，继而愈来愈长，射进了窗内。突然，似乎什么也未曾发生过，房子便一下燃着了，像火山爆发，墙壁整个儿坍塌下来，在白炽的热气阻挡下缓缓倒落，腾起大团大团的黑烟，火球四溅，如同一片火海。紧接着，反坦克火箭筒，达姆弹，迫击炮，手榴弹等等，乱作一团。还有一颗炸弹落到港口，那时我才八岁，浑身发抖，连空气也在颤抖，面对黑暗的天空，整个大地都在颤栗，摇晃，嗯？对，大炮呀，请教请教我吧，炮弹发射时，大炮往后一跳，动作灵巧，美极了，活像只大虾，要是把手向它伸出，它就后跳，由于水冰冷，手指冻得发红，粗粗的，像香肠。对，发射时，大炮的动作漂亮极了，好似一台上油的机器，机身漂漂亮亮地猛一抽搐，轰隆一声，往后一跳，如同一只活塞，三百米外，炸出一个个漂亮的大坑，那坑不算太脏，天一下雨，便成了水塘。哎，都习惯了，天下没有比战争更容易让人习惯的。战争，并不存在。天天都有人死，还有什么？要说战争，要么天天都是，要么哪天都不是。战争嘛，是全面的，也是持久的。我，亚当，说到底，我还处在战争之中。我不愿走出战争。”

“停一停，亚当，你愿意吗？首先，你谈的是什么战争？”

她趁亚当说话，不慌不忙地喝完了她那瓶酒；她就喜欢不紧不慢地喝啤酒，喝上一大口，慢慢地在声门和舌头中间渗过。她差不多一个个数着在她嘴中消逝的千万只气泡，那气泡搜遍了她牙间的任何一个细小的角落和龋点，占据了她的全腭，一直涌到鼻腔。此刻，她已经喝完了，由于亚当说的东西提不起她的兴趣，她觉得还是打断他的话为上策。她重又问道：

“嗯？你在说什么样的战争？原子战争？还没有打过呢。四〇年的那场战争？你连参加也没有参加过，那时，你大概才十二三岁……”

是这么回事，亚当心里想，是这么回事。原子战争，还没有打过呢。至于四〇年的那场战争，显然，我没有参加过。那时，我大概十二三岁。即使我参加过了，我那时年纪也太小，如今也记不得了。后来没有发生过战争，不然，当代历史教科书上会有记载的。亚当不久前才读过，他心中有数，自反希特勒的那场战争以来，那书上没有提到任何地方发生过任何战争。

他茫然不知所措，不再吭声了。他洗耳恭听。突然，他惊诧地意识到了整个宇宙处处呈现出太平景象。这些与别处大概一样，有着一片奇妙的寂静。仿佛人人都刚刚潜海归来，冲出了海波的入射面，耳朵深处，紧贴着鼓膜，有两只温暖的液状球，传出了节奏不甚分明的跳动，以一块真空地带作为大脑的基础，在真空地带上，充斥着嘘嘘声，鸣啭声，善意的唿哨声，定调声，潺潺流水声，在这里，纵然你疯狂怒吼，气势汹汹，纵然你狂喜不已，也只听得到河水与藻类的回声。

他们啼听着这片寂静，啼听着屋外传来的微弱的声音或屋内家什物件微微搬移的动静，以度过这天的剩余时间。不管怎么说，这并非是绝对的寂静；他谈到了嘘嘘声，唿哨声；除此，还应添上其他的声音，诸如吱吱嘎嘎声，气层的瑟瑟摩擦声，尘埃落至平面上的窸窸窣窣声等，那形形色色的声响被放大了一千五百倍之多。

需要时，他们俩蜷缩在二楼房间的一角，在心里默默地做爱，脑子里无时无刻在想：

“我们都是蜘蛛或鼻涕虫。”除此，他们还有许多类似的充满孩子气的游戏。

傍晚时分，他们落到了某种自身很不完善的地步，仿佛他们所做的一切全都已经泡汤，无论是他们每一个细小的动作，还是每一次微弱的呼吸，全都受挫，连他们自身也仅仅留下了半个人的模样。楼上这间屋子的正下方是亚当起居的房间，屋子里，摆着一张大台球桌，桌面上铺着一块旧台毯。他们肩并肩躺在上面，眼睛盯着天花板。亚当的脸上挂着厌倦中交织着欢悦的神色，左手张开，掌心对着天空，呈水平状态，在台毯上移动。米雪尔点燃了一支烟，自得其乐，将烟灰弹入台球洞；她连脑袋也不扭一下，从侧面看了看亚当，见他那副心满意足、美滋滋的样子，一时感到气恼；她说她觉得这一切讨厌极了，感到是在等待什么，天知道呢，也许在等待斯特拉斯堡的火车，或等着轮到她做头发。

亚当完美无瑕地保持着他的姿态，可感觉得出，他一时想动动双腿，抬抬眉毛。他说着话，可嘴唇却一动不动，米雪尔不得不让他重复。

“我是讲，”他接着说，“女人身上让我厌恶的是什么。”他不断地细细察看天花板。原来，他发现，目光一旦瞄准中心点，由于淡绿色的油漆在泥灰上刷得很均匀，没有一点坑坑洼洼的地方，脑中便毫无立体的意识，墙壁、墙角不见了，于是，便再也没有任何东西表明那天花板面是平的，原则上与水平线平行，以淡绿的色彩为特征，触摸时，表面平滑，稍有点儿沙粒感，总之，是由手工抹成的。一旦半眯起眼睛，瞄准中心点，突然间便面临着一种新范畴的交流，它无视立体、重心、色彩、触觉、距离、时间，夺走你所有的源自基因的欲望，使之萎缩，变得像台机器，它是反存在的第一个里程碑。

“令我感到厌倦的，是……是她们非得要表述她们的各种感觉。恬不知耻。而且差不多总是虚假的。仿佛这对别人举足轻重似的……”

他冷冷一笑：

“我们大家都充满感觉！我觉得，想一想大家的感觉都是一样的，这恐怕要更重要些。可是，不，人们都喜欢讲出来，然后进行分析，并以分析为基础进行推理……况且，这不过也只有一种资料价值。”

亚当将推理推至极点：

“人们就是这样搞形而上学的，一边喝着牛奶咖啡，或躺在床上，或跟一个女人呆在一起，或面对一只在街头被轧死的狗，狗的眼球全凸在眼眶外面，肚子开了花，流出一团肠子，血呀，胆汁呀，一摊泡沫。”

最后，他站了起来，支着双肘。他想说服米雪尔：

“你觉得在等待着什么东西，嗯？某种令人生厌的东西，或某种与其说危险，不如说讨厌的东西？——是这样吗？你感觉到在等着某种令人讨厌的东西。那好。听着。我这就告诉你。我也一样。我也感到在等待。可好好理解我吧：我呀，要是我还没有确信这种令人讨厌的东西就要临头……或迟早有一天必定要临头，我对这种等待的感觉就根本不在乎。这样一来，说到底，我现在就再也不等着任何讨厌的东西，而是等着某种危险的东西。你明白吗？这纯粹是一种脚踏实地的方式。要是你跟我说出了你没有告诉我的东西，比如，跟我说你感到在等待着什么东西，说你知道了，明白了，你知道那可能就是死，那么，这就 OK。我就理解了你。因为说人在等死，这最终总有一天会显出其道理来的。可是，你明白，是不是，重要的不是你拥有的那种不快的感觉，而是无时无刻不在等待着死亡这一事实，不管是有意识，还是无意识地等。情况就是这样。这就意味着，你知道这意味着什么？意味着在某种生命系统中，人们只要存在，就无不在实施这一系统，你也就留下了消极的一部分——从某种意义上讲，它完满地完成了人类的统一。这使我想起了巴门尼德[①]。你知道他说的那句话，我相信，他说：‘业已存在的怎么会可能存在呢？它怎么可能会是诞生之物？因为，如果是诞生之物，那它就不是存在之物，如果它有一天可能会存在，那它也就不是业已存在。因此，起源无踪无影，消亡无从查证。’确实应该这么说。应该心中有数。不然，米雪尔，能否思维也就无关紧要了。说也无济于事，米雪尔，嗯，无济于事。”

突然，他莫名其妙地意识到自己伤害了米雪尔，并以某种方式表示歉意。

“你知道，米雪尔，”为了赎罪，他说道，“你可能说得在理。你可以反击我，为什么不呢，就说一切包含着一切——说到底，这也许是最符合巴门尼德派精神的……”

这回，轮到他侧倾着脑袋，用两只不那么流里流气的眼睛打量着年轻姑娘的侧影；他从中得到了满足，为突然拥有了连接他两段讲话的可能性，为拥有了连接他两段讲话的真正的接点自鸣得意。

“这就是说，在辩证——从这一角度看，说辩术更为贴切——推理系统中，对，在这一不涉及经验的推理系统中，只要你

① Parménide（约前515—？），古希腊哲学家。

对我说一句：‘Quelle heure est-il？’[①]我就可作出解释：Quelle，为特征疑问，源自一种错误的宇宙观，按照这一宇宙观，一切均被分门别类，人们可像从抽屉里取东西一样，从中挑选适合某物体的特征说明。heure，时间，抽象概念，可分为分与秒，若添上无限次，即产生另一个抽象概念，叫永恒。换言之，时间包含有限与无限，可数与不可数；两者矛盾，因此，按照逻辑观点，为无意义。

“est，存在：这又是一个词，是与抽象相比较的一种拟人说，如果说存在就是一个人的联觉的总和的话。il，同属一类。il，并不存在。il是阳性概念在时间这一抽象概念上的普及使用，此外还用于一种不规则的语法形式，即无人称，与est这玩意儿连在一起使用。等一等。整个句子都与时间有关。就这样。Quelle heure est-il？Quelle heure est-il？这个小小的句子，要是你知道它多折磨我！或者说不是这样，是我自己受它的折磨。我被自我意识的重负压扁了。我被压死了，这是事实，米雪尔。这害死了我。可万幸的是，人们并不是按照逻辑生活。生活不是逻辑，它也许就像某种意识的无规律现象。一种细胞疾病。说到底，这无关紧要，不成其为什么理由。首先，必须说话，必须生活？米雪尔，不过，也可以只谈绝对有益的东西，嗯？其他东西嘛，最好还是留在自己肚子里，等着把它们全忘掉，等到只为自己的肉体而生活的那一天，

① 法文中用以问时间的一个常用句式，意思为：现在几点了？由疑问词quelle，名词heure，动词être的第三人称单数直陈式现在时变位形式est及无人称代词il（也为第三人称阳性单数主语人称）组成。

很少去动双腿，蜷缩在一个角落，多多少少有点驼背，也或多或少受到人类的疯狂欲望的支配。”

米雪尔还是一声不吭，并不是因为气恼，而是聚精会神，体验着这儿的不舒坦，几个小时以来，这隐隐约约似曾有过的动作，这相互之间毫无关联的言语，还有这屋里屋外或稀奇古怪、或细微难辨的各种声响，构成了这种不舒坦的感觉；她也许发现了，谁知道呢？发现耳朵深处有一种扩大器，应该不断调整音量，严禁超过某一强度，不然就会自食其果，从今以后再也听不明白。

“现在几点了？”米雪尔打了个呵欠，问道。

“我刚才跟你说了那么多，你还缠着问？”亚当说。

“是的，现在几点了？”

“现在的时间是，夜色明亮，动荡的大地周围，星光闪闪……”

“不，听着，正经点儿，亚当……我打赌现在肯定五点多了。”

亚当看了看自己的表。“你输了，”他说，“五点差十分。”

米雪尔爬了起来，跳下球台，在昏暗的屋子里走着。她透过百叶窗隙缝看了看。

“外面还有太阳，”她说道。接着，仿佛她猛然意识到衬衣后背汗淋淋似的。

“今天可真热啊。”

“现在正是盛夏季节，”亚当说。

她扣上紧身上衣的纽扣（实际上是一件男式紧身衬衫），当她用手扣扣时，她的双眼一刻也没有离开窗叶细缝，目不转睛地看着窗外可见的那一小片风景；她浑身上下一团漆黑，唯在眉睫处有一道白色的光线，将她一分为二。他们的身躯仿佛被人控制，被放置在一条深深的车辙中，以致看什么东西都不完全。她的视野只限于窗缝的大小，约一点五厘米宽三十一厘米长，而他呢？还躺在球台上，只隐隐约约地看见她正往外张望。

“我渴了。”米雪尔说，“你是不是还剩一瓶啤酒？”

“没了，可花园里有个水龙头，在房子的另一侧……就剩这一个没被自来水公司关掉了……”

“你这儿为什么总是什么喝的也没有？我想，经常去买瓶石榴汁或别的东西，这又不难。”

“是因为我没钱，小丫头，”亚当回答说，他还是一动不动，“你可能是想咱们一块到城里去喝一杯，对吧？”米雪尔转过身。她用目光扫了屋子一遍，黑影反照在她的眸子里，茫然的眸底闪烁着一个个黑点。

“咱们还是去海滩吧。”她提议说。

他们达成了一致意见，沿着海角到悬崖礁岩间去走走。确实，海滩尽头，有一条小道，像是走私犯开辟的小道。他俩肩并肩在小道上走着，没有多说话。迎面碰到了一伙伙垂钓归来的人，他们肩扛渔竿，像是刚下班。他俩乖乖地顺路走去，沿着海边，上下高度正适中，离海水不太近，离山丘也不太远。地面上很有规律地长着一丛丛芦荟，给眼睛和大脑提供了休息的机会。海面上也以同样方式装点一新，那尖尖的脊峰，在模仿着波浪运动，几乎呈几何图形。一切都有意识地呈现出新气象，宛若一匹鸡爪状花纹布，又好似根据金龟子或蜗牛的娱乐标准建成的一座偌大的小花园。

山丘的这一带，有十几座房屋；地下埋有排水道，地面微微隆起，隐约可辨，像树根一般贴着地面蜿蜒伸展开去。几米外，小道伸向一座水泥碉堡下方；旁边一架陡梯直下一口坑底，里头冒出一股暖烘烘的粪便味。亚当和米雪尔绕过了那座水泥建筑，不知是一座碉堡。他想得比较简单，以为是座现代别墅，纳闷这主人怎能忍受在这臭气熏天的环境中生活。

待他们走到海角尽端，太阳已经彻底消失了。这儿，再也没有一丝路的痕迹；只得从一块岩礁跳到另一块岩礁，岩礁与海面几乎呈水平线，天空一半悬挂在头顶，另一半隐藏在突出的山峦后。米雪尔一下跳得太高，扭了脚脖子，他们俩坐到一块平坦的岩礁上，休息了一会儿。两人都抽着烟：他抽两支，而她只抽一支。

离海岸约百米处，一条大鱼正往前游去，圆滚滚的黑色鱼身半浮在水面。亚当说是条鲨鱼，可他们无法断定，因为夜幕降临，他们看不清那条鱼有没有鳍。

大鱼在海湾转悠了半个钟头，愈游圈子愈大。它完成的这幅螺旋形图案并非尽善尽美，更确切地说，这是一幅疯狂图，是对某种疯狂的真实描绘，那条灰不溜秋的大鱼迷失了方向，用鼻子不断撞击冷热气流。饥饿、死亡或衰老也许折磨着它的肚子，于是它四处游荡，时而受欲望驱使，像一条飞船，时而力衰气短，像一摊流沙，阴间的永恒已经隐约可见，向它靠近。

米雪尔和亚当起身时，那条鱼最后又出现了一次，它那枚危险的炮弹在浪间滑动，接着，它向外海游去，渐渐消失了。米雪尔声音低微，紧紧地靠着亚当：

“我冷……我冷……我很冷……”她说道。

亚当并不拒绝接触年轻姑娘的躯体，甚至可以说是他主动握住她的手，那只细皮嫩肉、温和柔软的手，他一边走，一边重复问道：

“你冷？你冷？”

米雪尔回答道：

“是的……”

不一会儿，岩礁间出现了各种各样的洞。洞大大小小，形形色色，无所不有。他们选择了一个不大不小的洞，只有一个人的位置，可他们俩都拱了进去。亚当兴致尤其高：他没有一天不来创造这番奇迹：他的神话感被激发到了极点，常常用石块和瓦砾把自己埋起来；他恨不得倾尽世上的碎石和垃圾，将自己掩埋其内，占据物质、灰烬、卵石的中心，渐渐地化为一尊雕塑。不是那种白大理石塑像的式样，也不是中世纪的基督像的式样，这些塑像或多或少总是闪烁着模仿生命与痛苦的色彩；而是那种铁雕铜塑的模样，已有千载的历史，或仅仅经历了十二个春秋，人们并没有发掘它们，可有时挥铲锄地，在两个土包间一铲碰上，仅凭那浑厚的碰撞声，就可认得它们。它就像一粒种子，好似一颗树籽，深藏在土缝里，等待着天赐洪福，吸水发芽。

他伸手朝右方轻轻地动了动，胸有成竹，知道会触碰到什么。可在这无比欢悦的瞬间，他感到自己的知觉在摇晃，巨大的疑虑占据了他的大脑；某一逻辑的、难忘的经验试图让他分辨出米雪尔的皮肤（伸在他身边的裸臂），而与此同时，他的手指在盲目地左右摸索，可触摸到的却是坚硬、粒状的下陷地面。

亚当似乎独一无二，只要他愿意，就可以像这样死去，真正地死，悄悄地死；他仿佛是世间唯一的一个生者，在不知不觉地死亡，不是死于肉体的堕落与腐烂，而是消亡在矿物的冻结之中。

坚如钻石，多棱易碎，嵌在等积四方体正中，永远保持着几何图形般的姿态，力求纯洁无瑕，绝无冻鳕鱼的弱态，这种鱼在成批冷冻时，鱼鳍接合点总挂着一颗熠熠闪亮的小水滴，眼睛上也总蒙着一层薄薄的细膜，那是死亡时的痛苦标志。

米雪尔再次站起身来，用手理了理衣服，不耐烦地说：

“亚当——亚当，咱们走吧？”

接着又说：

“亚当，你这样让我害怕，你一动不动，也不呼吸，像具尸体似的……”

“笨蛋！”亚当回了一句，“把我的静修给打断了！现在，完了，我又得从头开始。”

“你从头开始什么？”

“没什么，没什么……我跟你解释不清。我刚才已经到达植物境界……成了青苔，成了地衣。差不多就要成了细菌和化石。我跟你解释不清。”

全部结束了。他现在知道，在这天剩余时间里，危险已经排除。他站了起来，抱住米雪尔的肩膀和腰身，把她紧紧地按在地上，剥去她的衣服。接着，他占有了她，可思想却集中到别处，比如集中到那条鲨鱼突出的身子上，它可能正在那个天地里划着越来越大的圆圈，苦苦寻找直布罗陀海峡。

后来，他高喊了一声“嗨噢”，便独自奔跑起来，沿着那条把他引回海滩的小道，越过岩礁，穿过灌木，荆棘，跳过一块又一块岩石，目光搜索着昏暗的洞穴，众多的障碍只勉强看得出个大概，时刻有可能把他绊倒，扯破他胫骨的皮，把它摔成两段，喀哒一声，落到下面的一块石块上，身上仍在抽动，成为令人恶心的寄生虫的美餐。黑夜漆黑一团，达到了某种完美的境界，每一个物体都会在该地区的地图上引起新的混乱。地面布满斑纹，俨然是一张斑马皮，黑一道，白一道；山峦形成一个个同心圆，像是道道指纹，有的纹路相依，有的纹路重叠，不给人一丝安宁。仙人掌的尖头如同架在一起的枪束，等待着一场神秘的战争。

左侧，那液状物不再波浪汹涌，大海宛若一面平镜，平静如睡，坚似钢铁，整个儿变成了钢盔铁甲。

此时，亚当在铁景中奔跑，这不是一幅死景，而是具有像谜一般深刻的生命，其活力被禁锢在地底的百米深处，可能表现为气流或气泡；世界的外壳像打了釉光，好似一位熟睡的骑士，身披甲胄，一动不动，但却充满强大的生命力，那透着寒气的反光意味着鲜血，意志，动脉或大脑。无烟之火，电之火，在漆黑的地底潜藏着。地壳从这团火中汲取了全部的力量，仿佛这岩礁、大海、树木、空气还在熊熊燃烧，仿佛这一切是石化了的大自然闪烁的火光。小道已经略宽了些，将他引入碉堡旁的一口深坑，周围弥漫着臭气，他遂蹿上梯子。这儿是小道的最高点。海岸边，唯此处视野开阔了千倍，海、天、地尽收眼帘。登至最高处，亚当恍然大悟，奔跑已经无用，旋即止步，整个儿顿时麻木了。

凉风从四面八方吹来，劈头盖脸，扑打着他全身，麻木变成了痛苦。他支着双腿站立着，高高的像座灯塔，正在细细欣赏自身在宇宙中有多融洽。此时此刻，他已深信不疑，自己不懈地、永久地占据了宇宙的中心，任何力量都无法拉开宇宙的拥抱，将他从宇宙的怀抱中夺走，哪怕在日后的哪一年哪一日，死神将在第四纪的两片木条中拍摄下他的人体形状。

他顶着呼号的风，向前迈了几步。

他几乎像个瘸子，蹒跚前行，仿佛面临一场大爆炸，在小路下方的一块悬崖上，他坐了下来，心不在焉地朝天际瞥了一眼。他的身影完全虚化了，细微得就像某种梦境血红的背景上的一根神经。

一艘帆船被大海的另一侧遮去了半截，不见移动。一刻钟后，亚当感到寒冷向他袭来，他打了个哆嗦，开始向碉堡方向张望，愈来愈希望米雪尔到来，最后，米雪尔跑得气喘吁吁，终于在他身后出现了，她输掉了这场赛跑，一副狼狈相。

F

烈日炎炎，天上没有一丝云彩；酷热中，田野在渐渐收缩；有的地方，地面裂开了口子；野草烤得枯黄，脏乎乎的，沙砾蜷缩在一个个墙洞里，树木在尘埃的重压下弯着腰。看样子，这酷夏将永远不见尽头。眼下，田野里，坡地上，蝗虫成灾，胡蜂肆虐。结实的土路在它们的扑翅声中穿过，像锋利的刀片，割去气疣，刺破热气泡，那一个个气泡在草茎间碰撞，气味刺鼻。大气坚持不懈，在竭力抗争。

几个男人骑着自行车穿过田野，上了国家公路，汇入车流。

远处，大马戏场似的山峦脚下，房屋的窗玻璃阳光反射，很容易被视作公路两旁辽阔的庄稼地。人们也可能忽视远景，误以为那是小土包间熠熠闪亮的云母石。沸腾的景象活似一床扔在炭火上的黑毯，一个个窟窿突然间火光闪闪，一阵气流从毯下穿过，毯子波动不息，此处，彼处，冒出条条烟柱，升向空中，仿佛是藏起的香烟发出浓烟。

一道锻铁栅栏围着公园。在南面，铁栅栏沿着大公路，亦即沿海修建，正中断开，是一扇大门；大门的两侧，有几座木亭，为两位五十开外年纪的妇女遮住了阳光，她们俩正在打毛衣，或许在看侦探小说。她们面前，搭在木亭窗口的一块木板上，放着一卷卷粉红色的入园券，上面打着间距均匀的冲点，以方便检票。一个头戴蓝帽、身着蓝制服的男子站在一盆老鹳草旁边，并不是那么一动不动，只见他正用指尖在撕木亭售出的入园券；一小片粉红色的面包屑挂在他上衣腹部处的羊毛上。这人厌烦得都不屑朝他身后属于他看管的区域看一眼，不然，他准能看到那儿有一伙游客在走动，一个个显出好奇而又冷漠的神态，消失在动物笼的铁条后。他也不和木亭里的妇女说话，游客问到他时，他才勉强答一句，而且回答时，也是漫不经心的模样，不看询问者的面孔，双眼只盯着海滩上一家餐馆的屋顶，那屋顶上挂着条幅，插着小旗。波多餐馆。当然，有时他也不得不说声“谢谢，是的”，或说声“去吧”，以及类似趣味的话，也有一些游人一无所知，什么也不清楚，他接住他们的票，手腕反转两下，轻轻撕下票头，扔进左边的废票篓，一边答上一句：

“对，夫人，我知道。五点半关门，夫人。”

“您慢慢看吧。五点半关门，对，夫人。”

亚当开始漫不经心地在笼子间走着，听听周围的人说些什么，也闻闻从粪便和动物身上散发出来的各种气味；含着尿味的暗黄色的气味别具一格，给万物，尤其给动物平添几分令人愉悦的立体感。亚当在关着一头雌狮的笼子前停下脚步，他透过铁条，久久地观望着灵活的狮身，那满身肌肉，鼓鼓的，他心想这头雌狮可能是个女人，是个用橡胶浇制的橡皮女人，那呛人的气味也许是从一张习惯抽黄烟的嘴中散发开来，那两片嘴唇涂着些许口红，牙齿一股薄荷糖味，许多难以说清，但却实实在在的小东西，如黑影、绒毛、裂纹，给嘴唇四周投下一圈光晕。

他倚靠着将游人与兽笼隔开的栏杆，任凭自己昏昏沉沉的，但昏沉之中有个突出的欲望，想摸摸那身皮毛，把手伸进浓密、柔软的毛中，骑上狮颈背，像钉子一样死死固定住它的爪子，用自己的躯体遮盖住像太阳般温暖的长长的狮身，此时此刻，他的躯体已经变成一张狮皮，长满狮毛，浑身充满神奇的力量，奇妙地成了狮子家族的一员。

一位年迈的妇人从狮笼前走过，手上拉着一个孩子，那是个小姑娘。老妇人走着，随着她向前迈步，她的身影在逆光中投射到笼子的铁杆上，忽闪忽闪的，母狮抬起了头。随即出现了两道反向的闪光；充满人类经验的黑箭在沙滩上方的某处触及了母狮神奇的绿色钢盾，霎时间，老妇人几乎裸露的白皙的身躯与野兽的皮毛合二为一；两者都摇晃了一下，接着腰肢扭动，仿佛在这粗俗的相互理解之中，踏起了淫荡的舞步。可是，一眨眼工夫，它们相互分开了，摆出的舞姿也松弛了，兽笼四周，只留下了一块洁白无瑕的标牌，在阳光照射下，犹如一个水潭，又像一具古怪的尸体，一个幽灵，风一吹，枯枝败叶飒飒抖动。亚当看了看老妇人和那个孩子，心中陡然产生一股莫名的忧伤，感到了一种古老的需要：想要吃点什么；他有别于从笼前走过的大多数人，毫无兴致，不想与母狮说话，不想对它说它长得漂亮，高大，或长得像只大猫什么的。

他在动物园来回走动，加入了最微不足道的笼中部落，与蜥蜴、老鼠、鞘翅目动物或鹈鹕打成一片，消受午后剩余的时光。他发现，加入另一种类的最佳方法，莫过于尽量激起对雌性的欲望。因此，他每到一处，便弓着腰，倚靠在栏杆上，眼睛瞪得圆圆的，全神贯注，用目光搜遍每一个小洞穴，每一个肉疙瘩，每一道毛皱褶，每一片细鳞，松软的巢穴中，一切都在酣睡，那入睡的模样显然不堪入目，只见黑乎乎的毛团，软塌塌的软骨，脏兮兮的细膜，红溜溜的肉圈，还有像四方形土地一样龟裂开口的粗皮。他除尽了园中的杂草，将脑袋伸进花坛，用牙齿啃光了腐殖土，身子趴在地下通道的深处，在距离地面的十二米处，触摸着一个由一只腐烂的田鼠转世而生的相似的新躯体。他嘴巴缩入两肩之中，两只圆球似的眼睛慢慢地伸向前方，小心翼翼，企盼着某种电击，肌肤挛缩，运动神经节受震，全身的关节环相互碰撞，就像铜链条一样，发出清脆的当当响声，待他到了地底下，蜷曲着身子，化成胶状，那么，就纯粹是花坛中一条独一无二的、名副其实的黑蚯蚓了。

在豹笼前，他做了这样的事：身子微微前倾，伸过栏杆，猛地把手伸向兽笼的铁杆。笼中一只灰毛母豹一声怒吼，朝他扑来，观豹的人们惊得向后退去，被激怒的猛兽用爪子直刨地面，亚当吓得浑身瘫痪，四肢哆嗦，只听得脑后的某个地方响起了看护员的斥责声，刺激得他全身感到美不可言的畅快。

“您干这种事，聪明呀！聪明！您干这种事，聪明呀！聪明！聪明，嗯！”

亚当重又与豹子相隔开之后，往后退了退，看也没看看护员一眼，嗫嚅道：

“我不知道……原谅我……”

“您不知道什么？”身穿制服的看护员说道，同时嘴里在哼着，想方设法让猛兽安静下来，“噢啦！噢啦！噢！噢！拉马！拉马！静静！静静！拉马！”“您不知道什么？您不知道不该惹动物？干这种事，聪明呀，聪明！”

亚当没有想方设法辩解，他很尴尬，仍然嗫嚅道：

“不……我不知道……我想……”

“对，我知道，”那人打断了他的话，“野兽关在笼子里，戏弄它们才有趣呢！是怪好玩的，可要是笼子打开了，那就不怎么好玩了，嗯，说呀，那就没有这么好玩了。要是您关在这笼子里，也许一样，怪好玩的，您不觉得吗？”

他厌恶地转过身子，让一位善良的妇人作证：

“有些人，仿佛他们根本意识不到似的。这些野兽已经三天什么也没吃了，有的人竟然以逗笼中的野兽为乐。有时，我真恨不得把笼子打开一点，放出一条浑身光亮的大蠡斯。您准可以看到他们撒腿逃命的样子，对，只有吃点苦头，他们才会明白，才会知道。”

亚当没有听完就走了。他没有耸肩，可双脚拖地，慢悠悠地走着；他沿着哺乳动物笼走去；最后一只笼子，也是最小最矮的一只笼子，里面关着三只瘦瘦的狼。笼子中间，用木头修了一个类似窝的东西，几只狼围着直转，不知疲倦，一刻不停，两只眼睛死死地斜视着铁条，齐膝高的铁条快速地向后退去。

三只狼中，两只顺着一个方向转，另一只顺着另一个方向转；转了若干圈之后，就假设十圈或十一圈吧，出于某种突然的、异常的、难以说清的原因，好像有人打了个响指，它们马上掉转身子，反向而转。它们身上光秃秃的，沾满尘土，灰不溜秋的，下垂的嘴唇发紫，可它们总是围着那个窝不停地转，眼中的寒光反照在身上，仿佛浑身披着闪光的钢片，气势汹汹，恨不得发泄仇恨，显出凶残的原形。它们在笼中打着圈圈，由于动作有条不紊，成了周围各处唯一真正的运动点。动物园的其余各部，连同游人和其他兽笼，全都陷入了某种静止不动的迷醉境地。人们猛然僵滞，凝固在摇摇欲坠的僵硬状态，周围的一切亦然，包括那只用铁条、木条制成的钟形狼笼；人们好似从显微镜中看到的一个光圈，上面放置着染上深色的生命基本元素，诸如杆状细胞，血球，还有锥体虫，六角形分子，微生物和细菌碎片。恰似用数十部透镜拍摄而成的一幅微观世界结构几何图。您知道，这一用化学品染色的，像月亮般闪耀的白色圆点是真正的生命，没有运动，没有时限，处于遥无尽头的第二无极之境，不见动物，没有显眼的东西；唯有岑寂、静止与永恒，因为一切都是那么缓缓的，慢慢的，悠悠的。

在这片枯燥的景象中，只有那几只狼为唯一的运动标志；俯瞰这一运动，比如从飞机上往下看，它也许像是一种异样的搏动，就像出现在海面的蚁群的攒动，恰正处在飞机垂直线的接触点上。大海呈圆球形，布满小圆齿，灰白色一片，像块大石头般坚硬，在六千尺的下方沉睡，但经仔细观察之后，可见某种东西，独立于冉冉上升的太阳，就像物质中的一个小结，一个在物质中心闪烁、运动、捣乱的瑕疵。就是这种东西，每当我猛一转身，突然离开灯泡，我便看到它，看到这颗微弱的星星，它酷似一只白蜘蛛，在挣扎，在划动，可寸步难移，在世界的黑暗景象之中苟延残喘，最后，在千百万扇窗户，千百万幅版画，千百万件雕镂品，数十亿道凹槽饰前往下落去，永远，永远。然而，唯它像一颗星星，虽然一次又一次地自我毁灭，却永远不会消失，因为它已经消失在自身之中，埋葬在一件深色的青铜制品的背部。

亚当离开了关狼的笼子，又到了一个圈起来的地方。这是园中人工修建的一块空地，左右两侧各有几个水池，以便被剪去了翅膀的大鹈鹕有水喝。这里有粉红色的火烈鸟、鸭子、企鹅等，仍然是同样的一种生活；打从夏季的某一天开始，亚当先是去海滩，然后再喝上两三杯咖啡，回到被废弃的屋中，或者去乘火车，乘汽车，读读报纸，渐渐从中发现的一切，他如今又在狮子、狼、海鸭的面前重新经历了一番，不过，每经历一次，就更完满几分。

这一切是如此简单，就摆在您的眼前，让人发狂，或至少可以有所感觉。是这样，它就存在着，亚当捕捉到了它，可在他捕捉到的同时，又把它放跑了。他胸有成竹，可是他又茫然不知所措，再也不明白自己在做些什么，以后要做些什么，不知道自己是从精神病院逃出来的，还是一个开小差的逃兵。出现在他面前的，即将出现在他面前的就是这样：由于不断地观看世界，世界整个儿凸现在他的眼前；世界万物经过数以千百万计的眼睛、鼻子、耳朵、舌头、皮肤等千百万次的观察、感觉，再感觉，最终世界成了一面多棱镜。如今，镜面已经数不胜数，变成了记忆，镜面相交的盲角很少很少，因此可以说，其意识是全球性的。此处，是全景的邻邦，在这里，人们有可能再也无法生活，再也无法生存下去。有可能在夏季一个炎热的下午，在一张令人恶心的床上，有人将一瓶巴尔西妥尔全都倒入一只凉水杯中，喝呀，喝呀，喝呀，仿佛地球上从今之后再也不可能会有泉水。多少个世纪以来，人们一直等待着这一时刻，而他，亚当·波洛，他来到了，他突然来到了，成了世间万事万物的神圣的拥有者；他无疑是他所属种类的最后一位幸存者，确实如此，因为这一种类已近末日。此后，他只有任自己悄然无声地，难以觉察地慢慢死去，任自己受一个独一无二的世界，而不再受数十亿个世界的控制、侵袭与打击；他将所有时间和所有空间全部联结了起来，自身的体积比蝇头大一些，上面布满眼状斑，他孤零零地挺着这具纤弱的躯体，等待着突然出现咄咄怪事，把他击翻在地，重又抛入生者的行列，抛入血肉、碎骨、张着的嘴和失明的眼彼此不分的、血糊糊的烂泥之中。

傍晚时分，在动物园马上就要关门的时刻，亚当来到一家咖啡店坐了下来。他挑了阴凉处的一张桌子，要了一瓶可口可乐。在他的左侧，有一棵橄榄树，树上，有人自以为出了好主意，用木板搭了一个类似平台的东西，还安了一条铁链；平台上，在铁链的尽端，系着一只黑白色的绒猴，活蹦乱跳，放在这儿，显然是为了逗孩子们取乐，同时也是为了节省动物的食料。要让孩子们乐得开心，首先要向一位掉了牙齿的老太婆买几根香蕉或几包糖衣杏仁，扔给猴子吃，这位老太婆是受专门指派操此营生的。

亚当稳稳地坐在扶手椅里，点了一支香烟，对着瓶口喝了一口可乐，等待着。他并不怎么清楚自己在等待着什么，迷迷糊糊地夹裹在两股热风之间，看了看猴子。一男一女从亚当的桌前慢慢走过，他们拖拉着双脚，眼睛盯着那只动物毛茸茸的细小身影：

“真漂亮，这绒猴，”男的说。

“是的，可坏死了，”女的说，“我记得我祖母过去有一只，她总是把最好的东西给它吃。哼，你以为它会感激她？才不呢，它把我祖母的耳朵咬得出了血，该死的畜生。”

“也许那是一种友好的表示，”男的说。

亚当突然产生一种怪诞的欲望，想要纠正错误。他朝那对夫妇转过身子，解释道：

“这不漂亮也不坏，这是只绒猴。”

男的哈哈大笑起来，可女的看了他一眼，仿佛她早就知道，他是个最大最大的大傻瓜，接着，她一耸肩膀，走开了。

现在，太阳已经很低了，游客开始渐渐离去，腾出了兽笼和咖啡桌间的位置，只见五颜六色、喊声、笑声和一双双大腿像潮水般退去。随着暮色降临，动物走出了人工搭建的巢穴，纷纷伸展四肢；叫声四起，有尖嚎声，有鹦鹉的鸣叫声，有催促喂食的动物的嗥叫怒吼声。离关门就几分钟时间了。亚当站起身，向老太婆买了一根香蕉和几颗糖衣杏仁；他付钱时，老太婆露出满脸不高兴的样子，对他说：

“您想给猴子吃？”

他摇摇头说：

“我？不……为什么？”

她说道：

“您已经过了时间。现在喂动物太迟了。五点钟后就严禁喂食，不然，动物就消不了食，会弄出毛病。”

亚当又摇了摇头。

“不是给猴子吃，是给我自己。”

“那好。要是给您，就不是一码事了。”

“对，是给我自己，”亚当说，说罢剥起香蕉皮来。

“您明白，”老太婆继续说，“一过了时间，对这些动物就有害了。”

亚当点点头。他站在老妇人面前吃着水果，虽然双眼盯着绒猴，却一副漫不经心的模样。吃完水果，他又打开包着的糖衣杏仁。

“您来一颗？”他问道，他发现她正在好奇地打量着他。

“谢谢，”她说道，“我吃……”

他们倚靠着柜台，双眼不离猴子，两人一起吃完了剩下的糖衣杏仁。接着，亚当把空纸包揉成纸团，放在一个烟灰缸里。太阳已经落到树梢那儿。这时候，他问了老妇人许多事情，问她在动物园的咖啡店已经干了多长时间，问她是否结过婚，多大岁数，有几个孩子，还问她对自己的生活是否满意，是否喜欢看电影。他越说靠她越近，带着愈来愈强烈的柔情注视着她，就像他在几个小时前，满怀深情地看着母狮、鳄鱼和鸭獭。

最后，她还是开始戒备了。当亚当一个劲地刨根问底，坚持要弄清她的名字时，她拿起一块湿抹布，动手擦起柜台的锌板面来，胳膊大幅度地来回伸展，身上的肉组织直抖。亚当想顺势抓住她的手，她脸霍地一红，威胁说要去找警察。动物园深处的某个地方，响起了铃声，示意关门的时刻已到。亚当这才决定离去。他彬彬有礼地跟老太婆说了声再见，老太婆背冲着亮光，没有答理；他又添上一句，说等冬季来临前的哪一天，一定来看望她。

然后，他走出咖啡店，反向穿过了动物园，向大门走去。一些身着蓝色工作服的男人在用一桶一桶的水清洗兽笼的地板。一种紫色的阴影填补了景色中的空白，阵阵狂叫声升向空中，此处彼处，几乎到处都是令人窒息的热浪，散发着内脏味。大门的两侧，小亭子全都已经关闭。可是，尽管人已走空，野兽在歇着，但公路上，甚至在海边，仍然飘忽着一股隐隐约约的猴子气味，它悄悄地潜入你的体内，致使你怀疑起自己所属的种类来。

G

后来，我知道他又去等那只狗了，每天，总是在同一时刻，也总是在沙滩右侧那个像是海堤的地方。他没有到洗海浴的人们中间去，坐在卵石上等待，尽管这样会更舒服些；而是坐在堤边，双腿悬空，不停摇晃，这部分是由于天气炎热的缘故，部分是为了在一个较为空旷的处所，感受到自己更能支配自身的运动，在这儿，时不时总会吹过一阵凉风。他用目光扫过了整片海滩，包括砾石，油腻的废纸堆，显然也包括洗海浴的人们，洗海浴的总是这些人，而且还总是呆在老地方。他用了不少时间，就这样窥视着，只见他背靠德国人在一九四二年运至此地的一个水泥墩，迎着太阳躺着，一只手插在裤兜里，准备从一包香烟中掏出剩下的两支香烟中的一支，他规定每小时抽一支。还有另一只手，他用来搔下巴，抓头发，或者刮海堤上的石子，追随尘埃或沙粒，以此为乐。他监视着整个沙滩，监视着游人的来来往往，监视着卵石难以察觉的坍落。但最为重要的，他窥视着黑狗到来的时刻，盼望着黑狗在陌生的游泳的人群中出现，向公路方向前进，嗅着一丛丛野草，蹦呀，跑呀，不顾一切地投入用混凝土筑成的这方小小的冒险的天地。

每到那时，他便会像被人用套索猛地一拉，摆脱昏昏沉沉的状态，又开始跟踪那只动物，根本不知被带往何处，也压根儿不存有任何奢望。是的，他浑身感到异样的快乐，那种快乐往往导致人们机械地在继续某个动作，或模仿运动着的一切东西，因为那是生命的标志，可任人作出种种可能的猜测——人们总是喜欢无休止地重复一个动作，连那只动物也不例外。它迈着四条腿，飞快地走着，发出湿漉漉的沙沙声，在沥青路面上，有力地向前驱动那身薄薄的黑毛，那两只直直的耳朵和那对透明的眼睛，那只动物已经有了定名，它就叫狗。

在两点差十分的时候，狗离开了沙滩。出发前，它在水中抖了抖身子，额毛像棉花似的，一绺绺沾到了一起。它登上了卵石路堤，费了很大劲，气喘吁吁，走到离亚当几米远的地方，停在公路旁。太阳照得它垂下了眼皮，似乎给它的冷嘴筒上浇铸了一块白色的金属牌。

它犹豫不决，仿佛在等着某人，这就给亚当提供了时机，跳下海堤，摆好了起跑的姿势，亚当一时兴起，想对它吹声唿哨，打个响指，或简简单单地喊它几声，就像大部分人对大部分狗那样呼唤：

“嗨！狗！”

或者

“嗨！梅多尔！”

然而，这一欲望还没有来得及表现为任何初步的动作，便在脑中受到了阻挠。

亚当只是停下脚步，从后面打量这只动物；从这个角度看，它整个缩小了，怪模怪样的，直挺挺的身子，蹬着四条腿，腰成了弓形，脊柱两旁的毛也稀少了，颈脖似乎隆起，又粗又短，一个个肉疙瘩，可从来没见过这副模样的狗。

他观察着它的枕骨部、颅沟和两只竖着的耳朵。一列火车驶进隧道，发出隆隆的声响，听那声响，列车显然很远，正在山间行驶。他右耳前伸了几毫米，捕捉着机车的喀嚓喀嚓声，接着猛地往后缩，只听得一个孩子在下方的沙滩上没命地、久久地大声哭喊，那孩子可能遇到了伤心事，比如一块尖利的砾石把球给戳破了。

亚当一动不动，等待着起跑。出乎意外的是，狗猛起向前扑去，绕过一辆汽车，这才开始向公路上方跑去。它在离路坡附近的路面上疾步前行，并不左顾右盼。国家公路从村庄穿过，在公路交叉路口前这段路上，狗两次停下了脚步。一次是在一辆停在路旁的奥尔德汽车的后轮前；可这辆汽车并没有丝毫特殊的地方，它没有看车子一眼，没有嗅一下，也没有冲着轮子的金属壳慢慢地撒泡尿。第二次是在一位年迈的妇女下山去海滩的时候，她手中牵着一只母看守犬；妇人瞥了它一眼，拉了拉系在母犬身上的皮带，朝亚当转过身子。既然相遇了，她觉得应该奉劝一句：

“您应该把您的狗系起来，年轻人。”

亚当跟狗一样，身子向着前进方向，可脑袋和脖子往后扭，用目光跟随着那只母犬。就这样，他们俩默然地注视了两秒钟，眸子深处闪烁着黄色的小光点。接着，狗叫了起来，亚当也在嗓子眼里发出含混不清的吠声：汪汪汪，汪汪，噢汪汪汪汪汪，噢汪汪汪，汪汪噢。

在岔路口，亚当希望狗往右边拐，因为再走一段，就是他居住的山丘，你知道，那儿有一条小道，还有一座大房子，始终空着，他就住在里面。可是，狗如同往常一样，毫不犹豫地往左边走去，上了通往城市方向的那条路。亚当也一如既往地跟随其后，只是他在大脑的一个准确记忆点中感到些许遗憾，无奈竟有如此不可抗拒的动因，将这只四足动物引向人群与住宅群落。

过了海滨公路，便是一条林荫大道，人行道旁长着悬铃木，间距均匀，形成一片片幽暗的树荫。狗故意在树荫下行走，每当它走至阴暗处时，由于身上长着一圈圈黑毛，人们便难以把它与黑色的悬铃球和圆圆的树叶分辨清楚。

这树荫和阳光导致了一次又一次的犹豫。狗突然从左边跑到右边，接着又从右侧跑到左侧；它在行人中穿插，因为已进入市区，行人愈来愈多；商店都在营业，或冷或热的气浪扑面而来，到处都是缤纷的色彩，一顶顶阳伞，伞面破烂不堪，这番景象全都映在墙上，只见墙头贴着许多广告，有的残缺不齐，缺头短尾，写着三个月前的表演节目：

公园　厅　阿特施

酒吧　班德与詹姆斯·W·布朗

女　演手

马尔迪

味酒

狗大大放慢了行走速度，部分原因是行走的人群愈来愈拥挤，另一部分原因也许是它差不多接近了此行的目标。亚当因此而得以喘息一下，吸支烟。他甚至抓住狗去闻旧尿渍的时机，到一家食品店的门面售货部买了一小块巧克力面包。自上午以来，他一点东西都没有下肚，感到全身没有气力。他小口吃着还温手的面包，跟着狗上了中心大街。在一道红灯处，狗停下脚步，亚当上前来到它的身旁；他手上还剩下一点儿面包，包在油乎乎的食品包装纸里，他心想可以给狗吃一小块，可又一想，这样一来，狗有可能对他产生好感，这对他有害无益；它甚至会反过来跟着他走，而他却不知向何处去，而且，他又不愿意承担带领他者行走的责任。再说，他肚子饿得慌，还是别把这剩下的一点点食物贡献出去为好。因此，他自己吃完了那一小块巧克力面包，一边看着脚下那只毛茸茸的灰色躯体，只见它在呼哧呼哧地喘着气，一边用鼻子乱嗅，两条后腿的膝弯绷得直直的，乖乖地等着警察放行，穿越街道。

市里挺怪，竟不见狗。除了在海滨公路碰到那个老太婆牵着的那只母看守犬之外，他们遇到的尽是人。然而，街道上却带着隐秘的动物生活的印迹，诸如某种气味、尿渍、粪便，以及不顾往来的行人、鸣笛的车辆，憋不住在光天化日之下，在人行道旁匆匆交配时留下的绺绺细毛。

只要细心观察，在人行道的污痕上，不时可以发现上述的那些犬类生活的标志，这些标志绘制了一幅非真实的城市迷宫行进路线图。它们有助于重新组合一个与人类无关的时空概念，一到晚间，便将数以千计的狗从平时栖息的小洞里引上街头，一只只泰然自若，安然无恙。

可是，亚当，他却完全失落了；虽然马路上有形形色色的标志，有各种各样的气味，沙沙作响的碎石路面上也不时出现详尽微小的指示物，凭借嘴巴、眼睛、耳朵，甚或只借助足掌的接触、爪子的搔扒，便可机械地控制住延髓。但是，由于他不是狗(也许还不是)，他茫然不知所措。同时，因为他不再是人，不管怎么说，他今生今世不再是人了，所以，他虽在闹市区行走，却什么也看不见，任何东西都不再具备任何意义。

第十三照相馆，高尔东家具店，弗里吉戴尔冰箱，精制食品店，高塔咖啡店，威廉宾馆，明信片与纪念品，太阳琥珀，马特斯长廊，烟酒馆，跑马赌场，国民彩券，这一切，他全都看不见。

谁在人行道上画了线？谁在玻璃橱窗上精心挂上了玻璃牌？是谁，对，是谁写下了“睡衣及配套的条纹床单”或“当日菜单”？又是谁在某日说：“一切为了电台”，“敬请光临本店”，“欢迎购买本店削价出售的比基尼”，“秋季系列时装”，“各类酒批发兼零售”等等?

然而，所有这一切的精心安排，都是为了使像亚当这样的人在夏季能够保持清醒的头脑，对自己的食欲或欲望确实有所把握。他们这类人往往想光着身子套上条纹睡衣睡觉，床上要配套的条纹床单，条纹枕头，也许连卧室的贴墙纸也是条纹的，条纹状的夜蝶飞扑条纹状的灯罩，黑夜是条纹状的黑夜，划过道道霓虹灯光，白昼也是条纹状的白昼，到处是铁道和车辆。因此，当亚当身着那条膝盖以下部分脏乎乎的裤子，双手插在裤兜里，弓着腰，跟着那条没有系上绳索，满身黑灰色的皮毛，独一无二的狗时，人们少不了低声议论一句：“这带海滨真有些怪人，”要不就是，“有的人还没有转送到疯人院去嘛。”

跟一只狗行走，这肯定要比人们平时想象的容易得多。这首先取决于目光，取决于目光落点的高度；必须善于在晃动的腿间搜索，发现那个在生活，在跳动，在膝盖下方奔跑的黑点。亚当对此轻而易举，原因有二：一是他身子稍稍有点驼，目光自然有射向地面的倾向，亦即自然而然地射向四足动物所生活的天地；二是训练有素，长期以来一直习惯跟随某物；传说他十二或十五岁时，一放学，便到人堆中去跟踪别人，被他跟踪的经常是少年，往往一走就是半个钟头。他并不是存心这样做，此举只是为了让人带到一个个地方去，用不着去记一个个街名，也用不着留心什么正经的东西，优哉游哉，自得其乐。就是在那个时期，他有所领悟，发现人们双肘紧贴身子，目光倔强，大都无所事事，在穷极无聊中打发时光。十五岁那年，他就已经知道，人都看不透彻，都不诚实，他们每天除了完成那三四件遗传性的事情之外，就是在城里走呀跑呀，想不到可以到乡村去，让人给自己建造千百万座小屋，在里面生病，想入非非，或者懒洋洋地过日子。

大街的另一侧，总算见到了一只狗。它陪伴着一个男的和一个四十来岁的女人。这是一只母狗，样子十分漂亮，身子长长的，皮毛软软的，四条腿挺得高高的，亚当对他身边的狗陡然产生欲望，想好好看看它。只见它跟随主人进了一家人群拥挤的大商场，滚滚的人流一刻不停地从玻璃门中涌进退出，大都是女人，出门时提着纸袋，拿着纸包。狗用鼻子紧贴地面，像是在顺着某种痕迹走，亚当跟随其后。他们俩几乎一块钻进了大商店。过门时，头顶上方的霓虹灯招牌一亮，透过晃动的人腿，在毛茸茸的狗背和铺着地漆布的地面上映出了颠倒的字样：“一价商店”，“一价商店”，“一价商店”。

他们旋即陷入重围，四周都是人，有妇女和儿童，其他就是四壁、天花板和货架。头顶上方，有一块黄色的金属牌，两只霓虹灯管间，挂着小牌牌，上面写着：“特价商品”，“五金制品”，“酒”，“家用商品”等。顾客的脑袋在这些长方形的硬纸牌子间穿过，有时碰到牌子，那悬挂着的小牌牌便转动起来，好长时间才停。柜台全部摆成直角，中间留下通道，供顾客行走。满目缤纷的色彩，鲜艳夺目，左右两侧你挤我撞，只听得“买！买！”的吆喝声，递给你货物与微笑，铺着塑料地革的地面上，是嗒嗒的女人高跟皮鞋声，商店深处，在酒吧和自动照相室之间，唱机盘上转动着唱片。钢琴和小提琴声差不多盖过了一切，只是不时响起一个女人冷静的低语声，那是嘴巴紧挨麦克风发出的声音：“女士们，先生们，请注意扒手。”

“三号柜台售货员请到经理先生办公室。三号柜台售货员请到经理先生办公室……”

“喂，喂！我们向您推荐我们的无线经尼龙长筒袜，它结实耐穿，规格齐全，有珍珠色、肉色、铜色三种不同颜色，正在底楼的内衣柜出售……我再重复一遍……”

狗在地下室的电器柜台找到了那只母狗。它曾在整个底楼四处寻找，穿过千百双腿肚，好不容易才发现了母狗。发现时，那只母狗正踏上通向地下室的楼梯，亚当一时希望它没有那份胆量跟母狗到地下室去。这倒不是因为他不想挨近那只母狗。事实恰恰相反，只是他宁愿牺牲这份欢乐，也不愿深入到这家令人恐惧的大商店中去。这声音，这灯光，弄得他晕头转向，还有这像蚂蚁般攒动的人们，似乎在紧紧拽着他；他几乎像一部在开倒车的机器，想呕吐又吐不出，堵在喉咙眼里；他感到在这个禁闭的酚醛塑料和电的世界里，犬类从他的脑中消失了，他不由自主地看起周围的标价来，一种莫名的商业感试图使他脑中的一切重复原位。他不出声地计算着。人类经历了百万个春秋，获得了那一特有的物质，对这一物质的一种祖传性的依附力在暗中苏醒过来，摧毁了他的意志，冲出他的体内，变作阵阵轻度的犹豫，只觉得眼皮或颧肌在轻轻跳动，颈背一线在抽搐，瞳孔在一张一弛，在极力适应；黑黑的狗背在他眼前波动，亚当这才又开始看见了它，在自己的大脑深处调动起自然摇摆着的潜藏的观念，对它进行一番掂量。

确实，狗刚下了几级楼梯，便踯躅不前。这是一个黑白不分明的、令人胆颤心悸的深洞，吞入了许许多多的人。可是，走过了一个小姑娘，顺手想牵它的尾巴，一边结结巴巴地说："呃……狗……老……狗……"狗不得已往下走去。亚当也跟着它往下走。

楼下，人少了。这儿有唱片柜台，纸品柜台，还有钉锤柜台，帆布鞋柜台，等等。里边很热。那一男一女带着那只母狗，正站在电器柜台前在摆弄灯具和电线。母狗蹲在一盏灯罩下，伸着舌头。它一见亚当和狗，便站了起来，身后拖着绳索。它的两位主人似乎过分忙于选购东西，没有注意身边的一切。亚当感到就要发生某种有趣的事情，于是，他驻足在唱片货架前。他装出一副样子，像是在观看铜版纸套，可脑袋微微扭向左侧，观察着两只狗。

突然，事情发生了。人群中出现了一阵骚动，伴以吉他声和喀哒喀哒的尖跟皮鞋声。自动照相室的小蓝灯泡亮了又灭，一只苍白无血的手拉开照相间的门帘，在锌结构的照相间里，这只手显得像雪一样白。此时，黑狗已经到了黄狗的跟前，紧紧贴在一起，黑狗那个毛茸茸的身子整个儿压住了浑身黄色皮毛的母狗；开始几分钟，男男女女仍然来来往往，从旁边经过，掌了钉的鞋子富有节奏地击打着地漆布。母狗染上了一层金色，大叉开的双腿紧紧贴着地面，只见地面微微地上下起伏，反光斑斑点点，千百个幽灵般的黑影重叠出现。在这个伸入地下的商场共鸣箱里，人们说话的声音越来越响，笑声也越来越高，售货的还在售货，购货的拎着东西。随着喀嚓喀嚓的声响，照片相继而出，一束束镁光灯光，击碎了一个白色圆圈内的某种东西，那白圈里，两只狗张开大嘴，眼睛因恐怖而瞪得滚圆滚圆的，似乎在共同战斗。亚当额头挂着汗珠，又恨又喜，身子一动不动，可脑子却在快速地旋转，脑壳里，一只汽笛在高鸣，发出他人听不见的警报声："警报，警报，"仿佛战争时刻就要爆发。

接着，节奏放缓了，母狗开始呻吟起来，那几乎是痛苦的呻吟。一个孩子钻进那个起伏蠕动的空间，用手指着狗，嘻嘻直笑。汹涌澎湃的时刻已经过去。仿佛电影中一时出现了快速镜头，之后，仍然还有几个激烈跳动的疯狂场景。可是，亚当的眼睛已经离开了那两只堆在一起的狗，他呼吸着，指纹清晰地印在了唱片的封面上。吉他声渐渐变弱，方才那张紧贴着麦克风的清凉的嘴巴重又说道：

"夏季时装的最新款式现正在内衣柜台削价出售……有花式衬裙，长袖羊毛开衫，英国紧腰宽下摆女衫，游泳衣，轻质棉毛衫，女士们……"

于是，亚当转过身子，几乎弓着腰，举步登上通往底楼的塑料楼梯，前面由那位浑身黑毛的英雄开路，他们在自己身后电器柜台旁那个昏暗的迷宫中间给母狗那只桔黄色的肚子里留下了一片空白，那里面空空如也，然而，有趣的是，几个月之后，那片空白将渐渐填满，出现五六只杂种狗崽。

他们俩一起上了大街。天色已经很晚，太阳西沉。这一天又算完了，又加入到了那已经消逝的千百个白昼的行列。他们在马路有太阳光的一侧不紧不慢地走着。

街上汽车多于行人，走在这人行道上，差不多感到有点孤独。

他们走过了两三家咖啡店，在这座南方城市里，每一幢大楼至少有一家咖啡店。谁也料想不到不是狗跟着亚当，而是亚当跟着狗。亚当缓步行走，不时地看一看迎面相遇的行人。男人大都戴着墨镜，女人更是没有例外。他们不认识亚当，也不认识这只狗。

然而，他们已经很久没有机会看到这个笨手笨脚的大高个，手插在脏乎乎的旧布裤兜里，在市区的大街上溜达了。他独自一人住进山丘上那座被废弃的房屋，时间该已经不短了。亚当看着他们的墨镜，心想他也许不用再孤零零地到那个偏僻的角落去生活，可以做点别的事情：比如买只鹦鹉，走路时总扛在肩头；这样一来，要是有人拦住他，他可以让鹦鹉替他说话：

“你好，身体好吗？”

人们也许因此会明白，他实在无话跟他们说，要么，他可以装扮成一个盲人，戴上一副不透光的大眼镜，手执一根白棍，这样，别人或许就不敢到他跟前去，除非有时上前帮他穿越马路；他可以让人帮助，不用道谢或说任何东西，渐渐地，大家就会让他安安静静地过日子。他还可以给自己弄一间小售货亭，全天营业，卖国民彩券。人们要想购买多少张，都可如愿，他嘛，也可以避免任何人跟他搭话，用假嗓子不停地吆喝着：

“今晚的最后中彩者，

碰碰运气吧！”

不管怎么说，狗也同样算是一种别的东西，因为人行道上迎面碰到的为数很少的几个行人都戴着墨镜，几乎看也不看他一眼，似乎没有一点欲望，想问他一声好。这证明他已经不再完全属于那个可恨的种类，也证明了他可以像他的朋友“狗”一样，在市区的街上自由行走，到商店里去乱窜，而没有任何人发现。也许不久，他也可以冲着美国汽车的车轴或禁止停放汽车的标牌，安安静静地撒尿，或在光天化日之下，在两棵悬铃木之间，在漫天的灰尘之中做爱。

大街尽头，有一个绿铜水龙头，与从前到处可见的那种别无二致。水龙头装在人行道上，带一只手柄开关，排水道上有一道铁栅。狗渴了，站在水龙头槽沿旁；它等待了片刻，显然犹豫不决，嗅了嗅排水道。狗开始舔起铁栅来，铁栅上积了一层青苔，上面挂着一个个搓成圆团的烟盒。亚当也悄然无声地凑上前去，一时拿不定主意，最后打开了手柄开关。先是几声汩汩的响声，紧接着，流水潺潺，像瀑布似的飞落到狗的脑袋上，溅到了亚当的鞋尖。这流水，仿佛真是开关的扭动造成似的，狗大张着嘴巴，一连喝了好几口，一俟喝够了水，它便离开了水槽，摇了摇头，走了。亚当抓紧时间，好不容易喝了两三口，水继续在流，甚至连开关拧紧后，还有水在流。他边走边擦了擦嘴巴，接着从口袋里掏出一支香烟。

在市区的某处，也许有个时间的基础信号，可能是一群起飞的鸽子，或是渐渐消隐在六层楼后的太阳，因为此时，狗走得更快了，选择的路线也更直了。它行走的方式并不是那么风风火火，可它对周围发生的一切，显然是无动于衷。它竖着耳朵，微往前倾，四只脚在路面上飞快起落，仿佛有意在地面画下一条不可能偏离的直线。它在人行道中心碎步疾行，身披微弱的阳光，以八公里的时速与行驶中的车身交错而过，穿过阵阵喇叭声，迎面还有一道绿一道红的公共汽车。它这样行走，无疑是为了赶到城里去，赶到家中去。那家中，有一位它只能看到其胸部以下部位的肉乎乎的胖女人，会给它端上一碟肉和切碎的蔬菜，放在厨房间的镶木地板上。碟子里或许还有块骨头，红里带白，像只正在流血的臂肘。

紧跟其后的是亚当，他几乎在奔跑，穿过一条条完全一个模样的街道，穿过花园，穿过正在关门的公园，穿过宁静的广场；他们通过一道道可通行车辆的大门，经过一张张栗色的长椅，椅子上，流浪汉们头倚靠垫，已经入睡；男男女女正登上各自的小汽车；有两三个老汉，身着黑衣服，一瘸一拐地走着，显得无忧无虑；几个浑身通红的工人，拿着油灯，正围着像火山口一样的地方，在这火山口旁，他们已经露天作业了一个整天；一位看不出多大年纪的汉子行走在对面的人行道上，背上扛着一箱玻璃，他不时地朝着住户的窗户吆喝，声音滑稽而凄凉，像是在呼喊“万波利……万波利……”，但可能喊的是：

“换玻璃啰……换玻璃啰……”

狗就是在这样的环境中疾行；一条条街道，一座座楼房，房顶张着电视天线，耸立着砖砌烟囱；一根根管道，好似迷宫，家家窗口，灯光闪烁，狗在楼下昏暗的街道上跑着，身子绷得像一把利剑，异常坚硬。

它就像这样向前行进，不看楼房的墙壁，也不瞧小花园的灌木丛。然而，如果有心剥去遮盖着这一切的外表，就可发现千万个洞穴，在洞穴深处，蜷缩着人类，他们都准备在那摆满花束和果篮的橡木餐桌、丝绒窗帘、双人床和印象派复制画之间度过人生。

狗所做的，是快速行走，赶到家中去；穿过即将沉睡的居民村的最后一条街道，沿着贴满广告标语的最后一堵墙走去，然后用嘴巴推开一扇锻铁栅栏门，最后消失在别墅正门和桔树林之间的某处，这儿的一切是属于它的，属于他们的，而与亚当无缘。

此时，狗所做出的，是把亚当一人丢在房子的门前，他背靠水泥支柱，支柱上刻着一个名字和一个号码：贝尔别墅，9。在这儿，他尽可以透过栅栏的二十六根铁杆，细细地察看和观赏一个像儿童画般花红草绿、毛茸茸一片的花园，然后自问这白天里天气是否很热，夜间是否会下雨。

H

山顶那座被废弃的房子里，出现了某种新的东西。这是一只硕大的老鼠，不像阴沟鼠那样大都长着黑毛，而是白乎乎的，更确切地说，那颜色介乎于灰白之间，而嘴巴、尾巴和四足则呈粉红色，两只蓝眼睛炯炯有神，可却没有眼睑，平添了一副英勇的神气。它在这座房子里可能很长时间了，只是亚当没有发现它罢了。亚当登上二楼的起居室，有一次，他曾和米雪尔一起躺在这间屋子的台球桌上。后来，他一直再没有上这间屋子来过，主要是因为他没有产生过要来的念头，要不就是因为懒惰，不想爬通向二楼的小木梯。

后来，他又想起了台球桌，心想可以去玩一玩，消磨几个钟头。正是为此目的，他才回来的。

他打开窗户，推开一扇窗叶，想看个清楚。开始一会儿，他四处寻找台球；他思忖房主是否把台球藏到了哪件家具里，于是用小刀撬开了所有的抽屉，翻遍了五斗橱、大衣橱、餐具橱和那张柠檬木小桌的抽屉，可除了旧报纸和灰尘之外，一无所获。

亚当把报纸叠放在地上，以便日后再阅读，接着，返身向台球桌走去。这时，他发现台球桌右侧有一个像是抽屉的东西，上了锁，看样子，台球有可能是通过球桌的进球洞落进抽屉里去的。亚当用小刀在锁周围开了一条口子，用了整整二十分钟，撬开了抽屉。里面，他果然找到了十来只象牙台球，有红的，白的。

亚当拿起球，放在球桌面上。还差一根击球杆，要不就玩不起来。房主可能把击球杆也藏起来了，不过，这次也许是藏在另一间屋子，也有可能他们把击球杆一起带走了，天知道带到什么地方去了。

亚当突然感到找累了。他环顾四周，希望找到别的什么东西，可以取代击球杆。只有一把路易十五时代式样的扶手椅，下面有几只椅腿。可是，首先得把椅腿拆下来。再说，这椅腿弯弯曲曲的，漆着金色，亚当不想弄得满手金黄金黄的。

这时，他想起了在别墅前面的小花园里，曾看见两三棵玫瑰，上面扎着竹棍，作支撑用。他下楼来到花坛，拔起一棵玫瑰，取下一根竹棍。

上楼前，他用小刀砍下一朵玫瑰花，这朵花不太大，但样子长得很好，圆圆的，粉黄色的花瓣，芳香馥郁。他把花插进一只空啤酒瓶里，放在卧室的地板上，紧挨那堆毯子。接着，他看也没看那花一眼，径直爬上了二楼。

他自个儿玩了几分钟台球，用球击球，不太在乎球是红是白。有一次，他一下击中了四只球。可是，这一次与其说是得益于别的什么，倒不如说像是碰巧，因为除了这一次外，他承认自己水平并不很高。他不是瞄准了没有击中，就是打的不是地方：竹棍打得有点偏，没有击准象牙球的中心位置。于是，圆球转起圈来，像疯了一般四处乱滚。最后，亚当不想再继续玩台球，他干脆抓起圆球，在地板上扔，尝试着玩滚球。要知道，他玩这种游戏并不灵巧多少，可是，球落到地球上，发出某种声响，创造出某种运动，以至有可能越玩兴致越浓，甚至感到满足。

不管怎么说，正是当他玩这一游戏取乐时，他发现了老鼠。这是一只漂亮的老鼠，长得结结实实的，靠着四只粉红色的足，站在房间的另一端，咄咄逼人地打量着他。亚当一见它，顿时火冒三丈；他想用台球砸它，把它砸死，至少把它砸伤，可他没有击中。他一次又一次，连砸了数次。老鼠好像一点也不害怕。它死死地盯着亚当，苍白的脑袋向前倾着，额头皱皱的。每当亚当把象牙球朝它砸去，它便往边上一蹦，发出如泣如诉的吱吱声。等把球全砸光后，亚当往地上一蹲，差不多与老鼠的目光呈水平线。他心想这只老鼠可能跟他一样住在这座房子里，也许时间不如他长。它可能一到夜里，便从家具的哪个洞里爬出来，在别墅的楼上楼下乱窜，寻找食物。

亚当不太清楚老鼠吃什么东西，他记不得它们是不是食肉动物。倘若辞典上所说的是正确的话，那么“老鼠：阳性名词。啮齿目小动物，长尾，呈环节状”。

他只想起了有关它们的两三个传说，诸如沉船、麦袋、鼠疫等故事。说真的，他还一直不知道世上竟有白老鼠。

亚当看着它，使劲倾听着；他觉得这只老鼠像是跟他有些亲缘关系。他心想，白天里，它或许也可以躲进两块被虫蛀蚀的地板间，晚上再出来晃荡，到地板条中间找些细屑，说不定经常会有机会在酒窖周围碰到一窝白蟑螂，可以好好地美餐一顿。

老鼠张着两只蓝眼睛，始终盯着他看，它脖子四周耷拉着一圈一圈的肉疙瘩或肌肉疙瘩。它长得比一般老鼠要略大些，从它的个头和这一个个显眼的肉疙瘩看，这只老鼠岁数可能不小。亚当也不知道老鼠的寿命有多长，不过，他可以随意给它一个岁数，说它已经八十岁。它也许已经半死不活，眼睛瞎了一半，根本意识不到亚当想整它。

亚当渐渐地、慢慢地、不知不觉地忘了自己是亚当，忘了在楼下、在房间里或在太阳下，有许许多多东西属于他，有几张长椅，有报纸，有各式各样、乱涂或乱画的字画，有充满他身体气味的毯子，还有纸团，纸团里有他写下的书信式样的抬头："我亲爱的米雪尔"。有砸坏了瓶嘴的啤酒瓶，还有一种玫瑰花，在房间的四壁间不时散发出暖暖的馥郁花香。这是在黄色的房间里，一朵黄色的玫瑰花散发出的黄色芬芳。

亚当渐渐变成了一只白老鼠，可变得像个丑八怪。他始终保持着自己的身躯，头和脚也没有变成粉红色，前齿更没有变长；不，他的手指还始终散发着烟草味，双腋汗津津，背还是往前倾，保持着蹲的姿势，紧挨着地板，受脊椎骨的双弓形弯曲度所束缚。

然而，他变成了白鼠，因为他心想自己是只白鼠；因为他猛然醒悟到人类对这类近视和娇弱的小动物所构成的危险。他知道，尽管它可以叫，可以跑，可以咬，可以瞪着两只没有眼睑的勇敢的蓝眼睛，但无济于事。像他这样的一位汉子，就足以结果它的性命，只要他想迈出几步，轻轻地抬起脚，那只老鼠就会被踩死，踏扁，肋骨粉碎，椭圆形的脑袋落在镶木地板上，留下一小摊血水。

突然间，他变作了恐怖的所在，成了白鼠的危险，他站起身来。此时，充斥他脑际的不再是愤怒、厌恶或任何残忍的念头。而杀死老鼠，差不多是一种责无旁贷的义务。

他暗下决心，做事要有头脑。首先，他关上了门窗，使老鼠难以逃窜。接着。他去捡回了台球。当他向前靠近时，老鼠竖起短短的耳朵，微微向后退却。亚当把球放在台球桌的绒面上，开始跟老鼠说起话来，声音低低的，堵在嗓子眼里，嘶哑而滑稽。他低声说道：

“你怕我，嗯？白鼠……你害怕……你想显得毫不畏惧……瞪着你两只圆圆的眼睛……你看着我吗？我承认你勇敢，白鼠。可是，你知道等待着你的是什么。你的那帮同类，全都清楚。那些白鼠。还有灰鼠，黑鼠——我要杀死你，你早就等着了。白鼠，世界不是为你创造的。从两个方面来讲，你都绝无生存的权利：首先，你是一只老鼠，落到了人的世界中，世上到处都是人居住的破房子，有陷阱，有枪支，要的是老鼠的性命。其次，在老鼠普遍为黑色的世界中，你却是一只白鼠。这样一来，你就滑稽可笑了，又是一条死罪……”

他数了数台球，还差一只。可能滚到衣橱下面去了。亚当用竹棍扫了扫衣橱底下的地面，取回了象牙球。这只球是红色的，冷冷的，放在掌心里显得比别的要大。因此，它更有杀伤力。

当一切就绪，亚当站立在台球桌前，沉着冷静，他猛然间感到自己变成了巨人，一个十分高大的汉子，足有三米高，浑身充满生机和力量。就在他前面不远的地方，老鼠支着四只粉红色的爪子，很有耐心地靠在底墙边，旁边是窗外射进来的一小方块苍白的光亮。

“该死的老鼠！”亚当骂道。

“该死的老鼠！”

骂罢，他使尽全身气力，扔出了第一只球。球往左偏了几厘米，落在踢脚板上，发出叮咣的响声。半秒钟后，白鼠叫了一声，往边上一跳。亚当顿时狂喜。

“你瞧！我就要砸死你！你太老了，可恶的白鼠，你脑子都没有反应了！我就要砸死你！”

接着，他连连击球，一只紧接着一只，连扔了五六只；有的砸到了墙上，有的落到地板上，蹦得高高的，又滚到了他的脚旁。有一只球砸碎了，一块碎片弹到了老鼠头部的左耳根处，顿时淌出鲜血。老鼠立即沿着墙根逃窜，大张着嘴巴，发出嘘嘘的声音。它朝大衣橱飞速奔去，想藏起来，可匆忙中，嘴巴碰到了衣橱的一角，最后，在一阵吱吱声中消失在藏身处。

亚当再也无力靠自己的那两条大腿站在那儿，他趴到了地上，气呼呼地骂道：

“滚出来，该死的畜生！该死的老鼠！老鼠！该死的老鼠！滚出来！”

他又朝衣橱底下扔了几只球，可白鼠没有一点动静。于是，他双膝跪地，用那根竹棍在昏暗处乱扫。他终于把一个软绵绵的东西顶在了墙根处。老鼠最后跑了出来，窜到了房间的另一头。亚当手执厨房用的小刀向它爬去。他瞪着眼睛，把老鼠逼到了墙根：只见它的枕骨处沾着血，皮毛硬硬的。孱弱的身子在抽动；肋骨一起一伏，如同抽搐一般；由于害怕，蓝眼睛直发白，往外凸了出来。在它那两个黑洞洞的圆圈正中的透明的眼睛深处，显示出了对不可避免的命运的意识，对惶惶不可终日的死亡结局的醒悟，闪烁着一线湿润与忧楚的反光，这份恐惧交织着对昔日暗暗的思恋，它曾有过多少个幸福的春秋，在世人的酒窖里，身置若明若暗的阴凉处，津津有味地品尝过多少公斤麦子，多少块格律耶尔奶酪。

亚当深知自己就是这份恐惧之所在。他是一个肌肉发达的巨大的危险物，可以说是一只巨型的白鼠，嗜血成性，要把自己的同伙吃个一干二净。与此同时，由于他的仇视与恐怖，真正的老鼠变成了一个人。小动物浑身颤抖，神经质地抽搐着，仿佛它就要哭泣，就要下跪，乞求饶命。亚当四肢着地，弓着身子，向前爬去，一边在喊着，叫着，咒骂着；然而，言语不复存在，既说不出，也听不见，通过这一中间运动，言语成了永久性的、否定性的、真实具体的东西，完完全全成了几何图形，以神秘的笔触绘制在难以想象的背景上，宛如一个个星座。一切全都围绕着猎户星座或御夫星座这一中心主题。亚当彻底消失在抽象之中，他活着，但仅仅活着而已：有时竟然也“吱吱”哼叫起来。

他抓起一把台球，朝老鼠砸去。这一次，击中了目标，砸断了老鼠骨头，老鼠顿时皮开肉绽，只听得他嘴中毫不连贯地喊叫着，诸如：“老鼠！”“罪过！罪过！”“混账！白鼠！”“叫呀，叫呀，啊哈哈！”“碾个稀巴烂！……”“我杀！”“老鼠！老鼠！老鼠！老鼠！”

他刀口向前，用小刀砸去，一边冲着白鼠骂着再也难听不过的话，可这话却从未有人冲着这类动物咒骂过：

“该死的，该死的猫！”

然而，一切还是远远没有结束；近视的小东西虽然带着半身伤，却有力一跳，躲开了亚当的攻击，早已无影无踪。

在这一充满几多往事的生命的终点，它是一个苍白的幽灵，形象朦胧，好似一小片白雪，模糊不清；它在栗色的地面逃窜，无法触及，但却始终存在着。它是一片小小的云彩，或一团轻柔的青苔，摆脱了鲜血与恐怖，在肮脏的水面游动。它是洗涤之时留下的泡沫，在飘动，在变蓝，穿过厚厚的空气，不等人们污染它，扼杀它，便炸个粉碎。

亚当看见它就在面前滑动，一会往左，一会往右，他身子疲惫，意志松懈，致使他不得不量力而行。

于是，他停止了说话。他支起两条大腿，站了起来，决定结束战斗。他一手拿着一只台球——此时，其他几只球几乎全都砸碎了。接着，他迈步向老鼠走去。经过踢脚板时，他看见了那个了不起的地方，以后要用木炭标上一个十字，正是在这里，白鼠开始丧失其生命。在这个残杀行动的起点，只有镶木地板上留下几绺淡色的毛，还有几块象牙球碎片，像几片碎骨，另外，还有一摊东西。这是一摊发紫的浓血，颜色已经暗淡，肮脏的木板条正一滴一滴吮吸着。再过一两个小时，当它彻底进入永恒的世界的时刻，一切便将终结。这鲜血将像是任何一种液体留下的污痕，比如，葡萄酒的痕迹。凝固后，这血会发硬，甚至变成粉状，人们可以用指甲尖去刮，或在血滩上放上几只苍蝇，让它们吃不着血，也不至于淹死。

亚当眼前出现了一道湿润的隔帘，他最后走到了老鼠旁边。亚当看见了它，仿佛他试图透过一层水帘，透过一块挂着小水珠的尼龙布，观看藏在后面的一位裸体女郎，只见一片肉色，耳边响着哗哗的流水声，到处弥漫着香皂泡沫的芳香。

白鼠俯卧着，像是在一个水族馆深处沉睡。在这只动物居住的范围之外，一切全都化作乌有，留下一片空白与死寂。此时此刻，老鼠就要走进极乐世界，它在等待着最后的一瞬，最后的半口气就要在它那硬邦邦的胡须上断绝，把它推向一种双重的生命境界，永远永远置身于哲理的明暗点的准确连接处。亚当听着它安详的呼吸，恐惧已经离开了动物的躯体。如今，这具躯体已经活不了多久，几乎处在奄奄一息之中；它带着两只苍白的眼睛，等待着最后几只象牙球朝它的躯壳猛击，把它送进白鼠的天堂。

它就要去天堂，带着神奇的欢乐，部分路程靠游泳，部分路程靠飞翔。它将在地球上留下赤条条的身子，让体内的血一滴滴流尽，让这血成为地板上那一神圣的蒙难地的永久标志。

为了让亚当耐心地朝地面俯下身子，捡起它那具散架的尸首。

为了让亚当把它放在手中摇晃一会儿，然后哭泣着从二楼的窗口扔到山丘的地上，形成一条长长的抛物曲线。一丛荆棘将收留它的尸体，让它在太阳的照射下，在自由的空气中渐渐熟透。

I

问：

我亲爱的米雪尔：

我多么希望你近日上这儿来，上这屋子里来。自从上次咱们在山下沿着海角一起奔跑之后，你还记得吧，我一直没有见到你的面。我消磨时光，什么事都做，真滑稽；也许是因为天气太热，我才自问这夏季是否总有一天会结束。我在别墅墙根的一丛野草莓里发现了一只死了的白鼠。它死了该已经很长时间了，浑身发黄，除了那斑斑血迹，看去像灰尘。眼睛四周，一道道细细的同心皱纹；眼睛紧闭，呈X形；它是落到荆棘丛中的；野草莓或越桔都熟透了，只见它的脑袋四周有千百个朱红色的小孔。树刺将它戳成了碎片，要不就是太阳把它暴晒成这副惨状。我猜想太阳一晒，尸首也许烂得就更快了。

另外，有个人用小刀在一片芦荟叶上刻了这样的话：

赛茜尔 · J × 你妈。

赛茜尔 · J 骂你一声他妈的。

我在纳闷谁会写这种玩意儿。也许是个打这儿经过的小姑娘，或者是星期天下午常见到的那些跟大胡子男人在草丛中厮混的蠢女人中的一位。她可能气不过，因为她的那个大胡子男人跟另一个姑娘走了。于是，她拿起小刀，不像平时那样刻上一个个分隔的心脏图案，在里边写上：

赛茜尔　埃里克

而是写道：

赛茜尔 · J 骂你一声他妈的。

而我，我又回敬了她一句。

有时让我高兴的，是坐在屋里，双脚迎着太阳，我还记得类似的事情。虽然过去已经很久了，可我还记忆犹新。离我家不远，有一所很大的女子学校。学生们每天有四次从我家门前经过：上午八点，中午十二点，下午两点和五点半，我总是呆在她们经过的地方。她们一般都是成群结伙，一来就是十个十二个；她们一个个都很蠢，大都长得丑丑的。可我发现有四五个倒有几分姿色，每天看着她们从这儿经过四次，让我好不开心。我感到像是有了约会，笃笃定定的；我可以随心所欲，做自己爱做的事情，去垂钓，甚至可以出门个把星期，甚或生病，可我知道她们总是按时从这儿经过；这挺好，因为使我感到有了一份时间安排表。就像从外面回家后，总能看见四堵墙、桌子、椅子和烟灰缸，跟走时留下的一模一样。

在这儿回想起这些往事，真使我高兴，这是在一座不属于我的房子里；屋子里有长椅，长椅是从海滩偷来的，还有从海港小教堂偷来的大蜡烛。从城里垃圾筒捡来的报纸。有肉块，土豆头，樱桃酒，菠萝罐头，绳头，烧焦的木柴，粉笔，所有这些残缺不齐的玩意儿是一个证明，证明我活着，证明我在行窃。我为找到这座房子而高兴，我终于可以安安静静过日子了，尽管我不知道该如何打发我每日那二十四个小时。画二十四个小时的树，不说一句话，我置身于由我自己选择的连环画中。

答：

我无法回答你。你问我是谁在那片芦荟叶上写了那句话，我无法回答，可我想起了许多故事；仿佛我有点胆怯，不敢跟自己讲这些故事，为此只得用笔去写，让所有这些神奇的东西走出它们通常处于的混沌状态。不管怎么说，这并不是丑事，因为人们到处可见的那些有头有尾的小小的艳遇，那些在上面只写着三个字的纸团，那些用小刀刻上字的树叶，还有穿过街道时听到的那些骂人话，等等，全都让我感到开心，我觉得我喜欢这些东西。

昨天，我去了电影院，看的是一部稀奇古怪的影片。可看后，我很想讲一讲，我觉得你为一些毫无意义的事情白白浪费了时间，你是在糟蹋你自己，你将永远一事无成。你害怕所有带有感情色彩的东西，可我想跟你讲个故事，什么故事都无妨，随便讲一个故事。

答：

行。咱们讲故事吧。故事虽然与这可恶的现实关系不大，但却是种快乐。咱们讲些尽可能微妙些的故事吧，譬如讲个花园的故事，花园里既有太阳又有雪。几乎到处都是樱桃树。只是在花园深处，有一堵高墙，雪白的颜色。白雪挂在樱桃树枝上，落在墙头。可是，太阳照得白雪渐渐地融化，落到草丛中，发出嘀嗒嘀嗒的落水声。

这时，其中的一棵树抱怨起来："安静！安静！我睡不着了！"树在呻吟。响起沙沙的树叶抖动声。

可是，雪水继续落到地上，声音愈来愈响。太阳开了口：

"睡觉！谁在说睡觉！只要我在这儿，只要我在守着，谁都不得睡觉！"

梨树上，长着硕大的梨子，全都熟了，嘴巴处都有一个疤痕。也许是鸟弄的伤疤，可不管怎么说，看去很像两片嘴唇。梨子全都在哈哈大笑。

于是，最老的一棵樱桃树开始哼了起来：

“安静！我得睡觉！我得睡觉！不然，我就永远开不了花！”

水滴没有理会。当它们的小尾巴还被树枝拉扯着，即将往下落时，它们一齐尖声叫喊着：“安静！安静！猫的尾巴在摇！”它们自然是在讽刺。

花园到处都是这样。雪水轻柔安静地落到青草上，真有趣，因为听去像是一片雨声，而太阳高照，似火一般。同时，一切都在抱怨。草在抱怨，因为它浑身发绿，想要变换颜色。枯草在抱怨，因为它们已经枯死了。草根在抱怨，因为它们想见天空。土块在抱怨，因为土里含磷过高。草茎也在抱怨，因为它们发闷。抱怨的还有草莓叶，因为叶子上有一层灰白色的绒毛，而对叶子来说，上面长着这么一层灰白色的绒毛，有点滑稽可笑。接着，花园渐渐地在变样，樱桃树上几乎再也没有积雪，墙头再也不见雪的痕迹。融化雪的太阳几乎也不见了。各种声音开始出现了。比如樱桃树，为了报仇雪恨，摇晃起树枝，发出吱嘎吱嘎的声响。梨子熟透了，突然落到地上，有的砸碎了，溅得青草一身淡棕色。有的则幸免于难，滚到地面上，那身上的伤痕流出了甜汁。不过那堵墙还是始终耸立着，沉着，宁静。白白的。一动不动。于是造成了这样的效果：见墙这般美丽，这般高雅，花园里的一切全都为自己的吵闹感到羞愧。

这样一来，花园又渐渐地恢复了温馨与冷寂。只有一些微不足道的声响，而且不管从哪方面看，都是极为细微的。再过几个小时，一切将呈现出白色、绿色和玫瑰色，宛如一块漂亮的冰糖糕点，悄然无声，随着夜幕降临，所有的叶子全都及时进入梦乡，是的，真的全都及时进入了梦乡，嗯。

答：

我亲爱的米雪尔：

今天，我又想到夏季总有一天会结束的。我在自己问自己，等夏季结束，我将做些什么，那时，天气不再这么炎热，没有了太阳，雨水将侵袭着世间万物，对，那雨水将嘀嗒嘀嗒，永远滴个不停。

会有秋天和冬天。据说，夏季一结束，天就冷了。我想到时我都不知该去何处栖身。我想，这座房子的主人说不定哪天晚上就会乘车回家。他们将打开车门，登上通向山顶的小路，重又占据整座房子。我想他们准会把我撵出门外，说不定会拳打脚踢。要不准会喊宪兵来。他们肯定会强行把我押到某个地方，那准是个我不愿意呆的处所。这些就是我所能想象的一切。后来，这一切重又变得模糊不清，我实在不知道将会有什么落到我的头上。

他们无疑会责备我许多东西，责备我睡在这地上，一睡就是好几天；责备我弄脏了房子，在墙上乱画一些枪乌贼鱼，责备我玩了台球。他们准会指责我砍了花园里的玫瑰花，指责我喝了啤酒，连酒瓶嘴也对着窗框砸碎了：木框沿上几乎再也不见黄色的油漆。我想象也许过不了多久就要上世人的法庭；我就把这些垃圾留给他们，权作为遗嘱吧；我并不自豪，可我希望他们判我一点什么罪，以便我能以自己整个躯体去赎生活的过错；倘若他们侮辱我，鞭笞我，往我脸上吐唾沫，那我总算也有了个归宿，我最终将信仰上帝。也许有人会说我生活在某某世纪，比如二十六世纪，那您最终将看到，我会一直活到多么遥远的将来。

但是，我更喜欢想一想，如果他们让我自由离开的话，那我有可能会做些什么。

但这也难说，因为我脑中有数不清的计划，已经有了。这真滑稽，因为说到底，我还没有怎么考虑；我跟众人一样，独自一人或与你米雪尔在城中漫步时，甚至昏昏沉沉地呆在我的房间，躺在我的长椅上时，也自然会东想西想。

比如，我可以戴孝，灰西装上加上一条黑。当我在街上行走，别人会以为我失去了一个家人，一个亲人，一个亲眷，失去了我的母亲。我可以参加所有葬礼，等葬礼一结束，有人会拉着我的手，还有人会拥抱我，一边低声地说些表示哀悼的话。这样，我最大的事情就是要阅读报中的讣告栏。我将参加各种各样的葬礼，无论是富人的还是穷人的。我会渐渐地习惯送葬生活，学会该说的话，学会垂下眼睛或缓缓走路的姿态。

我会喜欢去墓地，饶有兴味地触摸死者的额头，触摸苍白膨胀的眼睛，空空的双颌，触摸坟墓的大理石板。我可以在献给死者的花圈中找到用别针别在石膏紫罗兰装饰花上的挽联，上面可读到这样的字样：

悼念

我若需要，可以即兴吟诵：

这个日子，是个令人悲愤的日子，
困苦连着灾难，
壮丽而又辛酸。

当你前来，
用火审判地球……

我也可以去游历，到许许多多我尚未去过的城市去，每一座城市里都结交一个朋友。以后我还会到这些城市去，可是，我将精心选择日子，在我肯定不会与朋友相遇时才去。比如，我在狂欢节那一天去里约。我揿响一位朋友的门铃，就叫他巴布洛吧，他自然不在家中。这样，我可以取一张纸，写一封短信：

我亲爱的巴布洛：

我今日来里约看望你。

可你不在家。我猜想你跟众人一样，去参加狂欢了。

我为未能找到你而遗憾。不然，咱们可以一起喝一盅，聊一聊。我也许明年会再来。再会。

亚当·波洛

要不，我在七月十四日去巴黎，或者在红场阅兵那一天去莫斯科，在召开主教会议那一天去罗马，或在爵士乐节那一天去纽波特。

真正的难处是如何选准朋友，必须保证在我来看望他们的那一天，他们恰好不在家。

不然，这种小小的游戏就会中断，我有可能再也没有勇气玩下去。我会算错日子，一揿门铃，门就会敞开，他们会面带善良的微笑，连声惊叹：

“亚当·波洛？你到这儿了？多令人意外而又愉快！要是你明天来，你就见不到我了，明天有公牛赛……”

对，进行此类游戏，采取一定的方式，并非没有意义。我必须经常想到这一点，我也许会买上一本历书，在上面标上世界每一座城市的节日和重大活动的日期。显然，总还是会有危险，如他们中的一位凑巧病了，或者成了怪人，未能去参加节日活动。然而，正是这些危险给冒险之举增添了乐趣。我在此跟你说的这些，只不过是成千种打算中的两个念头，因为我想出了许许多多各不相同的方式方法，以便适应在群体中生活。我可以患象皮病，我发现对这种病，大多数人都很讨厌，总是躲得远远的。我也可以来个下巴突出，如若这样，别人会起怜悯之心，他们决不乐意看到他人张嘴时下面那排往前凸出的牙齿。因为患湿疹，有条腿瘸了，做一个阴郁寡欢的先生，或者用作为奖品放在洗涤剂袋中的那种红赛璐珞小勺剔牙齿，这些都是不坏的办法。也可以一整天一整天地用刀尖找龋。一般来说，所有与疾病、与疯狂或与残疾有关的一切都不错。

可是，在社会生活中，有一些很有利的位置，可以让您得到安宁，某些职业，比如巫师、权杆儿、园丁等，尤为有趣。

我常常考虑，我很爱当一个电影放映员。首先，总关在一间小小的放映室里，只以放映机为伴。除了门和放映机孔射进光线之外，别无进口。只要把片盘放在转轴上就行，放片时，响着悦耳的嗡嗡声，放电影的可以抽香烟，可以对着瓶嘴喝啤酒，一边看着紫色电灯泡的光亮，觉得好像呆在游艇上，成了世间一个难得的人物，从不受周围所发生的一切的蒙骗。

答：

我亲爱的米雪尔：

既然好像就要下雨了，既然太阳似乎就要变弱，光线一天不如一天，直至消失，变作雪球，既然我将不得不耸肩缩颈坐在长椅里，随着它渐渐冷却，既然我感到不久就将是残疾人，将是双腿残缺者胜利的开端，既然我将地球留给了白蚁去统治，那我觉得，你应该来了。

难道你就没有欲望，像我这样
到最后几抹阳光中安睡？
难道你真的不想来跟我讲个宁静的故事，咱们一起喝着啤酒或茶水，一起听着声音传进窗户？然后，咱们一丝不挂，看着自己的躯体，掰着手指头数某件东西，将这样的一天重复欢度一千次？

咱们可以读报纸。

房子的主人到底何时归来？我多么希望你告诉我一次，到底是谁在芦荟叶上刻下了那些玩意儿，又是谁杀死了那只动物？

那只长着两只玻璃球似的勇敢的蓝眼睛、被戳死在杂乱的野草莓丛中的白鼠，它并没有腐烂，反而芳香四溢。今天，它也许浑身透着热气。

J

天下着雨。这一次，狗可能不在海滩上了。会在哪里呢？谁也不清楚。恐怕在它家里，除非它还是下决心上街头溜达去了，在雨点拍打下，弓着毛茸茸的宽阔的脊背。

亚当没有抱过分的希望，到海滩看了看。雨中的海滩丑陋不堪。湿漉漉的鹅卵石没有丝毫卵石的风采，水泥路不成其为水泥路，大海也不像大海。一切都在流淌，彼此混合成一体，弄得满地污泥。自然，太阳无影无踪。空中，在太阳平时活动的那块地方，只见一小群海鸥团在一起，看上去怪模怪样的，而在太阳平素反照的地方，则见一小团黑乎乎的海藻。

在城里，亚当发现天挺冷的。他不知该去何处，他也不清楚自己是否喜欢下雨。若他一点也不喜欢，那他准会毫不犹豫地走进一家咖啡店，在穷极无聊中安安静静地喝着啤酒。可是，他并不那么肯定自己会不喜欢雨，反而花钱去喝酒。他信步走去，最后进了一家大商场。由于下雨，里面的人比平时要多三倍。亚当在柜台间穿行，心想在里面不要呆得太长。

后来，他被一个在看鞋的胖女人挡住了去路。亚当也看了起来，发现有各种尺码的鞋子。除了儿童鞋是白色的，蓝色占多数。胖女人主要对儿童鞋感兴趣。她差不多一双一双地摸个遍，每双都用那两只发红的手拉一拉。亚当用鞋尖轻轻地撩起她的工作罩衫，发现她静脉曲张；皮肤下一团团发紫的东西，让人忍不住想往上面看，看看大腿部位到底是什么模样。可是，人群一阵骚动，吸引了亚当，他离开了胖女人，未能了解更多的底细。前面是唱片柜台，他来到柜台前，站着等了一会，然后问女售货员：

“您有麦克·金斯莱·摩根费尔德的唱片吗？”

不等她搭话，亚当便打量起姑娘的脸蛋来；他觉得她长得挺漂亮的，一张软乎乎的小姑娘的脸蛋，还算健康，浅褐色的头发，尤其是两片厚厚的嘴唇，颜色深红，没有涂抹唇膏，悄悄地张开时，只见热腾腾的口腔中间挂着一颗圆锥形的珍珠，熠熠闪亮；她的声音无疑就要冲出嗓子眼，尖尖的声带振动四次，唇连合的微微颤抖便将结束，半出于习惯，半出于欲望，去完成人类那崭新的丰功伟绩。

“什么？”她问道。

“麦克·金斯莱·摩根费尔德，”亚当答道，“是个唱歌的。”

“他唱什么的？”女售货员问道，目光犹豫，蒙眬，躲躲闪闪的，在亚当脸庞的眼睛周围部位打转。

“是个美国歌手。”亚当说道，“是个唱布鲁斯歌曲的黑人。”年轻的姑娘朝柜台深处走去。她打开一个格子，在一排唱片中寻找起来。

亚当细细打量着她的后背，尤其是颈背，那圆滚滚的白皙的颈背，在千万根疯狂生长的细发下，微微向前弯曲。他始终不明白，像“麦克·金斯莱·摩根费尔德”、“加拉赫·布鲁斯”、“里卡多·英普莱斯”这些凭空想象的姓名竟具有如此的力量，可随意让大商场的年轻貌美的女售货员弯下圆滚滚的颈背。

找过之后，她转过身，说没有，没有这张唱片。

亚当还想看看她的颈背，于是又随便说了个名字。

“那杰克·克利维纳的呢？”

可是，姑娘似乎看透了他的心思。她莞尔一笑，答道：

“不，我不熟悉。”

亚当很失望，道谢之后，走开了。但是，当他匆匆离去时，他感觉到她那双绿色的大眼睛在打量着他的后背。

一些书挂在一个像是回转栏似的铁丝架上，亚当思忖自己每天都可来商场，比如每天都在同一时刻来，挑选一部书，读上一页。如果该书有二百五十一页，那他差不多就要用二百五十一天来读它。很可能还要更多的天数，因为还有封面、序言、目录等，另外还有些日子他不能来。亚当随手从架上取过一本书，他翻开中间的一页，读了起来：

牙买加的一次飓风　　106

它一直退到吊架处，以重新发起猛攻；可是，它每发起一次进攻，奔跑的距离便缩短一分。猪紧紧逼着它。突然，十有八九是因为对自己的胆量感到惊诧，猪发出一声可怖的狂叫，向它冲去。猪把它逼到绞盘处，一眨眼工夫，便咬住了它，用脚踏在它的身上。这只山羊被制服了，被乖乖地带回了羊圈，可是，孩子们却打算永远爱着它，因为它跟那个老独裁分子进行了英勇的战斗。

不过，这只猪，并不是绝对没有人情味。就在同一天下午，它躺在大舱盖上，正在吃香蕉。船上的那只猴子在它头顶上方的一根松松的绳子上晃荡。猴子睨视着那根吃的东西，尽可能地往低处滑，想从猪爪中把它夺走。谁永远都想象不到，那猪的呆板的面部竟能表现出如此的惊愕，如此的绝望，对不公行为表现出如此可鄙而又可怜的情感。

亚当合上书。说实在的，这一页毫无动人心弦之处；不过，亚当把书往铁丝架上挂时，还是甜甜地笑了一笑。他心想，在书本那个封闭的天地里，也许渐渐可以发现许许多多陌生的事物，看到野兽的争斗，看到满载黑煤的船只，看到洒满阳光的甲板。还有那水桶和沾满沥青的缆索转盘。他暗暗发誓，第二天一定要再来，或者以后再来，再读另一页。

他庆幸自己生活在一个大大缩小的模型天地里，这个天地完全归属于他，十分温馨，有着千种各不相同的娱乐。

K

亚当忽然走出商店。他往唇间夹了支香烟，眼睛一斜，看见香烟沾上了水滴。等烟纸湿透后，他点燃了烟，听着烟火与潮湿搏斗发出的哧哧声。

他走过几条街道，往海滨人行道走去。

今天下着雨，在这之前已经很久很久没有下雨了。雨水中夹杂着人行道的灰尘，只要闻闻这雨水散发的气味，就可知道了。

亚当沿着海边走去，淡淡的雨水沿着他的太阳穴直流，穿过他的长发，流进他的衬衣领。数月的日浴和海浴，结起了一层盐痂，水在上面打开了一条通道，形成了条条水沟。这是一个怪里怪气的散步场所：一条相当宽阔的沥青马路，从花园下方经过；马路的前一段沿着港口的码头，后一段则沿着一个个小海湾修建，这一个个小海湾成了游人的浴场。只有靠海的一侧有人行道。这样，在风和日丽的日子里，漫步时可见一群虐待狂，双臂支在栏杆上，弯着腰，若有所思地欣赏着赤裸裸地躺在下方的浴场上，昏昏入睡的另一群受虐狂。

人们自由选择各自的目标。有时在上方，虐待狂瞪着两只大眼睛，死死地盯着一个人的肚子，一般来说，那肚子上总有个肚脐眼。

有时在下方，有人跌跌撞撞地在滚烫的卵石上往前走几步，接着剥去衣服，在滚滚热浪和一束束贪婪的目光进攻之下，仰卧在地，双手交叉放在胸前。证据是像今天这种日子，再也没有人倚靠在栏杆上，因为天下没有人会疯狂到如此程度，赤裸着身子，冒雨躺在海滩上。除非情况恰恰相反。

不管怎么说，不见一个人影。亚当手揣在衣兜里，缓步而行。雨水打灭了他的香烟，他把烟往栏杆上扔去，看着它落在下方的码头上。举目望去，只见远处有两座吊车和一艘轮船。

那黑魆魆的铁器堆中绝对没有一点儿动静。吊车张着巨臂，凝固在一种恐怖的抽搐状态。夹在吊车之间的轮船几乎不见冒烟。船上到处悬挂着暗红色的旗帜，雨水打湿了舷窗。船尾，可见几个写得歪歪斜斜的大字，那是半边船名：

戴尔米

赛

那看不见的另半边，很可能是“舰长”、“艇长”、“船长”或“船主之城”什么的。也有可能是“帕希”、“埃皮”或别的什么字样。而下方的那个词，可轻而易举下一千万的赌注，保准是“马赛”两字，如果手中真有一千万，或值得一赌的话。

然而，这并非是全部情况。雨始终在下，四面八方到处传来沙沙的枯叶声，这声音千篇一律，在脏乎乎的背景中唱独脚戏。亚当感到身上滋生着一种不祥的懒散劲儿，他身子微往前倾，凭倚在铁栏杆上。手指紧紧地抓着栏杆，任手臂上的雨水像血一般一滴一滴地落到湿漉漉的铁条上。他无疑想到了自己就要死去，流尽鲜血的躯体在雨夜中横陈在码头的水泥地面上，他无疑还想到了自己那具坚贞不屈的尸首，像晨曦一样微微发白，尚流动着涓涓血流，搏动着一线生命，然而，最终的命运之根已经深深地扎入了地球的最深处。他静听着大海发出瀑布般的滚滚涛声，放眼远望，直至码头顶端的一切全都温顺宁静，然后却因威胁和仇恨而瑟瑟颤栗。他感到自己的心脏越跳越烈，越跳越快，身子直往下滑，胸部整个儿倚靠在金属栏杆上。寥无人迹的码头堆放着无人看管的货物，有的盖着篷布，有的干脆无遮无掩。

只留下两座吊机和一艘轮船迎着雨水，面对大海。这是一堆被磨得尖尖的废物，是一堆四碎的剃须刀片，刺碎了直泻而下的雨点，发出沙沙的声响。就一场小小的暴风雨，人们便丢弃下这一切，逃之夭夭；有个东西，像是暗杀现场留下的某个苍白的阴影，覆盖着乱七八糟的器械。再也不见劳动的场面，到处是死沉沉的。

谁知道呢，也许此处，彼处，在那废墟下，还隐藏着一丝生命。不过，那生命绝不是在炮弹坑里。也不在那边，告诉你。一丛野草陶醉在雨水之中，煤屑压弯了它的身躯，然而，它却还在沥青路面的夹缝中继续挣扎。或许有一对蚂蚁，或许有只猫，或许有个水手，正在空荡荡的棚户区里吸着烟斗。

然而，所有这些生命都微不足道，它们只不过是幽灵及其同伙。

您明白了吧，在某个雨天，亚当所遇到的东西，很可能在任何一天都会遇到。比如在一个狂风大作的日子。或者在春分或秋分的一天，或者在一个风和日丽的美好日子里，遍地铺洒着硕大的光片，海滨人行道上可能人山人海，有妇女，有儿童。汽车可能会在他身后不停地鸣喇叭。他有可能碰到一伙伙少男少女，小伙子和姑娘们身着棉毛衫、T恤衫、蓝色牛仔裤，在去海滩的路上与他迎面相遇，从他身边经过时，他们也许会把半导体收音机的声音开得响响的，比如听到这样的歌声：

But darling darling

Keep in touch

Keep-in-touch

Keep-in-touch-with-me.①

那边，下方的码头上，也许会转动起吊机，轮船冒出青烟，人们发出喊叫，油桶开始滚动，粗大的软木开始装舱；地上也许会

---

① 英文，可是，亲爱的亲爱的，保持联系。保持联系。与我保持联系。”

散发出煤味和油味，空中响起铁锤敲打锈迹斑斑的船身的当当声。是这样，可以让在晴天所出现的一切全都复现。但是，亚当很有可能仍然胡思乱想，他会昏昏沉沉地坐在海滨人行道上的一张长椅里，像今天一样，看到空间挤满幽灵。他会感到死神在侵入他的一举一动，死神会一改灰色的面孔，无所事事的常态，变成红的，白的，同时也变得勤劳起来。

不过，总可能会有一个超越其他各种声响的、独一无二的声音，它与雨声相似，与飞泻的瀑布声或机车的鸣笛声也很近似，从世间的万事万物中迸发出来。这是一种命运之声：亚当超越了感官的界限，从此，对他来说，任何一切便不再运动。他消除了时间与运动计量单位之间的差异，消除了蝴蝶与崖石之间的差别。时间成了万有之物，因自身的错综复杂而渐渐导致自己的毁灭。如今，在他对世界的认识中，一切皆亡，一切皆生。

这样一来，一切便不再那么举足轻重了，他于是挺起身来，继续沿着栏杆走去，一边吹着口哨，从牙缝间挤出一支圆舞曲来。一切都无关紧要，无论他从一个大水坑旁走过，坑里的水黄黄的，在雨下冒着水泡，还是他用鞋跟踩扁一个空火柴盒，盒子的反面写着：(125A)——或是他一边行走，一边想竭力看清一家花园深处那座小小的仿大理石神殿，那是一个古老的资产者家族在最兴旺发达的年代修建的。或是他碰巧遇上一帮修道院修士，他们一个个抖抖索索，裹着黑长袍，正在低声嘀咕着：

“在卡斯戴尔诺达里，您不知道？”

“不过，他跟我说过，还是不知为好。”随即一阵笑声。

不，这无关紧要，他们早已停止了充满生机活力的生活；他们不再是明确的人，不再是胜利者，只是一些瘦骨嶙峋的幻象，是预言家，预言不久的一天就要出现巨大的虚幻之境。他们预卜了形形色色的致死的情况，诸如用冲锋枪从汽车上往下扫射，用断头台的铡刀、用枕头将人闷死，掐脖子，下毒药，用斧头砍，用栓塞，或更简单，在马路上被四只硫化橡胶轮胎碾死。

亚当每走一步都在等待着它，等待着这一猝不及防的末日。这一末日并不难想象。他可以被雷电击死，浑身被烧得焦黑，人们在风暴的呼啸声中，用担架把他抬下山顶。他可以被一只疯狗咬死，被水毒死。或者，像这样受了雨淋，轻而易举染上肺炎。他还可以让自己的手在栏杆上拖，被金属刺刺伤，得破伤风。

或一颗陨石落到头上，或一架飞机。大雨可能造成滑坡，散步场所塌陷，而他被压到数吨泥石下。他落脚之处，每分每秒都可能火山爆发。还有更简单的，他可能在潮湿的碎石路上滑倒，或踩到了香蕉皮，脑袋往后一仰，跌倒在地，摔断了颈椎。一个恐怖分子或一个疯子可能会把他当作活靶子，一枪击中他的肝区。一头豹可能从动物园跑出来，把他逼到街角，撕个四碎。他可以杀死一个人，因此被处以极刑，上断头台。他也可能在吃糖衣丸时把自己鲠死。或者发生战争，一下子爆发，巨大的灾难突然临头，像一颗炸弹，在闪闪的光亮中掀起一朵蘑菇云，把他毁灭，化为乌有，把亚当，把孱弱的亚当化作一股微不足道的气流，颤颤而去。他的心脏将停止跳动，死寂将笼罩着他的躯体；在一阵连锁反应中四肢将渐渐发冷，直至浑身麻木；昔日，那温乎乎的发皱的皮肉将渐渐变红，他可以从中隐隐约约地发现某个尸体一样的东西。

他每走一步都是一个新的危险。一只飞虫可能飞进他张着的嘴中，堵住他的气管；一辆卡车经过时可能会突然轮胎脱落，砸了他的脑袋；太阳可能会熄灭；或者他突然会闪出一个自杀的怪念头。

他忽然感到厌倦，也许为活着而厌倦，为不得不时刻提防这形形色色的危险而厌倦。重要的与其说是他的结局，倒不如说是他下决心去死的时刻。他为这一迟早有一天总要发生的奇特变化而恐惧，这一变化将迫使他再也不去想任何东西。

亚当坐在椅子的靠背上，他走过码头已经有一会儿了。眼下这个地方，海滨人行道濒临到处是悬岩峭壁的小海湾。一个男子骑着自行车从马路上经过，他身着一件油布雨衣，脚蹬一双水手靴，右手拿着一根折叠渔竿，分为三截，套着三个松紧套。自行车的工具袋满满的，装有破布、鱼或一件毛绒衣。他朝亚当扭过头，看了看他，一边踏着自行车，只听得路上发出黏糊糊的声响。接着，他用手指着来的那个方向，用患了感冒的声音喊叫道：

“喂！那边有个人淹死了！”

亚当双目跟随着他。那人已经骑得很远，可觉得亚当没有听明白，又扭过身子，喊叫了一遍：

“有个人淹死了！”

亚当思忖自己不无道理。众所周知，对那些浑身透湿，漫无目的地在海滨漫游，有时坐在座椅靠背上的人来说，淹死的人构成了一种难得的消遣。他起身时，觉得几乎到处都一个样，每天都有一个人淹死。这为的是向别人指明该如何去做，为的是催促别人去死。

亚当加快了脚步。马路沿着一个海角似的地方拐了个弯，视线中再也看不见什么。淹死人的事可能就发生在另一侧，也许发生在岩石滩那边，或发生在大修道院对面那个德军小堡垒一带；他打赌，尽管天下着雨，仍会有许多人往大海张望，人保证很多，一个个幸灾乐祸，虽然鼻子和心脏会轻轻一揪，生出些许羞耻感，但瞬息即逝，重又厚起脸皮，带着酒足饭饱后浓浓的打嗝味，拥向那个人，那个东西。果然不出所料，亚当一转过弯道，便发现较远处的公路上聚集着很多人。那是一群男人，大都是身着油布雨衣的垂钓者。还有一辆消防车，后门敞着。亚当往前走去，看见还停着一辆车；可那辆是外国产的，像是荷兰或德国车。车上的那对来旅游的夫妇下了车，踮起脚尖想看个究竟。

随着亚当渐渐靠近出事地点，他仿佛感到愈来愈热闹。他倚在栏杆上，发现海滩上有一艘黄色橡皮艇，两个潜水员正在脱潜水衣。

打捞溺水者肯定没费多长时间，因为在通往公路的小台阶上，还能看到一个个海水洼，雨水还没有清洗掉。在其中的一个小洼里，落着几节细细的海带。当亚当走到后，大家一声不吭地让他往最前面一排靠，也许是因为他在雨中呆的时间很长，看上去也像个淹死鬼的缘故。

亚当看见这群看热闹的人中间，有个细小、可笑的东西平放在砾石地面上，像一堆破布，一点也不像是陆地上的东西，也丝毫不像是水上的东西。这个两栖的怪物，是个男子，看不出多大年纪，普普通通的。他唯一的独到之处就是让人看了发笑，让人忍不住想从喉咙眼里迸发出一阵大笑，只见他浑身是水，衣服上、肚子里尽是水，处在这湿漉漉的环境中，可真是一个雨中淹死鬼。大海已经使他面目全非。再过几个钟头，大家准会感到他活像条鱼。只见他两只大手颜色发蓝，两只脚一只穿着鞋，一只光着，脚上挂着几绺海藻。衣服中间，耷拉着脑袋和脖子，一动不动，衣服上尽是海水，透湿透湿的，都可拧出水来。尽管已经死了，可奇怪的是，他的脸还是活的；脸部的各处都在动，可动归动，与生命自然无关；他嘴里、眼里和鼻孔里鼓鼓囊囊的尽是水，天上的雨点一落到上面，那里面的水便一晃荡。这个正直勤劳的四十岁男子，仅仅几个小时就变成了一个水人。在海中，一切全都溶化了。骨头成了冰，头发成了海藻，牙齿成了砾石，嘴巴成了海葵，双眼瞪得大大的，深藏在一层玻璃状的薄膜后，直勾勾地盯着上苍，盯着雨点落下的那个地方。一股夹杂着蒸汽的无形的气流可能在那状若鱼鳃的肋骨间鼓起了泡泡。那只光脚丫像团假发似的卷在裤筒里，沾着大海底层的污泥，皮肤油腻腻的，灰不溜秋，那分开的脚趾，像是在做着初生鳍的伸展运动。这是一条巨大的大头鱼，不幸被人从山顶击中；那边，泥煤洼中的积水在风中孤独地瑟瑟颤抖。

当一个消防救护队员扭过溺水者的脑袋，只见嘴一张，水哗的一声直往外流。一个看热闹的失声喊道：

“啊……”

围观者顿时安静了下来。此刻，他们像块石头似的站在原地一动不动，雨水顺着他们的脑袋直流。只有消防救护队员们还在忙碌，用手拍打着死者的脸，相互在嘀咕着什么，一边在摆弄着烧酒瓶。

然而，那个被淹死的人仍然孤零零地蜷缩在地上，双眼模糊不清，准备着来一次纯属想象的放松，或许来一次飞跃，将他引向复活的基点。可是，无情的雨水仍然拍打着他那发青的皮肉，愈来愈猛，仿佛在击打着一摊积水。

接着，一切都很快地进行着。 有人抬来了一副白色的担架，救护队员让围观的人群退去，一时间，只见一个异样的黑灰色的躯体被飞速地抬向救护车。车门咣当一声。出现了一阵骚动，人们踏了一步；车子拖着那个直往下滴水的沉重负担向城市方向开去；马路中间的那个地方，虽然天下着雨，但由于人们几个小时来一直避免在上面行车，所以仍然散发着一股强烈的海腥味。轮胎形的水坑里，积水被砾石路面渐渐吸干，人们的心底潜入了一种莫名的东西，无不感到心在发痛；眼下，死者的躯体正安然地慢慢摆脱其可笑的记忆。它沉入了人们的大脑深处，人们甚至都不再作出努力去挽留它，去想象它一路颠簸被送到陈尸房，被葬入万人坑的情景。他是一个滑稽的大天使，浑身洁白，或者身披盔甲。他终于成了胜利者，无与伦比，永垂不朽。他那只戴着蓝色手套的不可抗拒的巨手正指点着他出生的大海。海岸和那夹杂着垃圾的流苏般的海浪诱惑着我们向它们走去。状若空美发油瓶的美人鱼，被斩去脑袋的沙丁鱼，手提式油箱，宛如百合花的韭葱，全都在用沙哑的声音唱着圣歌，发出呼唤；我们应该走下那还布满水洼的台阶，连衣服也不脱去，便让自己的躯体投入海浪的怀抱之中。我们将越过漂浮着桔皮、瓶塞和油污的水面，径直沉入海底。在渗透力的有力作用下，我们将陷入不深的淤泥之中，嘴中灌入乱七八糟的东西，渐渐地浑身发软，一动不动。

直到一伙穿得像怪物似的汉子前来寻找我们，用挠钩钩住我们的颈背，把我们拖回到苍天下，用救护车把我们送往陈尸房，送往天堂。

L

只要目睹过一次刚从水中捞上来、放在马路上的溺水者，那就无需多说什么了。尤其是一旦明白了有人为何在某日淹死，那其余的一切便无关紧要。无论是雨天还是晴天，是小孩还是汉子，或是戴着钻石项链、浑身赤条条的女人，这都无所谓。这仅仅是常见性悲剧的不同布景而已。

但是，若人们没有明白，比如这么说吧，对那些似乎能对整个事件作出解释，其实不过是表面现象的具体细节，若人们发生兴趣，赋予它一种真实性，那么，要说的就多了。人们停下来，走下车子，于是便开始入戏。他们不是去看，而是去编造。他们在哀号。在为这人或另一个人辩护。在胡编乱造，信笔作诗。

他问这粒地底的尘埃来自何方
在万物之上安然就位。温和地支配着，
齿轮中间一颗四碎的砾石。

这使平面渐渐石化，他说。

他还需要烦恼和欲望：灰烬。

他静听着。应该任他孤独一人

等待着伟大的牧师那仁慈的乐趣。

他期待着形形色色的一切提醒他想起

一个早已忘却的愿望：仿佛他在等待战争。

真的，他也许错了，

错以为战争不再是勇气的赋予者

而是砾石的粉碎机

也许是它碾碎了砾石

也许是它制造了尘埃

最为坚硬的

深深的创伤

他在问

他需要他等待

他屈指计算

蜷缩起身子准备飞跃

他——对——在爱

坚硬的尘埃

正是为此他不知

有着沙砾

何为沙砾

何为灰烬

何为黄叶粪便

多雨水的土地

熔岩和其他种子

对。所有这一切

就叫作温柔的尘埃

当然(既然写作者在为自己创造一个命运)，他们渐渐地加入了淹死他人者的行列，正是他们淹死了那个人。

他们中有一个叫克里斯贝格的问道：

“喂，到底出了什么事？”

“出了一起事故，”他妻子朱莉说。

“您看见他全身胀得有多大？他在水里时间肯定挺长的。据说泡了两天……”一个名叫西默南的渔民说道。

“知道他是什么人吗？”克里斯贝格问道。

他们大家全都呆在原地。围着那个漂浮着残物的海水洼——仿佛刚才那个人，那个溺水者，开始萎缩，变成了一只小小的昆虫，几乎看不清楚，还在水洼中游动。

“是个男的还是女的？”朱莉问道。

“我去年也见到了一个像这样的。差不多在同一个地点。就在餐馆过去一点。我当时在海滩上，有一个女人见人就问：您没看见纪尧姆？就这样，逢人就问。大家告诉她没看见。她……她这样打听了一段时间。后来，有人发现离海岸不太远的地方漂着一个什么东西。当时有个人很善游泳，下了海。他把那东西拖了回来。原来就是纪尧姆。是个……是个十二岁的小孩，我记得。等那人把他拖到岸上，那样子不堪入目，我告诉您吧。人们把他平放在卵石上，他浑身发紫。大家都想拦住他母亲，不让她看见，可为时已晚，未能拦住，她还是过来了。她看见了孩子，把他在卵石上翻过来调过去，一边号啕大哭，呼唤着：

“纪尧姆，哎！纪尧姆！

“您知道，由于她不停地翻动，肚子里的东西全都从孩子嘴里流了出来。连苦胆和一些白花花的汁液，全都往外淌。足足有几公升海水。可真怪，那孩子还是死了。”一个名叫吉罗的男人说道。

“到底出了什么事？”克里斯贝格又重复问道。

“好像有个人淹死了，”他妻子低声说。

“您觉得他已经死了？”波西奥问道。

“泡了两天了，我看不出他竟还能活着。”约瑟夫·雅基诺说道。

“给淹死的人翻身时，他们总是往外吐东西。您明白，他们喝了那么多海水，只要稍微一摇，水就会往外喷。啊，人一死，就不美，不美了。”霍兹尼亚克斯说道。

“哪怕采取一些措施，给他们打强心针，这都不行？人们都说，人即使死了几天都能救活的，”波西奥说。

“您，您相信那些鬼玩意儿？”西默纳·弗莱尔问道。

“不晓得，”波西奥回答道。

“去瞧瞧。”霍兹尼亚克斯说道，“我……”

“我呀，我见过一个，可情况不一样。那个人，是被汽车轧死的。我一点也不夸张，两只轮胎从他身上碾了过去；一只轮胎碾到了脖颈，另一只轧到了大腿。真奇怪，那人身上竟留下了轮胎印，那些个汽车。我向您担保，给那人哪怕打各种各样的针，也无济于事。再也救不活他。到处是血，连沟里也是。还有那两只眼睛，从脑袋里凸了出来。就像一只被碾死的猫，绝对像。”一个拄着拐杖、名叫安托南的男人说道。

“他们花了三个小时才找到了他。”维兰说道，“他们沿着海边四处寻找。后来到这里又找了三个小时。整整找了三个小时。我自始至终一直看着他们在找，因为我正好在海边散步。我是碰巧看见他们的。”

“这样说来，他们知道他失踪了？”吉罗问道。

“肯定知道。”维兰答道。

“他也许是自杀。他在家里留了一封信，他们看到了信。”霍兹尼亚克斯说。

有几个人沿着栏杆走开了。他们咣当咣当打开车门，上了车，这时，只听得一伙伙围观的人们相互呼唤着：

“喂！雅诺！来呀？”

“好，等等我！”

“快点！”

“保尔！保尔！”

“喂！雅诺！怎么搞的！”

“好了，这儿再没事了，来呀！”

天下着雨，赶走了一批又一批人；有几个新来的放慢了车速或放慢了脚步，接着很快又继续上路，心里总有点不踏实，因为他们未能弄清到底出了什么事；停下围观的人们渐渐散去。他们掉头离开了那摊咸海水的最后几丝痕迹，朝大海方向眺望。天际朦胧，薄雾冥冥。寥寥可数的几只海鸥在飞翔，大地显得浑圆浑圆的。

“他当时是在船上吗？”霍兹尼亚克斯问道。

“要不就是钓鱼时从悬崖上掉下去的，”奥利樊说。

“不，不，很可能有条船翻了，船当时离海岸很远，”维兰说。

“也许他一时感到不舒服？这是经常的事。”一个名叫西默纳·弗莱尔、戴着眼镜的女人说道。

“是的，可两天前，大海波浪滔天，”波西奥说。

“两天……整整两天，他可能被冲得远远的。这一带海流可凶呢。”奥利樊说。

“不错，人们四处寻找，这就是证据，”霍兹尼亚克斯说。

“我呀，去年夏天见过一个被淹死的。是个年轻小伙子。我实在不明白，他为什么会连人带脚踏浮艇一起往水下钻。很可能是为了显示自己多有能耐。他一下沉到了水底。把他捞上来后，什么都试过，人工呼吸啦，按摩啦，强心针啦，等等。可他还是没有活过来。”雅基诺讲述道。

“对，我记得在报上读过这则消息，”维兰说道。

“可那人年纪不小呀？”霍兹尼亚克斯说。

“这一带淹死的人挺多的，”西默纳·弗莱尔说道。雨水顺着他们的下巴往下滴，头发全沾到了一起；他们不知是否知道或发现自己愈来愈像是溺水者。最后只留下了五个人。他们是：

霍兹尼亚克斯……………………………………………… 渔民

波西奥……………………………………………………… 渔民

约瑟夫·雅基诺…………………………………………… 退休者

西默纳·弗莱尔…………………………………………… 家庭主妇

维兰 ………………………………………………………… 无业

他们还是迟迟不走。在这个出事地点，仍然微微闪现着对眼前这位死者的最后一丝记忆，正是这丝记忆挽留住他们，一起光着脑袋站在雨下。正是他们那富有人情味的记忆将他们团聚在一起，虽然并无爱心可言，但却比死亡、比痛苦更使他们为那位孤独者穿越深渊的漫长旅途而担忧。这将持续到一个星期后，持续到一个月后，直到有一天，他们中的一位最后一次提起这条社会新闻。

假设是霍兹尼亚克斯吧。在动身回家之前，他在咖啡店最后又讲了一次：

“那一天，我从海边钓鱼回家，那天是个雨天。我看见有个人淹死了。他浑身是水，胀得鼓鼓的，身上发青，谁也没有办法救活他。第二天的报纸也登了消息。

厌倦生活

一名牌香皂的推销员，现年五十四岁的让-弗朗索瓦·古尔先生于昨日下午被消防救护大队发现，已溺水身亡。事故致死的观点应被推翻，最后结论为自杀。不幸者是从一租用船跳海自尽的。当尸体打捞上来时，人已溺死三日。古尔先生在贸易界声誉颇佳，他有可能是精神忧郁症一时发作而自杀。我们谨向死者家属及其亲朋表示最沉痛的哀悼。

“对，我坚决认为他是自杀的。我跟别人说过。那个人，一副自杀的模样，我当时马上就觉得他不是在正常情况下淹死的。”

寡妇古尔和十五岁半的女儿安德蕾将身着黑色孝服走在陈尸房的长廊里。一个身穿白色工作服、口袋中的大串钥匙叮当直响的矮个子驼背男人将带着她们俩来到宽敞的冷冻室。他将打开大门，朝母女俩扭过光秃秃的或苍白无血的脑袋，声音温和地对她们说：

“跟着我。”

她们俩将跟着他，看着他在标着号码的大抽屉中寻找，最后掀开2103V抽屉上盖着的一块十分清洁的白色布单子，低声说道：

“就是这一位。”

当她们确认了那具新鲜的粉红色的尸体，确认了那具小小的尸体就是丈夫、就是父亲让-弗朗索瓦后，她们母女俩默默地走开了。无论在餐桌上、晚会上或沙龙里，再也没有人跟死者的亲朋好友谈起这件事。甚至去购买东西时，跟售货员也从不谈起，只是时不时有人冒昧地向她们中的一位说一声：

“沉痛的哀悼……”

可却连她的手也不握一下。

在她们母女俩与他之间，一切都将了结，他并不善良；他经常撒谎，欺骗妻子，常常透过浴室门的钥匙孔窥视女儿裸露着身子走进澡盆中的模样。他为人善良。他是个好父亲。他从不去咖啡店，谁也不认为他会经常去逛妓院。他礼拜天有时去望弥撒，尤其他一辈子总是规矩、合法地谋生。

他甚至答应过要购置电视。他从未曾存在过。

她丈夫是在战争期间向日本军的一个碉堡发起冲锋时英勇献身的。安德蕾的父亲在一次汽车事故或飞机失事中身亡，她当时只有三岁。他英俊，富有，多情。命运这么早就夺走了他，多么可惜啊！

这差不多就是淹死人的那天在几个男人中间可能发生的一切，

亚当自然除外。那天，那人淹死后被打捞上来，放在公路旁，天下着雨，一切都是湿漉漉的。

结果呢，如今似乎存在着某个上帝，轮流占据他们每个人的心，在他选择的时刻召唤他们去他身旁，让他们以未曾有过的身份去生活，以死人的身份去生活。

M

人们会忘却他们。会让别人，让霍兹尼亚克斯、吉罗、波西奥、西默纳·弗莱尔、奥利樊、维兰、约瑟夫·雅基诺、克里斯贝格和小纪尧姆等去过自己的生活，回到自己家中去，做自己该做的事情。亚当在路上行走，被他们超了过去。他是最早离去的人之一，可由于他累了，疲惫不堪，所以沿着海滨慢吞吞地走着。他在一棵悬铃木下停住脚步，避了一会儿雨。可树叶挂着沉甸甸的水珠，瓢泼大雨轻而易举穿透了树叶层。他不得不又拖着步子上路，浑身像水淹的，连口袋里都积满了水。他想抽支香烟，可烟盒全湿了，香烟没法抽：纸和烟成了粒状的浆糊，沾在口袋布上。

看热闹的人三五成群，动身回自己家去；耳边还隐隐约约地听到只言片语，这些议论并不是全都与淹死人的事有关。人们议论着溺水的事，雪崩的事，突然昏厥的事，还有的谈论着如何抛饵钓鱼，或谈论政治。

亚当的侧面有个象点。他再也不感到孤独。甚至再也不想把是非弄个明白。脑子里开始回想过去，回想自己过去可能已经不知错过多少回。

行至港口时，他在一家烟店兼酒吧的挡雨篷下停下了脚步。他看了看挂着明信片的旋转架，明信片有彩色的，也有黑白的。其中一套画的是同一个女人，脸蛋有点儿丑，可身段很漂亮，穿着比基尼。亚当走进酒吧，买下了这套明信片，还买了包烟。然后，他出了门，站在篷布下躲雨，一边看着明信片。照片呈五种色彩，年轻的女郎跪在一片卵石海滩上，笑得很开心。她正用右手在解比基尼游泳裤的搭扣，露出了髋部的一角，圆滚滚的，晒得黝黑。她用另一只手遮着乳房的顶部。为了让人彻底看明白她胸部无遮无掩，她身旁扔着胸罩。而为了让人看懂这是一副胸罩，又将它摊放在沙砾上，胸罩兜朝向天空，所有这一切都挺滑稽的；明信片用的是铜版纸，漂亮，富丽，油光闪亮，像糖一般透明。亚当用目光在画面上扫射，用中指的指甲尖刮得沙沙直响，心想自己比照片上那位半遮半露的女郎要淫荡千倍。但是，如果细细想来，那么这一简单物体的巨大交流力量便会彻底背离其诲淫的意图；该照片的集合意义是贫乏的，只能引起人们的哄笑或悲戚；但是，其真正的意义存在于画面之外；表现在几何艺术或技巧这一层次，木屑和纤维素组成了一圈光晕，为年轻的女郎增添了神圣的色彩，永远表明她是一位圣洁、殉难而又享受到真福的女性。她像一位圣母，支配着芸芸众生，与亵渎圣物、手淫和嬉戏行为格格不入；照片经过了研光，无疑可以像博物馆的橱窗，保证它经历数个世纪而仍然完好无损。一阵风起，一颗偌大的水珠从篷布的镶边上落到明信片的正中。水珠在维纳斯般的美女的肚脐和左乳房之间的部位迅速扩展开来。

亚当翻过明信片，背面写着：

摄影：迪克　　真正的溴化照，严禁翻拍

图卢兹波里奈尔街十号

亚当本来打赌，上面写的肯定是：

海滩佳丽。

或风格粗俗的字样：

愿意与我同乐吗？

这自然让他失望。

亚当在街头一直溜达到夜幕降临。八时许，他吃了一块面包，坐在公共汽车站的长椅上，看着路人来来往往，有的撑着雨伞，有的裹着雨衣。

广场的另一侧，停着两三辆公共汽车，汽车的后面有一座电影院。影院的门面闪烁着霓虹灯光，一小群人在门外等着影院开门，顾不得天下着雨。这座电影院叫雷克斯，用霓虹灯管组成的这几个大字闪烁不停，红光熠熠。在“雷克斯”这几个字下方，有一幅巨大的广告宣传画，画中，只见一个身披雨衣的男子，在一道海堤上正拥抱着一位同样穿着雨衣的女郎。他们俩都是红红的面孔，黄黄的头发，仿佛是在海滩呆的时间太长的缘故。广告画的背景涂成一片黑色，唯在他们俩的身旁有一个黄色的大圆球，像是一盏路灯。但是，令人奇怪而又显得凄凉的是，这一男一女的脸部表情色彩强烈，被凝固在一种笨拙的僵硬状态之中；他们的眼睛长得很丑，仰望苍天，翻着白眼，眉毛断成两截，两只嘴巴宽宽的，大张着，一上一下，好似两道正在流血的伤口。

电影的名字叫《毒品之港》，或叫类似的玩意儿；亚当心想，要是塞缪尔·富勒看见为他执导的影片作的这幅广告画，准会感到欣喜。亚当一时憋不住想进电影院去。可是，他想起自己身上带的钱不多了。他啃完了面包，点了一支香烟。

不远处，两三个姑娘在拱廊下等着公共汽车。她们都穿着花裙，搭着披肩，脚穿肉色长筒袜，手执雨伞和仿皮坤包，若凑近去闻，她们十有八九浑身散发着香水味。亚当自问这天是否是星期六。他试图算清到底是星期几，可白费气力。最后，他拿定了主意，就算是星期六，是有舞会的日子，他想自己也许可以到过去经常去度周末夜晚的地方去，比如“佩尔高乐”、流星咖啡馆或毛象俱乐部。喝上一杯啤酒，要一位姑娘，享受几个小时。然而他放弃了这个念头，因为他从来就不喜欢跳舞。他舞跳得实在差劲，而且谁都知道他跳得不好。于是，他又自我安慰，这有什么关系？谁也永远学不成什么。再说，他再也没有多少钱了。

来了一辆公共汽车，带走了等车的姑娘们；几分钟之后，她们的位置又被另一些姑娘所取代，而后来的姑娘跟先走的姑娘竟然出奇的相像。两个做工的北非人站在她们身旁，抽着烟，一边瞧着她们；他们俩默不作声，抽着香烟；而正是借着抽烟，他们才得以细细地打量姑娘们的大腿。

这样，先后来了三辆公共汽车，每次都运走一批姑娘和做工的。这绝对可能是个星期六。在第四辆客车来之前不久，一个衣衫褴褛的汉子钻进了拱廊；他身后拖着一捆旧纸板和废报纸，可能是从垃圾箱捡来的。他把这捆重重的破烂靠在一根支柱上，正好面对亚当坐着的长椅。接着，他坐到那捆东西上，等起公共汽车来。看他坐的样子，活像个流浪汉或乞丐，而不像世上其他任何人。亚当见他还戴着一副眼镜。

亚当猛然站起身来，向他走去，想跟他说几句。犹豫了片刻之后，他们俩开始交谈起来，声音几乎很低。戴眼镜的流浪汉没有看亚当一眼。只见他微微前倾，侧歪着脑袋，眼睛直勾勾地盯着自己的鞋尖。每过一会儿，他就抓抓大腿，搔搔胳肢窝和头发。他毫无惊奇或恐惧的表情，只是显得有点不耐烦，并带有几分鄙夷的神情。他一直用左手扶着坐在上面的那捆纸板和报纸，以免坐不稳翻倒。他身上肮脏不堪，脸上胡子拉碴，浑身臭烘烘的。他一直没有打什么手势，只有过一回，抬手指了指公共汽车发车的方向。他说他不抽烟，可却向亚当讨一块硬币，亚当没有给他。

等公共汽车到站时，那人慢慢站了起来，拿起那捆报纸和纸板，看也不看亚当一眼便上了车。亚当双目跟随着他，透过玻璃窗，发现他正在慢吞吞地在他那件过分肥大的外套口袋里找钱，以付给售票员车票钱。只见他那个干瘪的脑袋往地面耷拉着，由于车子颠簸，他用左手扶着眼镜，可眼镜还是被颠得一毫米一毫米地沿着鼻梁往下滑。

亚当没有勇气再等第五辆汽车了。人是永存的，上帝是死命。人是永存的，上帝是死命。人是永存的，上帝是死命。人是永存的，上帝是死命。

走进马热朗酒吧，厕所和电话间就在尽里头的左侧。当你上完了厕所，在抽水马桶的哗哗冲水声中，打开上面写着“男士”字样的门出来时，可见到电话号码簿就放在电话架上，压在电话机下。若要通话，必须将电话号码交给酒吧招待。招待将号码写在纸片上：84 10 10，然后在吧台的电话机上拨通号码，继而再转到吧台尽头装在隔音室里的那部电话机上。最后，招待才伸手一指，说道：

“是您的！”

这时，揿一下电话机底座上的一个红色小键，便可听到对方鼻音浓浓的声音：

“喂？喂？”

“喂？米雪尔吗？”

“不是米雪尔，是她妹妹。你是……”

“噢。热尔梅纳，米雪尔不在？”

“对。”

“她不在？”

“不在，我是她妹妹。你是……”

“听我说，您是否碰巧知道米雪尔现在在什么地方？”

“可您到底是哪一位呀？”

“是米雪尔的一个朋友，亚当……”

“亚当……噢，亚当·波洛？”

“对，是的。”

“噢……您有什么要事需要转达吗？”

“呃，是的，比较重要……是这么回事……我只是想打听一下米雪尔的近况。我已经有一段时间没有见到她了，您理解……”

“是的。”

“您不知道她现在可能在哪儿吗？”

“米雪尔？”

“对，米雪尔。”

“听我说，我不知道……她在两点钟左右开车走了。她出门时没有特别关照我什么事情。”

“那……您知道她可能几点钟回家？”

“您知道，说不准。这要看她是去什么地方了。”

“可一般情况呢？”

“噢，她一般总是……总是十一点钟左右回家，可有的时候……”

“您的意思是说您不知道她今晚是否一定回家？”

“今天晚上？”

“对，整个夜里。”

“噢，整夜都不回家，我不认为她会这样……我不认为。可确实她有过几次，她有个女朋友，在她家里睡过几夜。可我不认为她会不回家。要是她不回家，一般都通知我们，给我们来个电话，或走时就说好。既然她今天什么也没关照，我想她不会很迟回家。”

“那好。那……您想她十一点后会回家吗？”

“噢，我想是在十一点前。我不知道。”

“嗯。”

“听我说，最好嘛，如果您有话要留，就跟我说，她一回家，我就转告她……”

“事情是这样的，我没有话要留。我想，我只是想了解一下她的近况。”

“我知道。可您是不是想约她，我，我不知道。要不，您是不是想她一回家就给您去电话。您有电话号码或什么吗？”

“没有，我没有电话。我在一家酒吧。”

“那最好您还是一两个小时后再来电话。当然是半夜前打。”

“半夜前？”

“对，十一点左右。”

“好……麻烦的是我没法打。您明白，我要乘一个小时后的火车。我要乘船去塞内加尔。我本想在行前跟她告个别。”

“啊……您要乘船去塞内加尔？”

“对，我……”

“噢，我明白了……”

“听我说：您是不是觉得米雪尔现在会在她女友家？”

“我一点也不清楚。”

“您一点也不清楚。那……您不能把她女友的姓名告诉我一下吗？她叫什么？”

“索尼娅。索尼娅·阿玛杜尼。”

“她有电话吗？”

“有，她有电话。您想要我去找她的电话号码吗？”

“劳驾了，是的。”

“等等，我去找找。”

亚当身置隔音室的圆顶之下，浑身淌汗。耳边，传来稀奇古怪、乱七八糟的声音：脚步声，难以听懂的只言片语，远处，在起居室和二楼楼梯之间的地方，还有一种像是在解释的声音：“热尔梅纳，是谁呀？妈妈，是米雪尔的一个朋友，他要去塞内加尔，想跟米雪尔告别。去塞内加尔？对，他想要索尼娅的电话号码，索尼娅的号码到底是多少来着？880754 还是 880744？谁的号码？索尼娅的号码，你知道索尼娅·阿玛杜尼？啊，索尼娅·阿玛杜尼，880754。880754？你肯定？对……你这就把号码给他？是的。”

“喂？”

“喂？”

“880754。”

“880754？”

“对，880754，是的。索尼娅·阿玛杜尼，880754。”

“好，谢谢。”

“没什么。”

“行，我这就给她去电话。可不管怎么说，万一……万一米雪尔十一点前回家的话……”

“那怎么了？”

“没什么，那活该，没什么关系。我另想办法去见她一面，没什么。只是想请您转告她我来过电话。”

“好。”

“好，谢谢。抱歉了，谢谢。”

“再见。”

“再见，小姐。”

一旦玩起电话来，那就不该有任何犹豫，绝不该有停顿，哪怕停几秒钟思考一下。跟阿玛杜尼说些什么呢？打电话是不是太晚了？米雪尔不可能在那里吧，等等。必须重新开始，叫酒吧招待，高声报号：880754，然后说一声：“对不起，有急事！”说罢便冲向另一部电话机，揿下红色按键，然后不由自主地说起鬼怪用的语言来，出口的词语仿佛升向无形的天际，犹如神奇、痛苦的呐喊；必须排除任何怀疑，不管是否滑稽，赋予这黑乎乎的仪器以人性，这仪器在汗津津的手心中直打滑，那筛子形状的听筒紧贴着耳朵，吱吱吱地响个不停，等待着建立起嗡嗡声不断的交流，响起仪器的歌唱声：必须等待着，差不多把整个脑袋伸进那酚醛塑料隔音壳里，里面一股温乎乎的电热，必须等待着吱吱声停止，响起火花的撞击声，等待着从一个深渊的深处升腾起一个不真实的声音，发出的谎言将你团团围住，推着你前行，以至不管你是否相信，你都将不得不开口说话，听到你自己的声音沿着电线升腾，与遥远的喂喂声交织在一起：

“喂，阿玛杜尼先生吗？我找索尼娅，劳驾了，行吗？”

若她不在家，必须坚持，说明自己半个小时后就要起程去塞内加尔，无论如何必须找到米雪尔。对方告诉说米雪尔和索尼娅坐米雪尔的车子刚刚出门了。就晚了两分钟。她们有可能到城里去跳舞了，不管怎么说，她们肯定不是去看电影，因为在餐桌上她们提起电影时，说过没有什么有意思的影片可看。对方说，她们俩出门才两三分钟。她们可能没有去“佩尔高乐”、音响俱乐部或毛象俱乐部跳舞，因为星期六晚上人太多；剩下的有“斯塔雷奥”和“威士忌”两家，索尼娅没有特殊的爱好，可米雪尔，若她赶时髦，可能会更喜欢“斯塔雷奥”。米雪尔有百分之六十七的可能赶时髦。

她有百分之六十七的可能会领索尼娅去那家自命不凡的夜总会。那里，滤光设备是假的，安乐椅是假的，铺的红缎是假的，正在跳舞的公子哥是假的，伴舞的金融家的千金也是假的。万幸的是，没有一个人会自愿受骗上当。

斯塔雷奥夜总会里没有人：常客们都避免在星期六晚上来。他们一般都选择星期一为聚会的日子。亚当在昏暗的大厅里向前走去，用目光搜索着米雪尔或索尼娅·阿玛杜尼，她们俩不在里面。他走到吧台前，高声问道：

“您认识索尼娅·阿玛杜尼吗？”

酒吧招待满脸不耐烦的神态看了看他。招待留着灰色的鬓角，系着真丝领带，摇了摇头。唱机播放着温柔的音乐。在亚当身旁，两个笑吟吟的金发美男子倚靠着吧台。

亚当细细打量着他们和周围的一切，这儿真的十分宁静、温馨，但却令人忍不住想吐。长久以来，第一次呼吸到这般清纯的空气，多么想驻留在这儿，留在这个类似冷宫的地方，等待着什么，或不再等待任何东西。多么想喝一点威士忌，喝一点在大冷杯里冰镇的威士忌，坐在这两个像女人似的英俊小伙子身旁；紧挨着他们那精心缝制但却容易褪色的麂皮上装，那红得发艳的双唇，那白得过分的皮肤和那金黄金黄的长发，还有那朗朗笑声、双手和带有淡淡的茶褐色晕圈的乌黑的眼睛。

可是，先得去威士忌夜总会；该夜总会离此地只有百来米，设在二楼；这很可能是城中最热闹的一个夜总会。两个毗连的厅堂，一个设有吧台，一个摆着长椅，亚当把脑袋探进门去。里面，气氛紧张，充斥着各种声响，灯光血红血红的，人们全在跳呀，叫呀。唱片播放的是科勒曼、切特·珀克和布莱克的音乐，节奏快速奔放。吧台后站着一位女人，朝他俯过身子，跟他说了句什么。亚当没有听清。她示意他靠近点。最后，亚当终于明白了几分意思，他朝她迈了一步，高声问道：

“什么？”

“我说——请您进来！”

亚当愣着，一动不动，没有想什么，也没有说什么，足足有十秒钟之久；他感到自己全身各个部位都被扯碎，摊在至少有十平方米的地面上。这里，声音嘈杂，纷乱。吧台女郎又说了一遍：

“进来……进来！”

亚当把双手搭成话筒状，回答道：

“不。您认识索尼娅·阿玛杜尼吗？”

“谁呀？”

“索尼娅·阿玛杜尼？”

“不。”

女郎还补充了句什么，可亚当已经往后退去，他没有听见；昏暗的空间，殷红的灯光，大腿和胯骨抽搐似的摆动，这两间毗连的厅堂，像马达一样发出隆隆的声响。人们仿佛猛地套上了一层钢盔铁甲，打个比方吧，就像钻进了摩托车的汽缸盖，囚禁在四面铁墙之中，里面，一股巨大的气体，稠密，强烈，就要爆炸，汽油，火花，火星，煤，一触即发，瓦斯味，稠稠的油，像在溶化的黄油，黏糊糊的，黑一块，红一块，灯光闪烁，即刻就要爆炸，这股沉重有力的气体在分解，在揉搓，在压挤，冲着四堵粗糙的铁壁，发出溅泼声，锉屑沙沙声，喀嚓喀嚓声，前冲后退，前冲后退，前冲后退：原来是热气。

亚当还喊叫着："不，我想……"

接着，他喊得更响："索尼娅·阿玛杜尼！"

"……索尼娅·阿玛杜尼！"

女郎答了一句，可由于亚当总是听不清楚，她耸耸肩，摇了摇头，表示不知道。

雨差不多已经停了，只有稀稀拉拉的一两滴。城市像用水清洗过似的。亚当整夜都在街头行走。从晚上九点半一直到清晨五点。仿佛有一轮巨大的太阳，照到哪里，哪里的一切便被焚烧干净，化为一堆灰烬。

亚当边走边想：

（我玩错了游戏。我本想把什么都不当一回事。我错了。傻瓜蛋。可我心里想做的，却是这么一回事：我想追踪那位姑娘，追踪米雪尔。就像跟着狗。我想做次游戏，简简单单，就像一，二，三，四，五，六，七，八，九，十，十一，十二，好了吗？十三，十四，十五，十六，十七，十八，好了吗？十九，二十，二十一，二十二，二十三，二十四，二十五，二十六，二十七，二十八，二十九点五，二十九又四分之三，呃，呃，一直数到三十！紧接着在城里四处寻找。找遍墙角，门洞，夜总会，海滩，酒吧，电影院，教堂，公园。我想，不把你找到誓不罢休，找到你时，你正跟一位学药剂学的大学生跳探戈，或坐在海边的一把长椅上。当然，你可能留下了某些痕迹，以便我能再找到你，游戏规则就该是这样。留下一两个名字，阿玛杜尼·索尼娅-纳迪娜，热尔梅纳，地上丢下一块手绢，上面有些许玫瑰黄的口红，一条空寂的小径上，扔下了只发夹。还有在一家自助餐厅里，两位小伙子进行一次交谈。或者在一家通宵服务的糕点铺天蓝色的塑料桌布下隐隐约约留下一个印记。或在九路无轨电车仿皮漆布面长椅上用指甲抠下两个起首字母：M．D．；而我呢？我渐渐地摸出了门道，自言自语："我快猜中了！"

后来，在清晨六点二十五分，当我精疲力竭时，终于找到了你，你紧裹着那件男式风雨衣，嘴巴紧抿着，头发被晨露打得湿湿的，身上穿的羊皮裙有点儿发皱，由于一夜没有合眼，你两只眼睛疲倦无力。你身旁没有人，孤零零地蜷缩在漫步场所的一把长椅里，面对着正在升起的灰色的太阳。）

可是，谁也不在等待谁；显然，世上还有更重要的事情。一个人口过剩的世界，饿得在死亡线上挣扎，经受着八方的打击。必须在这一现实的世界中寻找，搜索每一件细小的事情。而一个男人或一个女人的生活并不重要。

更重要得多的是这整个宇宙。二十亿男女同心协力，创建事业，建设城市，制造炸弹，征服空间。

报纸说：“‘自由二号’宇宙飞船已围绕地球飞行七圈。”

“一亿吨级氢弹在内华达州爆炸。”

确实，仿佛到处都有一轮巨大的太阳，永不消失。这是一个梨形的太阳，可以进行分级测量，曙光的出现快慢可以调整。眼下，正围绕地球编织一个错综复杂的网络，有条不紊地将地球分割成一个个方块，无限延长 xx′，yy′，zz′线。同时控制着每个方块。

社会以各专业团体为基础结构：

亦即军人，官员，医生，肉店老板，食品杂货店老板，冶金工人，电子工程师，远洋船长及职员团体等。

人们建造起一幢幢二十三层大楼，然后在楼顶安装上电视天线。地下铺设起排水管、电缆，修建起地铁。在过去的岩块区域竖起一根根电线杆，筑起了一道道堤坝。人们在挖。在埋。在烧，或在炸。备有灯光的机器微微地闪亮，隆隆炸响，向天际的各方发出磁场。飞机从地面起飞，发出纸片被撕碎似的声音。火箭直上藏红花色的云霄，飞向空间中心的无名点，接着化为一道道漆黑的光束。

一切又回复到一个新的黎明，回复到破晓的时刻，这曙光聚集着千百万人的意志。别的暂且不论，就说这众多的男女吧，他们都渴望着施行暴力，渴望着征服世界。他们聚集在世界的各个战略要地上，他们绘制地图，标示地名，创作小说或编制地图册：他们居住之地的名字依次排列为：

埃克尔费亨　苏格兰　55.3 东　3.14 西

埃克尔斯　英国　53.28 北　2.21 西

埃克尔肖尔　英国　53.28 北　2.21 西

埃奇米阿津　亚美尼亚　40.20 北　44.35 东

埃希特纳赫　卢森堡　49.48 北　6.25 东

伊丘卡　维多利亚　36.7 南　144.48 东

埃西哈　西班牙　37.32 北　5.9 西

厄瓜多尔共和国　南美洲　2.0 南　78.0 西

埃丹　荷兰　52.31 北　5.3 东

埃德拉希利斯　苏格兰　59.12 北　2.47 西

在放置在咖啡店书架上的书籍中，到处可见这些人的大名：

威廉·庞特纳牧师

弗朗西斯·珀克

罗伯特·帕特里克

罗伯特·巴顿

琼·佩思

珀西瓦尔牧师

罗贝尔·德·夏尔勒维尔

纳塔尼埃尔·雷纳

阿贝尔·朗姆先生

应该到他们中去寻找。也许可以从中找到一切，包括在黎明时分坐在一张长椅上的米雪尔，她浑身被晨露打得湿湿的，冻得瑟瑟发抖，被周围那错综复杂的各种力量团团围住，他们大家过的都是同一种生活，他们的来生渐渐地融入了他们所掌握的原物质中。统一，这在高炉中炼就的统一，这如同处在火山口中，在熔炼的金属中沸腾的统一，是使他们超越自身的武器。无论在这座城市里，还是在其他地方，男男女女都在炼狱的火锅中经受煎熬。他们凸现在地球模糊的背景上，等待着某种东西，等待着终极，使他们置身于永恒之中。他们在自己的机器中间生活，他们赤膊上阵，百折不挠，永远不可战胜，要让自己的地球放射出光芒。他们那差不多已经大功告成的世界不久将永久把他们从时间中夺走。在他们的面孔上，已经显出了铁的面具。再过一两个世纪，他们就将成为塑像，成为石棺：将在他们那混凝土和铜制成的模子下，深藏着一束电火花，虽然微弱，但却永不熄灭。那时，便将是无时间性物质的王国，一切都将存在于自身之中。世上将只有一个男人，一个女人。

亚当同时出现在市区的各条街道上，出现在一家沉浸在黑暗中的公园前，出现在一个葬狗的公墓前，出现在一座在巨石中錾凿而成的大门下；他有时沿着两旁长着树木的小径行走，有时则在大教堂的石阶上静坐。

在这个广阔的矿物界天地里，他独往独来；一会见他在“假泉”旁抽烟，一会又见他呆在铁路桥下。他信步而去，在大广场的拱廊下，在街心公园中，在海滨人行道的栏杆旁，到处都可见到他的身影。他也出现在海滩上，面对着静寂的大海。由于他同时出现在各处，所以他有时会在街道上，在一座房屋的拐角处，与自己交臂而过。此时，在这清晨四点缺一刻的时候，也许有四千或五千个绝无半点伪造的亚当在城中往来。有徒步行走的，有骑自行车的，也有开汽车的；他们从这一端到另一端，扫荡整座城市，占领每一小块水泥角落。一个女亚当身上裹着紫裙，跟在男亚当身后奔跑，尖跟皮鞋喀喀直响；她问道：

“Baby[1]，你跟我来好吗？”

于是，男亚当跟着她走，一副很不情愿的样子。

另一些男亚当吹着口哨，去东区方向上班。一位老亚当蜷缩着身子，像只球似的躺在运蔬菜用的手推车上睡觉。他身上的另一个亚当很可能躺在他那张浸满汗水、老掉牙的黄色小床上低声呼喊，慢慢死去。或许还有另一位正用自己的腰带上吊，因为他已经身无半文，或失去了妻子。

在街心公园的草坪中间，亚当终于停下了脚步；他背靠一座雕像的底座，这座雕像塑造的正是他自己。接着，约五点的时候，他驻足在一家洗衣店的橱窗前。他因疲惫和欢乐而头脑发昏，感到类

---

① 英文，宝贝儿。

似泪水一样的东西在双颊上流淌；他突然放声哭了起来，毫不顾忌那成千上万家窗户在他身后打开。亚当们在响亮的路石上奔跑，他仿佛在祈祷，低声吟诵一首诗歌中的两句。时间整整提前了十五个小时，橱窗深处，一根霓虹灯管闪烁着淡红色的光芒，正充当着落日的一角。

亚当再也不知是白昼还是黑夜，他像祈祷一样，低声吟诵起一首诗歌中的两句来：

> Tis ye，tis your estranged faces，
> That miss the many - splendored thing. ①

---

① 英文，正是你们，正因为你们别过脸去，才看不见那五光十色的宝贝。这是英国诗人弗朗西斯·汤普森（Francis Thompson，1859—1907）名作《天国》中的诗句，喻指基督教信仰。

N

太阳高照，在一个百叶窗半开半闭的房间里，一男一女躺在一张双人床上，他们中间放着一只陶瓷烟缸，烟缸就摆在床单上，床单有几处灰不溜秋的，还有几处被烧坏了。这间房子呈四方形，布置成天然色，面积挺大，但却低矮，活像是被嵌在大楼的正中部位。城市中其他的一切无不由水泥、硬拐角、窗、门和铰链组合而成。

在他俩身旁的床头柜上，一架正开着的收音机播放着滔滔不绝的讲话，只是每间隔八分钟，被一段音乐打断。

“因此，我们可以说，新的一年将更有利于旅游业的发展，我们可以为此而欣喜，因为我们始终十分重视旅游业，尤其是外国人来法旅游，它构成了我们这一美丽国家的主要经济来源(……)为了发展旅游业，我们已经极大地改善了沿海各地的旅馆系统，修缮了一些不尽完善的旅馆，改造了一些过去只基本上达到舒适水平的宾馆，从而建立了一个以比较现代的宾馆为主体的旅游宾馆网络，由于外国，尤其是意大利、西班牙和南斯拉夫等南部国家的竞争，建立这样一个网络，越来越有必要(……)呃，杜代先生，我们对您给我们提供了这些情况表示深深的谢意，我们不久将再次感谢您，请您参加另一次有关本地区旅游经济情况的答记者问(……)这里是蒙特卡洛广播电台，现在是十四点九分三十秒，里卜钟为您准确报时(……)十四点，也是休息放松的时刻，但这不是普普通通的放松，而是独一无二、强身提神的放松，这就是饮咖啡以放松(……)品味一下优质咖啡的芳香，根据您的口味，冷热即可，放松放松，放松……”

床头柜上，没有闹钟，也没有座钟。男的手腕上戴着手表，这在他那光溜溜的躯体上，像是一小件皮衣服：除了这块手表，他全身一丝不挂。女的也赤身裸体，她右手的第四个指头上戴着一只结婚戒指。同一只手的食指和中指夹着一支香烟，烟纸已被汗湿得透透的，烂烂的，显出一截截草叶来。她在抽着烟。

衣服乱七八糟团在一起，扔在一把椅子上，像只球似的紧挨着椅背和椅面的里角。收音机的正面，在波段指示器的旁边，插放着一帧照片，上面照的就是他们这一男一女，不过这次都穿着衣服，站在罗马的一条街上，男的微笑着，女的没有笑容。照片的另一侧，他们写上了自己的名字：

路易丝·马朗巴与让·马朗巴夫妇

早在两年前他们就签上了自己的姓名，这不过是闹着玩玩，因为他们要到下个月才结婚；他们当时只是凭一时想象而已。可现在，这一切可能已经过时了。经过两个酷夏的高温，或者由于收音机指示灯的灼烤，照片整个儿起了泡泡。此时，在报时信号的第三响，便是十四点十分正，太阳高照，百叶窗拉着，散发着汗味，飘荡着影片中的管风琴音乐，在这间房子里，没有特别凄楚和滑稽的气氛，也没有任何确切的东西在蠕动，除了正在抽烟的那个女人的手，还有在男人让·马朗巴的脑袋上部闪闪发亮的圆圆的眼睛。

在还相当新的现代化大楼的底层，在那家名叫洛加尔食品店的食品杂货铺里，日历上标着八月下旬，已近八月底，像是二十六号或二十四号的样子。日期标在日历本的空白处，该日历被称作“幽默日历”，因为每日都有一则小幽默，今天的小幽默为：什么东西每一千次才发出“嗒”一声——一只装着一只木腿的千足虫。日历挂在一块硬纸板上，纸板上画着一个忸怩作态的金发女郎，女郎身着碎花裙，手端一只酒杯，上面写着一排醒目的红字，标明她饮的是“比赫牌开胃酒”。一切都在发烫，几乎在沸腾。马路上到处飘忽着乏味的老鹳草味和车轮声。时值夏季，已近八月底。海滩上，一张张长椅吱呀作响，不堪那晒得黝黑、宽阔、肥胖的后背的重负。墨镜被折起时，发出阵阵呻吟。在一两家餐厅里，同时有一只红蚂蚁在吃着塑料黄玫瑰花或粉红色石竹花的绿叶。

男男女女走到水中，他们慢慢地浸入水里，双臂伸向天际，一时等待着海面上游弋的摩托艇朝他们开来，弄湿他们腹部上方几厘米的部位。接着，他们昂起头，脚离地，向前扑去，在水中前进，水这一本原渐渐地剥夺了他们的姓名，使他们变得滑稽可笑，一个个气喘吁吁，浑身痉挛。

整个海面浑圆浑圆的，呈现出一片刺眼的蓝色；离海岸约摸五十厘米光景，一个身着泳装的小男孩坐在水中，掰着手指数着被水流冲来的垃圾。他发现了：

一根香蕉皮
半个桔子
一根韭葱
一块木头
一根海藻
一只没脑袋的蜥蜴
一个凹凹凸凸的阿尔塔纳牌空牙膏皮
两堆来路不明的褐色的东西
一块像是马粪的东西
一片经向灯芯绒布
一只菲利普·莫里斯烟头

在海滨人行道上，太阳始终高照，在与车站大道交汇的十字路口，一位年迈的太太中暑身亡。她死得太容易了，正因为轻而易举，她也许已经死过了多次。她没有发出一点声响，迎面扑倒在人行道上，手撞到了停在一旁的一辆汽车的前挡泥板，那只早已干瘪的老手顿时淌出难以察觉的血来，与此同时，她慢慢地死去。行人来来往往，有人去找警察，找神甫或医生，一位妇女见此景状，身子像僵住一样，低声地吟诵道：

“我向您致意，马利亚，

您充满恩泽

上帝与您同在

……”

一个意大利人正坐在一张长椅上，从口袋里掏出一包意大利香烟，烟盒里已经空了四分之三，“Esportazione”[①]这一标牌因此而失去其富丽的外表，像一面皱巴巴的小旗在烟盒的侧部飘忽。他抽出一支烟，接着便是人们可以料想到的事情：他抽起烟来。此时，他在看着一个正在行走的年轻姑娘的胸部。一身在一价商店买的那种水兵衫式样的紧身羊毛套衫。两只乳房。

由于到处都是大水泥垛，都是四四方方、灰不溜秋的大水泥块，都是有棱有角的场所，所以，人们可以很快从一点到另一点去。人们无所不在，在各地居住，在四处生活。太阳照射在墙壁的颗粒上。这一系列的旧城新城，使人们永久置身于生活的喧嚣之中；人们相互紧挨着生活在一起，好似千万册书叠放在一块。每一

① 意大利文，出口。

个词都是一种偶然，每一句话都是同一类型的一系列的偶然，每一则消息都持续一个小时的时间，或多或少，或持续一分钟，十秒钟，十二秒钟。

虽然苍蝇在头顶嗡嗡乱飞，院子深处传来孩子像被烫伤似的号叫，马蒂亚斯还是在潜心写他的侦探小说。他用笔在学生作业纸上写着：

“约瑟菲姆拦住汽车：

“‘你愿意在此下车吗？’

“‘OK，小姑娘，’杜格说道。

“可是，他刚下了车，便后悔不已。

“‘你最好还是别做傻事。’

“漂亮的约瑟菲姆掏出一支嵌银的小手枪——比利时金银匠的杰作，此时，她用枪头正对着杜格的肚子。

“真让人遗憾，杜格心里想，连女人也这样，想要动手要我的命。我的男性魅力呢？嗯？

“‘嗯，现在会有什么事临头？’杜格冷冷一笑道，‘你知道，我有生命保险。’

“‘但愿你家的寡妇经受得住。’

“说罢，她一扣扳机。”

杜格拉斯死了，或者没有死。

透过许多住家的窗户，都可看到不少绿葡萄树，这树也呈现出硫酸盐的蓝色。孩子们顶着太阳在小道上抓蜗牛：这些腹足纲动物蜷缩在壳子里，盲目地将自己的生死大权托付给沾在桂枝上的薄薄的橡皮涎沫盖。露天咖啡座挤满了人：里昂咖啡店里，人们坐在红色的天花板下交谈着。

也许在海滩？

招待，来杯啤酒。来一杯。

来一杯。

买国民彩券了，谁中头奖？

不是我，谢谢。

招待，来一杯玫瑰红葡萄酒。

一杯玫瑰红葡萄酒，是，先生。

来了。

多少钱？

一法郎二十生丁，先生。

给，包括小费。

好，先生。

谢谢。

让，咱们坐哪儿？

我昨天看到莫朗先生了，您知道他跟我说了些什么？

啊，噢，是彩券号码。

绝不是。不可能绝不可能。

不管怎样喝完后我要去买东西嗯我有不少东西要买黄油肉室内

便袍用的饰带……

咱们走，招待？

可是这会有什么关系，我问您这会有什么关系，他还是跟我说了……可这关他什么事，嗯，什么事？

这家咖啡店是家优美的店铺，里面，无论咖啡屋还是四壁，都是惹人注目的暗红色；咖啡桌都是圆的，呈几何图形摆在人行道上，每逢晴天，透过大楼三层拉开的窗帘向下望去，那一张张圆桌就像是摆在棋盘上已准备开战的棋子。咖啡桌上，摆着普普通通的杯子，杯口上有时留着尚蒂伊奶油和口红一起印下的污迹，看去像个月芽儿。

招待们身着白色制服，客人每次点饮料后，他们根据消费的价格，将不同颜色的托盘连同杯子一起送到桌上，男男女女在喝呀，吃呀，说呀，没有任何吵闹声；招待们一手端着空盘或满盘，左胳膊夹着抹布，也悄然无声地滑行，那摆动的身姿，像是长距离游泳运动员。声音大都传自街头，声音多种多样，而正是由于其多样化，因此而得以组成一个丰富的整体，但就其音调而言，明显是单音。比如说吧，就像是海潮声，或像是连续不断的沙沙雨声：可以听清的只有一个音调，但汇集其中的却有千百万种变音，千百万个调性，千百万种表现调式；有女人的鞋跟声，喇叭声，小车、摩托车和公共汽车的马达声。这是一个乐队的各种乐器同时发出的A调。

物质运动是统一的：灰蒙蒙的汽车身影在背景的深处连成一线。天上没有一丝儿云彩，树木完全静止不动，就像是假的一样。

然而，恰恰相反，动物运动达到了高潮：游人、行人沿着人行道行走；胳膊摇晃，摆动；大腿紧绷，承受着躯体近八十公斤的重负，接着一时放松，继而又成为躯体其他部位借以绘制微型抛物线的杠杆。嘴巴在呼吸，眼球在湿漉漉的眼眶内快速转动。五颜六色，全被发动起来，稍稍改变了其纯绘画艺术的本质，白色在动态中变为动物质，黑色则变成黑人质。

他正是在这一切之中获得了既温和又轻蔑、既委婉又尖酸的脾性，仿佛是他创造了月球，或编写了《圣经》。

他在街上行走，对一切都视而不见。他沿着一个个空荡荡的街心公园，一条条两旁长着悬铃木和栗树的林荫大道前行。他走过了一个个名副其实的省政厅、市政厅、电影院、咖啡店、旅店、海滩和公共汽车站。他等待着伙伴，等待着姑娘，或不等任何人；他们常常不来，等得他疲惫不堪。他并不寻找任何理由，这一切都引不起他丝毫的兴趣，也许无论怎样，这一切都与他毫不相干。于是，他重又独自行走。太阳透过树叶，洒下光光点点，树荫下清新凉爽，阳光下却热乎乎的。他在消磨自己的时间，他烦躁不安，他在行走，他在呼吸，他在等待黑夜。我们打赌，他准在海滨浴场看见了莉比，跟她讲过话，在肮脏不堪的卵石上翻滚。她跟他大谈衣着打扮，议论年轻人，谈论古典音乐，等等。还谈起她看过的一部蹩脚电影——人们正是在忙于类似的事情时才忘却其他事情。说到底，这有所裨益，人们会因此而渐渐地感到自己重又变成了坚强的人，变成英雄汉，集中全部的脑物质去细看一堆脏卵石，去倾听惊涛拍岸声。后来，一个小时后，人们重新又雄赳赳气昂昂地走上街头，然而却两腿发颤，像动作迟钝的田径运动员。不再有任何悲惨的东西了？哎哟，还有呢，还有种种细节，主导思想，冰淇淋蛋卷，五英寸意大利馅饼，电影俱乐部和有机化学：

取代反应

H 原子可先后由某些等量的原子所取代

如 Cl。必须放置在光线充足处。

（及溴）（Br）

$CH_4 + C_{12} = CH_3Cl + ClH$

$CH_3Cl + C_{12} = CH_2Cl_2 + C_1H$

$CH_2C_{12} + C_{12} = CHC_{13} + C_{14}$

$CHC_{13} + C_{12} = CC_{14} + C_{14}$

（四氯碳化物）

首先，我们再也没有心理反应：丧失了。一个姑娘，就是一个姑娘，一个街头的行人，就是一个街头的行人；有时，他是警察、朋友或父亲，可首先是街头的一个行人。问一问，别人会怎么回答你？“是街头的一个行人。”这并不是因为我们精力分散了，不是；甚至相反，我们是某种严格意义上的公务员：松闲时间的公务员。

就好比这位妇女，安德烈娅·德·科米纳。别人的脸蛋都是浅褐色的，油光闪亮，唯她的脸像是抹了些许石膏，有点苍白；就她一人将两只绿眼睛深藏在墨镜后，一只手插在青铜项链里，另一只手扶着她那本精装书的皮封面，正在阅读。虫子蛀蚀了书页，书脊上印着书名，笔画粗细不一，颜色早已褪尽：

英戈兹比传记

别忘了这架飞机，它正悄悄地穿过没有一丝云彩的天空；也别忘了这座雕像，自清晨六时开始，太阳光就像雨点似的倾泻在它的身上，它也是一位裸体的男子，置身于一个水池中间。还有鸽子，还有人行道下的土味，还有那三个坐在长椅上，摇头晃脑，没完没了地打毛线的老太婆。

或者那个人称“口哨吹奏家”的乞丐。他是一个不多见的人物。人们之所以这样称呼他，是因为他不乞讨时，便在街上到处溜达，用口哨吹奏一支古老的探戈曲：《阿拉贝拉》。然后，他停下脚步，专捡一个被狗尿孩子尿浇得发黄的旧墙角，蜷缩在里面，他卷起裤腿，露出那条残腿，招呼着过往的游人。当有人停下时，他便进一步说明：

“我是得过且过。在混日子。

我拾废报纸卖。哎，您身上
没带什么东西？给可怜的残
疾人一块小小的硬币，怎么样？”

对方说：

“啊，没有，我今天可被偷得一个子儿也没有剩。”

接着问：

“您喜欢这？……这，呃，这种生活？”

他答道：

“我的天哪，我可没有什么抱怨的。”

接着说：

“那，真的吗？真的连一小支香烟也不能给我？先生？给我，给一个可怜的残疾人？”

他的残腿露在外面，结起了痂盖。看上去很像夏天菜市场卖的那种蔬菜。成千上万辆汽车鱼贯而行，赶去参加“汽车大奖赛”。也许会死一两个人。人们将在地上铺上锯屑，然后等待着星期一的报纸。报纸上将写着：《汽车大奖赛的悲惨结局》，这一结局实际上并不比别的更惨。

霍纳托齐让人跟踪他的妻子。他跟父亲共同经营着霍纳托齐父子种子店。他正去他那间明亮的木结构办公室上班，不时地从口袋里掏出他妻子的照片。埃莱娜高高的个子，年轻，一头棕红头发。她跟约瑟菲娜，跟里施夫人一样，经常穿黑颜色的裙子。霍纳托齐知道在两天前，在三点至三点十分之间这段时间，她去过花街九十九号。由于手指的摸弄，照片脏乎乎的。照片上，只见埃莱娜·霍纳托齐面对着幻境微笑，脑袋微微地倾向左肩。她面带这一飘忽的笑容，从她那两片弓形的嘴唇中，跃出神秘的神灵，建立起人际关系；看上去，她似乎已经死去，在这胶片大理石上安息，雾凇覆盖着的头像下，便是她献出的那具女性躯体的遗骸，那是一包以黑色为背景的白骨，是一副无血无肉、颜色错乱的面具；埃莱娜的记忆在空气和这架透明的屏风间飘游，收缩在她那否定性的、死亡之抽搐状态之中，黑巩膜白瞳孔的眼睛刺透了生者的城墙，留下两只深洞，促使他们不可救药地信起鬼神来；这个女人正是从被显影液固定的记忆中汲取了她的全部力量；一股难以估量的邪气将人们的目光引向了她那专为爱而创造的性感的肉体；在霍纳托齐的手指下，黑色背景的白色倩影燃烧着千朵嫉妒的火焰。紧捏着照片边沿的手指微微淌汗，将再一次在上面留下油腻腻的指纹痕迹。此时，他低垂着脑袋，入迷的目光直勾勾地盯着那两个硕大的空眼眶，眼眶里，夜幕仿佛已经开始降临，是他自己想要做这次旅行。哪怕当奴隶，也要尽自己的一切努力，重新觅回昔日的温馨与甜蜜，寻回相依相偎时的温暖，寻回纯真，寻回被满足的欲望，寻回几近醉酒入仙般的一种忘我境界；但是，她，他这位不知死了还是欺骗了他的妻子却以她那座赛璐珞城墙为依托，轻而易举地给他挡住了通往神奇境地的进口，无论他怎样朝油光闪亮的硬纸板弯下身子，无论他呼吸多么急促，嘴巴朝影像呼出像光晕似的呵气，无论他颞脉隆起，双肩下塌，都枉费气力，无济于事。邪气已经抽象化，邪恶的力量早已化为乌有；照片上只突出地留下了窗口射来的一束反光，由于相纸凹凸不平，反光在波动，如同一碗汤上漂浮着一个气泡，从一端滑向另一端，活像是个囚犯，滑稽可笑，并因此而富有人情味。

下方，是一个长长的地段，地势平坦，到处都是灰尘，终日处在太阳的暴晒之下，热气腾腾，那儿有几个码头；几艘船，几座装卸原煤的吊车；还有海关大楼；码头上，十一个码头工人在干活。每三分钟，吊车的滑轮便将一包棉花或木材卸到地上。在苍茫的白色和颤抖的空气中，随着一颗颗淡而无味的汗珠，随着嘎嘎滑动的声响，货物渐渐地卸到了码头上。

在一间光线昏暗的客房里，一位黑人大学生在读《黑色系列丛书》的一部侦探小说。老太婆们呆在小阁楼里，举着望远镜在窥望。

路易丝·马朗巴裹在柔滑如丝的床单里，线条隐约而又清晰，她正在考虑布置一张桌子，桌面要铺上花桌布，正中只摆一只大凉水杯。

所有这一切，无不是炎热所致，炎热像树木的枝叶一般向四周扩展，又像蔓生植物沿着地面生长。一阵颤抖的微风，吹得物体四周泛起条条细纹，土、水或空气是一团团黑色的和白色的粒子，像百万只蚂蚁在攒动。世上再也没有真正意义上的互不相干的、粗俗野蛮的东西。世界仿佛出自于一位十二岁儿童的画笔。

小亚当就要十二岁了。傍晚，在农庄里，当外面下着雨，当他听到人们在低凹的道路上赶着奶牛回家，响起三钟经的钟声的时候，当他觉到大地在收缩的时刻，他便拿一块蓝色的大纸板，动笔画世界。

在蓝色纸板的左上方，他用彩色铅笔画上一个红黄色的圆球；那像是个太阳，唯一的差别就是没有阳光。为了保持平衡，他在另一边，在右上方，又画了一只圆球：蓝蓝的，带有光芒。这一个是太阳，既然它有着光芒。接着，他又在硬纸板的中间，即日月和月日的下方画了一条直线。然后用绿铅笔在地平线上画上一道道垂直的细线。这些是麦子，是绿草。有的画上了细须，那是枞树。在粉白色的天空中，用黑颜色画了一匹马，马长着蜘蛛腿，正在朝一个汉子尥蹶子，那个汉子像是用罐头盒和头发拼凑而成的。最后，他在硬纸板能够容纳的空地方，用栗色、紫色画上一颗颗巨大的星星，星星的四周还加了一圈黄色。在星星的中心描上一个黑点，使星星变成了活灵活现的动物，正在用它的细胞核，用它那滑稽可笑的独虫眼打量着我们。

小孩子亚当画的不愧是个荒诞的世界。一个枯燥、几近数学化的天地，只要掌握一种密码，这个天地里的一切都很容易理解，打开这一密码的钥匙近在眼前；在纸板的栗色框线中，可以不厌其烦地安置上众多的生灵：商人、母亲、小姑娘、魔鬼和马。它们被一笔笔固定在画面上，其物质不可分离，又彼此独立，各成一体。几乎让人觉得仿佛有一个上帝装在盒中，颐指气使，对万事万物发号施令。也让人觉得，一切都存在于一切之中，绝无终极。换言之，既存在于孩子亚当稚笨的图画中，也存在于洛加尔食品店的日历里，或存在于一平方米浅色方格细呢面料中。

为了说明亚当已经习以为常的荒唐念头，还可以另举那一众人皆知的同时性为例。同时性是统一性不可缺少的因素之一，亚当有一天曾感觉到这种统一性，他的这一感觉的产生，或是由于动物园那件不愉快的事情，或是由于那个被淹死的人，或是由于许许多多其他细枝末节，这里就不一一列举了。同时性是对时间而不是对运动的彻底毁灭。这种毁灭的设想不一定要借助于神秘主义的体验形式，而是要坚持不懈地借助于抽象思维中的绝对意念。随便举一件事为例吧，比如抽一支香烟，关键在于要在同一个动作中无限地感受到地球上另有千百万人可能同时在抽另千百万支香烟。感受到千百万支轻轻的圆柱形纸烟伸进唇间，吸进几克交织着烟草味的空气，这样一来，抽烟的动作便成为统一的了。它形成一个种类，宇宙起源论和神话论的习惯机制便可以起到作用。从某种意义上说，这是从相反的方向出发以达到正常的哲学系统，即从一个行为或一种感觉出发，最终达到一个便于认识的概念。

这一过程也是诸神话的一般过程，比如生死，战争，恋情，季节等，它可以适用于一切：任何事物，如放在油光闪亮的桃花心木桌上的一根火柴棒，一颗草莓，甚至钟声或Z形，都可以在空间和时间中回收，绝无限制。由于在它们的这一次存在的同时，还有着千百万乃至十亿百亿次的存在，因此，它们变得永恒。然而，它们的永恒是自动产生的：它们无需被创造，无论何时何地，始终存在着。在犀牛身上，存在着电话的各种要素。砂纸和神灯永远存在，月亮就是太阳，太阳就是月亮，地球火星木星就是一杯威士忌加苏打水再加上那个人们不久就要发现的奇特的工具，它将用于创造事物，毁灭事物，其组成方式已成竹在胸。

为了很好地理解这一点，有必要像亚当那样尝试一下信念之路，即物质沉醉之路。这样，时间愈缩愈短，其回程也愈来愈短；就像一种不再坚持下去的摇摆运动，从前的年很快变成月，月变成时，变成秒，变成四分之一秒，千分之一秒。接着，猛然间化为乌有，荡然无存。众人都达到了宇宙的唯一的一个固定点，大同小异，成为不朽之人。也就是说成了神，因为它既无需存在，也无需被创造。这里涉及的不是心理的静止，也不是严格意义上的神秘主义或苦行主义。因为，导致这种表现的，并不是试图与上帝建立交流的追求，也不是对永恒的渴望。这是亚当的又一嗜好，他想采用物质的同一动力来战胜物质，战胜自身的物质。

这显然不是一个欲望的问题：就像刚才提及的，显然不是一个人们可以在地球上抽香烟的问题。不，对亚当发生作用的，是思考，是清醒的沉思。他从自己的整个人体，从他所有的现存感觉出发，通过无性繁殖和同化这双重系统，将自身毁灭。借助于这两个已知条件，他不仅可以对现在、过去，而且也可以对将来进行思考。条件是要正确理解这几个词的价值，即作为词的价值。或者对临近的将来、遥远的将来进行思考。渐渐地，他以自我创造达到自我毁灭。他在演奏一种交响诗，最终的结局不是美，丑，理想，幸福，而是忘形，虚无。他不久就将不复存在。他不再是他自己。他失落了，如同一个细小的粒子在继续运动，继续旋转。他从今之后不再是此人，也不再是他人，而只是一个似隐似现的幽灵，一个孤独、不朽、畸形的幽灵，为孤寡的老妪所恐惧，它自生不灭，死而复生，继而又被黑暗所吞噬，在无穷之中重复几百次，几百万次，几十亿次。

O

后来，亚当是这样叙述下文的，他细心地用圆珠笔写在一本黄颜色的学生作业簿上，本子里，他曾写过抬头，像是书信的格式：“我亲爱的米雪尔”。整个本子是找到了，可有一半已被烧焦。本子里缺几段，也许是撕去包这种或那种东西了，如包篮球鞋，包生活垃圾，甚或用作卫生纸，也可能被烧掉了。这些章节自然无法复写，它们的空缺将由空白自身来表明，这些空白在长度与质量方面，显然与原文没有差异。

在房主归来后将我逐出别墅大门的前几天，我在城里遇到了一些不愉快的事情。我像往常一样，总在下午两三点左右下山，设法见见米雪尔，狗，或者别的什么人，主要是去买香烟、啤酒和吃的。我特别想见米雪尔，因为我需要向她借一千或五千法郎，我在一只空烟盒背上列了一个单子：

烟卷

啤酒

巧克力

吃的东西

纸

报纸，如有可能

看一看

我下决心一定要按单子上列的顺序去做。

我在城市的一家烟店买了香烟。那是一家店面很小的酒吧，显得宁静，凉爽，店名叫“贡特朗之家”。沿墙挂着一些明信片。烟草柜台是木质的，油漆成栗色。售货的女人约摸在六十和六十五岁之间。她身着一条花条布裙。一只狼狗在酒吧深处睡觉，脖子肉鼓鼓的，直往下垂，遮住了固定在它脖圈上的铝牌和刻在上面的名字：迪克。

啤酒，我是在一家食品杂货店买的，那家食品店像是个“自选”商店，宽敞，清洁，通风。店里的人在进口给了我一只带窟窿眼的红色塑料小筐，让我装购买的物品。我在筐里只扔了一瓶黄啤，瓶子碰到塑料，咣当一声。我付了款，出了店门。

巧克力，是在同一家商店弄的。那是我偷来的。我把一块大巧克力藏在衬衣下，有一部分塞进裤腰带里。这一来，鼓起一个包包，经过付款台时，我不得不使劲收腹，以缩小突出的部位。当时，我呼吸困难。可售货的女人毫无察觉，连那个在货物间走动、负责监视的丑大个子也没有发现什么。我感到他们根本不在乎店里的东西。

还剩下吃的东西、报纸和纸张。

吃的东西：

我在一价商店买了什锦肉菜。

报纸：

我使用自己惯常的方法弄到了报纸，你知道，那就是到挂在路灯杆上的公用废纸篓里去翻。我找到了一本完好无损的杂志，《海滨牙医杂志》。漂亮的纸张，里面尽是空白；我心想，这可是件新鲜事，我要把牙槽、牙齿、臼齿和牙失活的B方法等等全都混为一谈，以此取乐。

纸张：

是在豪华商店买了一本学生作业簿。（这一本差不多要写完了，等我再这样写上三本，就可以想办法发表了。我连书名都找到了，很切题：《漂亮的混账们》。）

最为重要的是：如有可能，看一看。

~~这就是说，到城里走走，看看以后可能于我有用的东西，需要时，找一间空房子，哪怕塌了也无妨，当山上的那座房子不能再住时，我可以搬到那里去住，再设法见见那只~~

~~狗，看一些动物，做些游戏，到公共浴室洗个澡，向米雪尔借五千法郎。尤其不要忘记我~~如果我能找到一份工作做，一份不太费脑筋的活，一份手工活，如到餐馆洗碗，给死人换衣服，或到电影厂当替身，我也就满足了。我可挣到一点钱，想买烟时就买一包，比如每天一次，买点写字的纸张，再买瓶啤酒，每天一次。其他嘛，就没有必要了。~~我很想去美国，据说那边可以像这样生活，南方有太阳，什么事也不做，只管写，喝，睡。我也想，想重新过正常生活，为什么就不想呢？~~

从前，我认识一个做陶瓷的家伙。他跟一个名叫布朗舍的女人结了婚，住在山间的一座房子里。一天，我三点钟去他家里：天气炎热，凉棚上爬满了日本蚕豆藤。阳光晒得到处结硬块。他赤膊上阵，在棚架下干活，在用泥巴做成的缸上刻阿兹特克图案；阳光晒干了泥巴，在缸的四周结成一颗颗粉粒；然后，他涂上釉，放进窑里把釉彩焙干：热上再热。所有这一切都很和谐。水泥地上，睡着一只尾巴开裂的蝾螈。我觉得这一辈子还从来没有遇到这么高的温度，真是热上加热。外面是三十九度，窑里是五百度。晚上，他老婆布朗舍煮了日本蚕豆，这是个好人：每天几乎像死人一般，苍白苍白的，似一股摇曳的气体，像一只在烧煮的方锅。

我思忖自己也可以在山里弄座房子。房子坐落在像座石山似的山坡的一侧；滚烫的石块下，有蛇、蝎子和红蚂蚁。

我每天的时间可以这样打发：我拥有一块地，地里尽是石头，从早到晚都有阳光。在地中间，我生上火。找到什么就烧什么，木板啦，玻璃啦，生铁啦，橡胶啦。就这样，我直接用火制作一些类似雕刻的东西。一些在风中、在尘土中烧得焦焦的、漆黑的东西。我往火堆里扔些树干，将它们烧掉；我把一切全都拧弯，全都烧黑，全都涂上一层吱吱作响的粉末，让火苗直往上蹿，腾起浓浓黑烟，落下沉沉的涡状烟灰。橙色的火舌布满地面，震撼天空，云彩。苍白的太阳与火舌进行数小时的激战。成千上万的昆虫纷纷飞来，一头扎向火堆暗淡的底部。接着，被热浪腾起，沿着像一条无形的圆柱似的火苗向上攀登，继而变成炭灰，像毛毛细雨，摇摇晃晃地缓缓下落。落到我的头顶，落到我赤裸的双肩上；呼呼的火苗吹拂着炭灰，吹得它们在我皮肤上瑟瑟颤抖；给它们重新按上爪子和鞘翅，赋予它们新的生命，将它们送上大气层，然后弃之而去，任它们乱作一团，像一片片模糊不清的烟灰，最后落入山脚下的石子缝里。

假设在下午五时许，太阳胜利了。它毁灭了火苗。在地中间，只剩下一个黑点，圆圆的，其余的一切如同雪景，白茫茫一片。火堆的中心像是太阳的黑影，或像是个无底洞。只有烧焦的树，烧熔的铁，扭曲的玻璃，以及像水滴一样凝在灰烬中的滴滴钢水。这一切，宛如无名植物，长着奇形怪状的根茎，纤维状的毛刺，以及塞满炭灰的裂缝。我将这一切，将这些扭曲痉挛的形状全都带走，堆放在屋中的一间房间里。在那白石山和那被烧毁的丛林中，我将过着美满的生活。所有这一切都与热相关联。热把一切全都分解开来，以重新组合一个被干燥毁灭的世界，简简单单的热。有了它，一切都会变白，变硬，最后成形。就像北极的冰块，将是物质的和谐，有了这种和谐，时间便不再流逝。是的，这将是真正的美。白昼里，将是热上加热，黑夜里，将是黑中加炭。

[

]

某一天，我可能会弄一辆汽车。我会把车子开到场地中间，浇上汽油。接着，我给自己身上也浇上汽油。然后，我钻进汽车，点火。

因我戴着墨镜，人们也许会在我烧焦的尸体上，在我烧成球似的脑袋上找到一只奇形怪状的、黑乎乎的昆虫，俨然似一幅漫画，那塑料框可能插到我眼眶深处，滚烫滚烫的。两只铁三角，状若爪子，竖在两侧，给我当作触角。

但愿在这具皲裂的尸体中，人们再也认不出我的半点影

子。因为我多么想赤条条一丝不挂，浑身漆黑地活着，彻底地燃烧，~~彻底地被创造。~~

米雪尔

我找你找得好苦啊。

首先遇到了那个热拉尔，或叫弗朗索瓦，我不知道他到底叫什么。我是从前认识他的，那还是在我玩弹子的年代。或在我当学生学什么东西的年代。他没有认出我来，因为我后来一直蓄着胡子，而且还戴了副墨镜。他告诉我见你朝旧港方向去了。

我到了那儿，在树荫下的一把长椅上坐下。我等了一会儿，歇歇脚。面前是海堤，堤上有两个英国人，一身快艇驾驶员的装束，正在说话。他们装出一副样子，好像呆在地中海无聊得要命，其中一位说道：

"I am looking forward to the Shetlands."①

不少人走过，把艘艘白船指给孩子看。

过了一个钟头，我又返身向大广场方向走去，那儿有一个喷泉。在一家咖啡店里，我找到了一位姑娘，你该认识她的，她叫玛尔迪娜·普莱奥，我跟她说热拉尔，或弗朗索瓦，就是那个身穿玫瑰红衬衫的棕发汉子，看见你往旧港方向去了。可

① 英文，我盼着到设得兰群岛去。

她差不多这样告诉我：

“他是个疯子，我刚刚看见米雪尔在下面的一个咖啡店里。她跟一个美国人在一起。”

我问道：

“一个美国人？一个美国水兵？”

她回答道：

“不，不是个水兵，是个美国汉子，就是的。一个游客。”

我又问她是不是觉得你还会呆在那里。她对我说：

“这，我就不知道了。可能吧，时间还不长。”

接着又说：

“您去看看不就行了吗。”

你已不在那家咖啡店，要不压根儿就没去过那儿。招待一无所知。他什么也不想知道。只要有一份小费就解决问题了，可我没钱；但我还是坐了下来，喝了一杯石榴汁。

由于我不知该做些什么，而且大部分时间里，我都想不起是否要在方纸片上画画，我顺手撕下了我那本学生作业簿的首页，画了一幅城市交通图，图上用晕线标上了你可能会在的场所。这差不多花了我一个小时。这些场所按其重要程度排列如下：

在你家

广场的几家咖啡店

大街的商店

海滨

教堂

公共汽车站

斯沫莱特街

新街

克洛迪坡道

然后，我起身，付了那杯石榴汁的钱，立即上路去找你。我身上差不多只剩下五十法郎。万幸的是，我还有 [

]

你跟我说过的。他长着一个萎靡不振的脑袋，一头平顶发，两条胖乎乎的大腿。当时天已经黑了，我走进酒吧，坐到尽里头，要了一杯红葡萄酒。

开始，我不想喝这么多。要是想喝个一醉方休，我开始会点别的酒，比如啤酒，我受不了红葡萄酒。而且我一喝起来，准要喝到吐为止，可我又不太喜欢吐。就像是拉大便似的，我不喜欢设想把自己身上的一部分丢弃在一个地方。我想保持完整。

可造成我这次贪杯的，是我兜里有五千法郎，而且我无事可做，美国人的那个脑袋我也不感兴趣。我先招呼了一声：

“一杯红葡萄酒。”

本来我可以要：

“一杯米斯提伊斯莱酒。”

或者：

“一杯浓缩咖啡，两只羊角面包。”

关键是我后来实在太累了，无力再大声招呼招待，我只对他说：

“再来。”

“红葡萄酒？”

我点点头。

出现了什么怪事：酒吧里挤满了人，招待们来回穿梭，而你，你就跟那个美国汉子坐在门边。我挨个看着大家，你们大家全都是在做同样的事情，也就是说，都在喝，在说，一个个叉着大腿，面带微笑，吸上一口烟，再从鼻孔里喷出来。你们全都长着脸、胳膊、大腿、颈项、生殖器、胯和嘴巴。你们大家的双肘下都耷拉着一圈红乎乎的肉，泪腺的外眶一模一样，腰根处的两个小坑一模一样，连耳朵的品质也一模一样，全都卷着，像只贝壳，准是从同一个模子里铸出来的；总之全都是一个模样，丑陋极了。比如，你们中间，就没有一个人长着两只嘴巴。或者在左眼的部位长出一只脚。你们同时都在说话，讲述着同样的事情。你们大家，全都，全都一模一样。你们在一起生活，两个，三个，四个，五个，六个，十个，二十九个，一百八十三个，等等，等等。

我以重新组合你们所说的一切为乐：

苏珊娜在医院。

不，绝对不会，为什么？没有理由嘛！

是因为乔治，我最近有个晚上看见他在“墨西哥”，他。

从某种意义上说，确实是这样。可尤涅斯库并不是混账要是有人这样问你你准会说这事唉！让-克洛德你要支烟吗？你知道半升零卖啤酒你身上没有二十法郎是亨利，雅基的一个朋友。我烦恼了那发生什么事了？你想了解实情吗？你知道实情吗？

不一定是现代的，他跟我呀，后来这种写法是一脉相承。我够了，咱们走，说呀？
星期四那天下着雨，呃，弯着腰在城里走我卸了一些箱子两只
为了放一张唱片用不着说这些于是我痛痛快快地洗了个淋浴。
他跟我说
他跟你讲了一些故事，行，故事不错，
可烦死了再
也没有
现实主义者了，嗯，没有莫尼埃，亨利·莫尼埃了，
比如说吧。
还没有到十点钟呢，咱们等等在
我还是去了摩纳哥
现在完蛋了　　　这儿？
每周　次工资太低了这使我
运动运动。
用不着指望我下次比赛
唉，克洛德！　　　　　　　没什么新鲜事
这些话中有一句真言
差五分。我肯定他会
来的，他一个劲地说个不停。

可是，所有这些词，这些话混杂在一起，根本就没有个意思。你们大家都是男人女人，我在这之前还从来没有像这样感觉到你们竟代表着一个种类。我突然想跑到蚂蚁中去，从它们

身上学到我已经从你们身上了解到的东西。

我又喝了四五杯葡萄酒，我没有先吃点东西，而是空着肚子喝，喝白酒，我总是很难受。就这样，我在酒吧的尽里头喝了一瓶多红葡萄酒。

我舌尖上有一股呕吐的味道。天气闷热，全都是湿乎乎的。我记得，我从学生作业簿上撕下一张纸，在纸正中写下了：

在蚁群中

遇难之诉讼笔录

接着我在另一面写了一篇东西，可后来丢了，我再也记不清上面写了些什么。我觉得说的是粉末，是白粉末山。

我几乎醉醺醺地走出了酒吧，从你身边走过时我看见你正在给那个美国人看照片。我由于不舒服，所以在旧城区转了很长时间。我跌跌撞撞，沿着墙根走。我往街沟里吐了两次。我再也不清楚已经几点了，也不知道自己在做什么。我坐在圣弗朗索瓦喷泉的池沿上，身边放着几包食品和那本学生作业簿。我连抽了两支烟。一阵冷风吹来，商店的门帘被刮得直晃。

我那盒火柴全空了，我用空盒子做了艘船，把一根用过的火柴棒插在盒子上。然后又把一块纸片插在火柴棒上，像帆一样，接着把它整个儿放到池子的水面上。它马上开始在那黑乎乎的池水上滑动起来。风吹拂着它的小帆，驱使着它歪歪斜斜地朝池子中心驶去。我就这样看着它，足足有一分多钟，接着，它突然在我视线中消失了。喷水像雨点般下落，将它吞没，给它遮上了一层朦朦胧胧的雾气。池水开始在它周围沸腾起来，数秒钟后，它像一个幽灵，沉下池底，消失在嘈杂的黑色旋涡和灰蒙蒙的水雾中。

这时，我多么想听到别人骂一声，骂我一声：混账！

[

]

我最后还是走了，因为一辆警车发现了我，放慢了车速。我从旧城绕了一圈，然后往公共汽车站公园走去。我想躺到公园的长椅上去睡一觉。

在公园里，又碰到你和那个美国汉子。我认出了你们，可没有在乎，因为天已经黑了，而且你们俩看样子很愉快。我坐到你们身边，跟你们讲起故事来。我记不得讲了些什么，也许说了些无聊的话，讲了些鬼怪故事，或一些根本就不连贯的话。我好像跟你们谈起了我的曾祖父，他曾经做过锡兰总督。我记不得了。美国人点了一支美国香烟，等着我走开。可我不想走。我又向你要一千法郎。米雪尔说以前给我够多了，这次不行；可我回答说她还没有还我借给她的雨衣，那件雨衣肯定值五千多法郎。

米雪尔，你一听就火了，让我滚蛋。我笑着说，给我一千法郎吧。美国人扔掉香烟，开口说道：

"Now，c'mon，get off."①

我回敬了一句美国人的脏话。米雪尔害怕了，给了我一千法郎。美国人站了起来，又说了一遍："Hey，get off." 我同样又回敬了一句。米雪尔威胁说要去喊警察。可美国人说用不着，他自己一人就足够解决问题了。我眼前一阵模糊。他把我从椅子上揪了起来，往后推去。我又向他走去，嘴里一个劲地讲个不停；我语无伦次，再也记不清说了些什么。我觉得像是跟他谈起了雨衣的事，说雨衣值一万法郎，有单面仿皮漆布夹里，还把以前有过的事一古脑儿全端了出来，这一次还谈到了在山里的事情。米雪尔起身要走，说要去找警察。警察局就在公园的另一侧。

美国人丝毫没有听明白我说了些什么，因为我讲得很快，而且憋着嗓音。

---

① 英文，现在得啦，滚吧。

他又上前把我往后推，可我紧紧抓住他衣服的翻领不松手。他冲我就是一拳，打到了我下巴的左侧，紧接着朝我眼睛下方又是一拳。我飞起一脚，试图踢他的小肚子，可没踢着。这一来，他拳打脚踢，朝我脸上，肚子上猛击。一直打得我瘫倒在小径的砾石上。可他还不罢休，用两只肥胖的膝盖顶着我的胸膛，使尽全身力气，猛打我的脸。他几乎把我打得昏死过去，还打断了我的一颗门牙；拳头打到门牙时，可能碰痛了，因为他很快停住手，呼哧呼哧站起身，招呼米雪尔，走出了公园。

过了好一会，我才翻过身来，爬到了长椅旁。我坐到椅子上，用手帕揩了揩脸；除了我那颗牙齿打断了之外，身上没有感觉到别的疼痛，只是我流了许多血。他可能朝我鼻子打了一拳。不管怎么说，我的两只眼睛肿得像两只桔子。我一边擦着血迹，一边低声骂着；我还有点醉，嘴里只知道一个劲地咕哝：

“这个混蛋，害得我要去找牙科大夫，这个混蛋，害得我要去找牙科大夫，花二千法郎。”

没过五分钟，我看见美国人和米雪尔领着一个警察走进花园。我急忙穿过荆棘丛，跳过篱笆。我又回到了旧城，在一个水龙头下洗了洗脸和手。接着，我点了一支烟，歇一歇。牙齿一阵阵剧痛；它被打断了一半，我感到牙神经像株野草，在牙釉质外面生长。我寻思该回去了，回到山顶那座被废弃的别墅去。

我以尽可能快的速度往回走。经过港口教堂时，发现时间为五点差二十五分。汽车驰过，亮着车灯，到处都是动物，发出奇怪的叫声，一呼一应。我一直在想："我今天吐了两次，明天得去找牙科大夫，找牙科大夫，牙科大夫。"我一直在想着皮椅，想着在淡淡的汞合金气味中，在雾气清新、卫生整洁的手术室里旋转的金属操纵杆。

[

]

这里，作业簿里撕去了三页纸。第四页上画着一幅图画，像是从飞机上拍摄的城市鸟瞰图。街道用圆珠笔标出。一个红色的圆圈，像是座街心公园，是用拇指沾上抠破的粉刺血印在纸上的。纸下方的左侧，有一个烟头捻上的印子。看样子，画得很精心，而且自鸣得意，那画中的一根蓝睫毛就是个证明，由于脑袋跟画纸挨得太近，那根睫毛是从眼睑直接掉落到画上的。大致可以推算，从上页和紧挨缺页的这一页之间，大约过了三四天时间。这一页是这本著名的黄色作业簿的最后一页。上面只写了几行，也是用圆珠笔写的。纸的下方被撕去了，有许多涂改的地方，有的还可以看清，可有的地方，写的字全被涂上了。还有的干脆空缺，可能是圆珠笔在纸上打滑没有写上的缘故。

星期天早晨，我亲爱的米雪尔，

米雪尔和美国人可能到警察局报了案，告发了我藏身的地方。这天清晨，我很早就被外面的动静惊醒了，我感到害怕，起床朝窗外张望。我看见两三个家伙悄悄地从山下往上爬。他们走得很快，不时地往别墅瞧。~~我马上想到是警察；~~不管怎说，我时间还充足，我带上了两三件东西，跳窗逃跑了。他们没有看见我，因为窗前~~种着玫瑰和青豆种~~着玫瑰。我往房子上方的山顶爬了一段，然后左拐，沿着一条干涸的山间小溪往下走。我从离他们不很远的地方~~经过~~一时看见了他们的身影，他们正穿过矮林╳╳荆棘往上爬。我小心翼翼，以免砾石滚动，发出声响╳╳╳~~一堆堆~~

我上了公路，开始时在公路的边坡上走，后来走到路上。太阳出来的时间还不长，左侧，透过松林，可以看见一点大海。松脂味和野草味浓浓的，呛得透不过气来。我于是放慢脚步，像是在漫步。走出五百米后，见一条小路，通向海滩，我便沿小路走去。我想，还是不走大路为好，不然，要是警察乘车经过，准会认出我来。我把表落在别墅了，可太阳标着八时正，不多不少。我又饥又渴。

下方，在海滨浴场的一侧，有一家咖啡店，刚刚才开门。我喝了一杯巧克力饮料，吃了一块苹果煎饼。我那颗断牙还在疼。口袋里差不多还有一千二百法郎。我心里开始嘀咕起来，是不是该往外逃。逃到瑞典、德国或波兰去。意大利边境线不太远。可问　　没有证件，也没有钱。~~我也在寻思，也许可以~~

去看我母亲。我不用再在空烟盒的背面写什么了：我该去做的是，如有可能，看一看。在城里，人居住的有两种不同的房子：一种是住房，另一种是疯人院。疯人院里的房子也分两类：一类是关疯人的，一类是夜晚收容所。夜晚收容所里，只分给富人住的房子和给穷人住的房子。给 富人住的是单间，收留穷人的，是集体宿舍。集体宿舍里，尽是便宜的和不值钱的玩意儿。在不值钱的玩意儿中，有救世军。对救世军，大家并不总是很买账。

说到底，之所以独自一人住在山顶一座被遗弃的别墅里是件好事，原因就在于此。

显然，那里面缺乏所谓的舒适条件。得睡在地上，除非给我留下一张床，可那山上没有留下床。一般情况下，自来水几乎总是被掐断（除了花园里那个龙头，你记得吗，米雪尔？）。遇到盗贼或野兽，得不到保护：必须自己保护自己；孤单一人， 抵挡臭虫，蚊子，蜘蛛，甚至蝎子和毒蛇。而且，房主时刻都可能回来。这些人看见自己的房子被占， 可能大动肝火。没有什么可为自己争辩的，何况天气又热，一个堂堂的小伙子，长得结结实实，与旁人没有两样，也就是说有力气干活，更何况城里有一间属于自己的房子，里面该有的都有。他们很可能会去喊警察。于是很快被抓起来，当作流浪汉，记上一笔“无固 处及 ”，是小偷，逃兵，犯有侵占住宅罪，背信罪，敲诈罪或行乞罪。

我眼睛不瞎，也不缺胳膊断腿。我可以到寒冷的国度去，我去扒运货的火车，到鹿特丹的街头行乞。我要到渔网边的石桩上坐着，到海滨浴场去游泳。那只狗今天很可能到这儿来，今天是星期天，八月二十九号，马上就是上午九点。天气闷热，周围的群山好像在燃烧。我一人关在这里。

不幸 [

]

在作业簿的背面，亚当签上了自己的全名："亚当·波洛，受难之人。"尽管不可能作出明确的断言，但是上面复制的全文的结尾很可能是在找到这本作业簿的地方写成的，人们后来是在托尔贝多快餐酒吧的男厕所偶然找到这本作业簿的。

P

晌午时分，约摸在十二点或下午一点光景，海滨浴场中心像是有个人。那人伸展着颀长、孱弱的躯体，直接躺在滚烫的卵石上。为了透点儿气，减少阳光强烈的灼烤，他后靠在双肘上，在地面和脊背间留下些许空当。他就躺在水边很近的地方，只要海面上有拖着滑水运动员的摩托艇驰过，激起的波浪就会漫及他的脚掌。

从背后远远望去，看不出有多大变化。他还是穿着那条沾满油污的靛蓝色短裤，戴着那副镀金架墨镜。他的衣服叠放在身旁，上面放着一本两个月前出的杂志；杂志差不多翻到中间部分，那一页上刊载的是一次铁路事故的情况，可风从侧面吹来，把杂志又给合上了；此时，露出了封底：一个小男孩在吃奶酪面。远处，另一个小男孩赤脚站在海水里，独自在玩耍。亚当没有看他，如今，他差不多已到三十岁了。

亚当的脑袋相当长，头顶稍稍有点儿尖。头发和胡子用剪刀剪得乱七八糟，东一撮，西一条。在他这张脸上，有的部位还算漂亮，两只比较大的眼睛，一只软塌塌的或没长成型的鼻子，两腮没长胡子，只有一层细细的黄毛，显得挺年轻的。窄窄的胸脯，被几十根肋骨全占了去，因双臂倒扭着，整个胸脯被扯得紧紧的，似乎还有几分抗力。肩膀上的肉向前鼓着，当然是肌肉，可胳膊却尽是骨头。两只手又肥又粗又大，看那样子，肯定是连最简单的胸罩搭扣也解不开。其他的就说不准了。可走近一看，太阳照得皮肤呈现出大理石条纹，再加上海面波光粼粼，亚当的身躯仿佛渐渐地染上了五光十色，从耀眼的黄色到蓝色，光光点点，色彩斑斓。

如此这番装饰，他整个儿置身于色彩缤纷的世界之中，有栗色，绿色，黑色，灰黑色，白色，赭石色，还有脏乎乎的朱红色，远看像个小孩，近看好似一位少年，可再贴近一看，俨然似个滑稽可笑的老头儿，年纪已经上百，老实巴交的。他急促地呼吸着。每呼吸一次，肚脐眼周围的细毛便往上一翘，无形中吸进近两升的空气，空气钻进支气管，扩张开细支气管和肋骨，在横膈膜的运动之下，挤入胃的上部和小肠。空气进入人体深处，回荡着心脏的搏动声，肉体的皱襞浸透了红血，一股蓝色的巨流沿着躯体向上涌去，富有规律地震动着静脉。温暖的空气向四处渗透，带着各种气味和细小的组织。它在肉与皮组成的人体中扩散，像电流一样发起微弱的冲击，从人体的一端进入到另一端；道路畅通无阻，一切运行正常：阀门闭合，气管的毛细血管将尘埃拒之门外，而在紫白色的、黏黏的巨腔最深处，二氧化碳越积越多，准备着向上冲击，向外散发，消散到大气中去，它也可能在海滩的此处彼处滞留，留在卵石洞里，留在汗津津的额头上，给金属色的天际增添一分密度。在亚当体内的最深处，细胞，细胞核，原生质和各种组合的原子聚集为一体：再也没有任何部分是密封的。亚当的原子完全可以与石头的原子合为一体，他也完全可以慢慢地穿过土与泥，水与淤泥，然后彻底沉没；一切都可以一起下沉，像沉入一个深潭，消失在黑暗之中。在左股动脉中，一条阿米巴虫形成了包囊。原子像一颗颗微小的行星，在亚当那像宇宙般辽阔的躯体内旋转。

亚当处在海滩的前部，双脚浸入海水之中，面对其他的世人，他显得孤孤单单；黄白色的阳光垂直照射在他那个像块方糖似的脑壳上，看他那只突出的下巴，乱七八糟的胡子，尤其是那副像标本似的模样，越来越像是个假人。此时，他抽着香烟，眼前光光点点，像是一群苍蝇在飞舞，接着像肥皂泡似的一个个爆裂。身上的细毛积了一层白盐，方才的那个小孩在海水中走着，一边高唱着：

……高歌上帝的
荣耀，
歌唱上帝的
爱……

他打住歌声，看了看躺在上方卵石上睡觉的母亲，接着又继续往下唱，唱得跑了调：

……高歌上帝的
荣耀……

飞机从大气层间穿过，没有发出一点儿声响。人们渐渐散去，回家吃饭。一只雄蜂从一块卵石飞到另一块卵石，它有一片羽翼被扯断了一半；有两次，它差点儿飞上泥土小路，可在这混乱的沙滩上，由于没有方位，它弄错了方向，飞向了茫茫大海，飞向了死亡，在海上，阳光高照，它沾上了一滴咸水，被淹死了。小男孩此时又唱道：

啊，萨里玛莱丝
昔日美丽的女友，
你永远活在我心中。

他唱的声音更稳当了，接着，他返身往海滩走去，从亚当身边经过时，碰落了杂志。他继续走着，可小心多了，两只小眼睛，厚厚的眼睑，目不转睛地盯着亚当的后背。他一直走到浴巾旁，把母亲睡在上面的浴巾往自己身边拉了拉，坐了下来，没有再介意。

过了不一会儿，亚当站起身，走了；他向离港口最近的邮局快步走去，来到了留局自取信件窗口。邮局职员给了他一封鼓鼓的信。信封上书写着：

亚当·波洛

留局自取　No. 15

还写着地址。

因为天凉，也许因为他不知往何处去，亚当在邮局里拆开了信。他坐在一张长椅上，离放置电话号码簿的桌子不远。身旁，一位年轻姑娘在填写包裹单。她几次动笔，犹豫不决，脑子里在数着什么，只见她浑身冒汗，手指紧紧地夹着一支广告圆珠笔，笔上套着一根牛皮筋。

亚当打开信，共有三页，字写得很大。写的与其说是罗马字，倒不如说更像画或象形文字，像是出自于一只粗壮的大手，缺乏女性的纤细，习惯于在平面，尤其是纸面上使劲涂抹。然而，字母的排列或词尾 S 的落笔无不随心所欲，透溢出几分温柔、活泼，或简单地说，露出几分神经质，信笔涂写，根本意识不到要让人阅读；书信不可置疑地展现在面前，带来了音讯，必须善于透过字里行间读懂它，就像猜一个简单幼稚但却绞人脑汁的谜语；总而言之，这封书信永恒不变，就像铭刻在石壁上，虽然出自于凡人之手，但任何时候都无法将它抹去，它像年月日那样一目了然，又像谜底那样深奥莫测。

这封信在留局自取信件格里已经搁了一个多星期。

我亲爱的亚当：

当你父亲和我在信箱里看到你的信，是多么意外啊，意外极了，你可想而知。我们对这种做法可没有一点儿思想准备，无论是你的行为本身，还是你将事情告诉我们所采取的方式。但愿你什么也没有对我们隐瞒——但愿你这样做丝毫没有隐瞒什么严重的事情。尽管你父亲和我，我们都不喜欢你对我们如此不信任。我们都很难过，我向你发誓。

你信上提出要以留局自取的方式给你写信，你父亲对此强烈反对。我们吵了一场，你看得出，我违抗了他的意志，而对你的一时心血来潮，却屈服了。

可我隐约地感到自己错了，因为我不知跟你说些什么。我多么想能跟你平心静气地谈谈，让你向我解释解释你所作所为的原因所在，从而对你可能需要什么帮助有个大致的了解。从这种意义上来说，写一封信，我感到，是无济于事的，更何况像这样偷偷摸摸地写信。可是，既然你非要这样，我还是给你写了。我很想心平气和地给你写信，让你明白你这样做是荒诞的，弄得你父亲和我非常难过而又不安。收到此信后，不管你怎么想还是怎么做，千万立即回信。你得告诉我，你为何不打一声招呼就走了，你现在在什么地方，需要些什么。要明白，为了消除我们不安和难过的心情，这是最关键的首要大事。请为我这样做吧，亚当，我就求你这一点。

我在这封信里放了你走前给我们留下的条子。你读一读，你得明白，仅留下这几个字，远远不能让我放心。我们丝毫没有料到会有这样的事，你没有告诉我们是去旅游还是去度假。我们本以为你服役刚回来，身子很累，可以在我们身边好好歇歇——我们还想一起到乡下你姨妈家过一段时间——当然我们没有多提起这件事，因为一段时间以来，你似乎很厌倦，我也知道你这人向来不喜欢有什么打算。不用说了，这样一来，我们一起去度假的事也就泡汤了。

上星期，菲利浦给我们来了信。他答应一旦工作走得开，就到露易丝姨妈家跟我们一起度假——合家度过八月。你父亲好不容易为这段时间争取到了假期，我自然想，你，你也会答应的。我想我们可以像以前一样，全家团圆，菲利浦和你，你们都长大成人了，可你们知道，只要全家欢聚在一起，你们又会变成我的小孩子，我会忘了你们的年龄，忘了自己有多大岁数。可是你一时心血来潮，把一切全给搅乱了。你父亲得知你一走了之，气极了。你为何不事先说一声，亚当？你为何不跟我们打个招呼？至少跟我说一声，我是你母亲呀？是的，为什么就不设法向我解释一下？要是你出于这种或那种原因，非得到外地去，要是你非得走一段时间不可，你可以放心，我们会理解的。我们也不会反对的……

你还记得吧，已经是十五六年以前的事了，你要离开家——你当时只有十四岁，而不是二十九岁，你记得吧，可我没有反对你走。我感到你需要到外面去过一段时日，离我们远远的。你跟你父亲那场争执，自然是不该的，可我感到那远远不是因砸一只蓝碗而引起的吵闹。你父亲那人容易动气，你知道——他不是舍不得一只蓝碗；他是觉得你想冒犯他，想把他的尊严不放在眼里，这才打了你。他错了，并请求原谅——可你还记得吧，我是怎么做的。我在楼梯上追上了你，让你好好想一想——我跟你解释说，你还太小，不该一人离家出走，到处闯荡——我还跟你讲，最好还是等一段时间，等你的气消了以后再说。我讲你可以等一两个星期，然后，要是你还坚持非走不可，那你可以到别的地方找份工作，比如去当学徒。要是你愿意，你完全可以自己本本分分地生活。你好好考虑了一番，终于明白了。你为自己蒙受的耻辱有点抱怨，你还闷着气，觉得自己打了个败仗。可是我为你感到幸福，因为我知道这是唯一可行的。

那么，我亲爱的亚当，我这就不明白了，你这一次为什么就不能像上次砸碗以后那样做？

你为何不来跟我谈一谈？我可以像以前一样给你出主意，想办法帮助你。你干巴巴就留下那么几个字，不辞而别，我无法帮助你，你想象不出你这样做使我多么难过——你父亲是有气，可我，不是这样。多少年的信赖和慈爱，是抹不去的，我的孩子。你一走了之，没有去想想这一切，我感到遗憾——你准是没有想，我肯定。可是，但愿这事差不多已经过去了。你一旦收到此信，就马上回家来，我们决不会对你有任何斥责——我们也不要求你作什么解释——一切都会很快忘掉。你已经长大成人，你早就是大人了，想到什么地方去，都可以——要是你感兴趣，我们一起商量。如果你不愿马上回来，那就给你父亲和我写一封长信——我求求你，亚当，千万别让我们难过，觉得你是在露天咖啡座匆匆地涂上几笔了事。不要让我们不安，失望。给我们写一封信，带点感情，亚当，让我们看到我们还是你的父母亲，而不是外人，你对他们抱有敌意——告诉我们你有什么打算，准备到哪儿去工作，怎么生活，想到什么地方落脚——我在报上读到黑非洲和阿尔及利亚需要小学教师，工资并不很高，可在做其他大事之前，可以先试一试。

在斯堪的纳维亚，也有一些法语助教的职位，肯定还有不少别的工作——你有文凭，在那些国家可轻而易举谋个职业，除非你想呆在国内。那么，你可以到城里你喜欢的居住区租间房子。你需要多少钱，我们可以借给你，以后再还给我们——每个星期，你可以经常回来看看我们，要不就给我们写信。不管怎么说，你到底做些什么，你身体怎么样，是否会有经济或其他方面的问题，我们可以有所了解。

你瞧，亚当，你应该知道，目前你这样做，不可能永远继续下去——你不能总让我们和你之间隔着一堵墙过一辈子；你也不能总是一时心血来潮，想干什么就干什么。不该这样。你迟早得跟我们中间的一个人维持亲密的关系。再说，你跟外人也得建立友情。你总得给自己建立一个朋友圈，一个友情圈，不然，首先吃苦头、有可能遇到麻烦的，就是你自己。那么，既然你无论如何都得放弃这种粗暴、怀疑的态度，那何必不立即对我们这样做呢？你父亲和我，我们对你所做的一切，只是想尽量让你别跟社会格格不入，胆小怕事——因为我们不愿别人对你说三道四，因为你是我们的亲骨肉，因为我们永远都爱着你。正如你以前所说的，波洛家族必须永远统一。即使有了个像你这样难处的后代，也不应该让这个家族四分五裂——我求求你，想一想吧，亚当，想一想，我们代表着一个不可摧毁的小小的整体。我们是在这种精神下将菲利浦培养成人，我们过去也正是希望你在这种精神的培养下成长。

可见，我亲爱的亚当，一切并没有彻底失去——只要有决心，就可重新像过去一样——不管你有可能怎么着，我们永远都是波洛家族。你有名有姓，你的姓名曾是我们一个祖先的姓名。曾祖父就叫安托瓦纳-亚当·波洛——你应该是这个家族的一个重要组成部分，即使你的所作所为与别的成员有别——即使你在别的地方，与众不同。但是，亚当，你记得，统一的方法有千种。你可以选择适应你自己的方式，请相信适应于你的方式将永远适应于我。

我从明天起就会盼望着你的来信，盼望着你来一封亲切的长信。信中千万告诉我，你需要什么——我会给你准备一点钱，你回家后就给你，这样，你可以缓一段时间，然后再自己去谋生。要是你愿意，我还可以给你准备一包干净的衣服，衬衣啦，内衣啦，还准备一套西装。

我想跟你说的就这些——请原谅我跟你谈起有关蓝碗的那件屈辱的往事。可是我坚信，你如今跟过去我在楼梯上追到你的那天决不会有任何差别，那天，我平心静气地说服了你，不该像这样一走了之。这将永远是你我之间的一桩秘密，如果你愿意这样的话。等你回家看到我们后，我们彼此之间将会更加理解——我等着你，我亲爱的亚当，等着你很快回家，我充满慈爱地亲你，对你满怀希望。

温柔地爱着你的母亲

德妮丝·波洛

八月十九日

亚当又把信叠好。信封里，还有一片纸头，纸头皱巴巴的，很脏。上面有另一个人写的几行字，用铅笔草就而成，写着：

别为我担心。我出门一段
时间。
给我写信，港口邮局留局
自取 No. 15。别为我犯愁，我
一切都好。
亚当。

亚当看完后，将母亲的信及内附的字条重新装进信封。然后，他将信夹进杂志里，拿起衣物，走出邮局。头发和衬衫汗津津的，紧贴着额头、后背。

确实，一切都很好。盛夏渐逝，老天天天都作美，海滨人行道上，游人如织。咖啡店前，一些身着T恤衫的年轻人弹着吉他，在搞募捐。阳光下，一切都成了白的，白花花的，而这些本来却可能是黑的。太阳光猛烈地抽打着，人们赤身接受着这阵阵抽打。又像是一只巨型墨水瓶，为什么就不会呢，倒翻在地，洒得到处都是墨水，人们似乎在透过一张底片看整个世界，整个儿全是透明的。

亚当不再跟随任何人行走，现在，也许反倒有人跟随着他走。他也不再漫无目的地乱走。相反，他在菱形砾石上迈出的每一步都经过深思熟虑；他沿着海滨，在公路上一丝不苟地走着，那模样就像是在填写登记卡和表格。

名 …………………… 姓 ……………………………………

出生年月和地点 ……………………………………

地址 ……………………………………………………

职业 ……………………………………………………

是否为官员？（＊）

法国电力煤气公司职员？

地方行政单位职员？

失业者？

大学生？

领退休金者？

自愿合作者

＊划掉情况不符项。

街对面，有一家无线电商店，紧挨着商店，有一个卖冰淇淋的。亚当买了一只糖衣杏仁冰淇淋蛋卷，看了看电视：两个青年男女身着黑色紧身衣，正随着《纸月亮》曲子的节奏，跳着舞，橱窗深处，还有三台电视机，也开着同一频道的节目。电视机全都像是人似的，像极了，一式的白色四方块，光光点点，攒动着千万只黑灰色的东西；亚当那修长的身影反照在玻璃橱窗里，显现在那些灰黑色的图像之上，只见两只眼睛，一只鼻子，一张嘴巴，两只耳朵，一个躯干，四肢，胳膊和胯。

看着这一切，亚当微微一笑，这微笑意味着他最终还是没有明白；他慢慢地舔了口奶油冰淇淋，多少天来，他第一次开口说话，自言自语。他声言抑扬顿挫，音调相当沉重，每一个音节都咬得十分清楚。橱窗玻璃上，回荡起他的声音，优美而又有力，盖过了阵阵乐声和街上的嘈杂声。此时，只听得这个声音，它出自亚当那金字塔似的嘴中，向整面橱窗玻璃扩散，像一层雾气似的。这声音刚一出口，似乎就满足了自身的需要，用不着再增添别的声响，也不需要任何回音，有点儿像是小画人嗓子眼里挤出的词语，总带着圈光晕，这在儿童画刊里，经常可以看到。

“我想说的。是这样。我们大家都一样，都是兄弟，嗯。我们有着同样的肉体和同样的精神。正因为如此，我们都是兄弟。显而易见，正中午——在这里——这样忏悔，像是有点儿滑稽，你们不觉得吗？可我之所以在说，是因为我们都是兄弟，大家都一样。你们知道一件事吗？你们想知道一件事吗？我的众兄弟。我们拥有地球，我们大家，只要我们存在，它就属于我们。你们没有发现它跟我们是多么相似？你们没有发现地球上什么都在生长？地球上生长的一切都长着我们的面孔，有着我们的姿态？还有我们的身子？与我们相混淆？噢，举个例子吧，瞧瞧你们的四周，看看左右。这周围，难道有一件东西，有一个成分不属于我们，不属于你和我吗？我就给你们说说我在橱窗玻璃反照中发现的这盏路灯吧。嗯。这盏路灯属于我们，它由铸铁和玻璃制造而成，像我们一样挺直，顶端挂着一颗脑袋，跟我们的脑袋一模一样。那边海边上的石堤，也属于我们。它是比照我们的脚和手修筑而成的。要是我们乐意，它可能缩小一千倍，或扩大一千倍。真的。房屋属于我们，跟洞穴没有两样，为我们的脑袋开了窗洞，为我们的屁股放上了椅子，为我们的后背置上了床，还有地板，那地板是学地面的模样，因此也就是学我们的模样。我们大家都一个样，老兄们。我们创造了魔鬼——魔鬼，是的。就像这种电视机，或这些做意大利式冰淇淋的机器，可我们都保持着我们的天性，不越雷池一步。正是这一原因，我们都富有才华——在地球上，我们没有做过任何有益的事，就像上帝一样，兄弟们，就像上帝一样。我，我告诉你们，嗯。我告诉你们，大海、树木和电视之间毫无差别。我们在使用一切，因为我们是主人，是世界上唯一聪明的创造物。是这样。电视，就是我们，就是人。是把我们的力量给予了一个金属、电木体，以使它有一天回报我们。而这一天已经来到了，这个金属、电木体回报了我们，拴住了我们，进入了我们的耳目。有一条脐带将这一物体与我们的肚子联结在一起。是这一多彩的无用之物使我们不由自主地向它靠拢，不分东西，自然有着几分欢乐，对，有着共同的欢悦。兄弟们，我是电视，你们是电视，电视在我们身上！它有着我们特殊的体型，我们大家都四四方方，漆黑一团，都带着电流，响着乱哄哄的杂音和乐声，当我们的耳目被它吸引过去的时候，我们可从它的声响中辨认出人的声音，在它的屏幕上辨认出与我们一模一样的身影。你们自己作评价吧，我的众兄弟。我们像分享着恋情一样瓜分着这一影像，我们那隐隐约约、昏暗不清的统一体开始显现；在这一透明的淡淡的影像后，像是——有一股浓浓的热血在流，像是有一系列染色体，另外再添一对，终于将重新把我们塑造成一个种类。谁知道我们是否会因此而遭受最可怕的报复——永远处在分隔的境地。我们，这些被埋没的人。从未被信任过。谁知道我们最终是否会再看到我们曾经共同与之搏斗过的霸王龙，巨角龙，恐兽，巨型翼指龙，浑身血糊糊的。不知道是否会再看到祭献、祭祀的场面，使我们最终又合抱起双手，低声祈求无情的神祇。到了那个时候，众兄弟，便不再存在电视、树木、动物、地球和身着紧身衣的跳舞人；将只有我们，众兄弟，永远永远，将只有我们！”

现在，亚当在对面的人行道上。他把那包衣物和他那本杂志放在身边的地上。只见他背朝大海，海风吹得他的黄裤子飘晃个不停。在他站立的姿态中，稍许有着某种学究气：身后，是个四方格的油漆铁栏杆；透过方格，可见一片码头或泊位，一些工人正在卸货。那热闹的场面与亚当那张无所畏惧的、像是椭圆形的面孔适成对照。可以感觉得出，如果有张长椅的话，亚当定会登上椅子。然而，看他的姿态，又不像是在对公众演说，他善于在自己身上显现出一种傲慢不逊的神气。此时，他的声调已不在低音区震荡，有时达到了较为尖利的音区，相当不自然。而且，他也不试图达到和谐；实际上，周围的环境若明若暗，处在运动之中，而在其正中，站着一个绝对静止、一动也不动的人，再也没有比这更不协调了；想到这人竟然在十三点三十分左右的太阳之下，独自一人，对着围观的群众，放开喉咙大声讲演，岂不讨厌之极。

亚当说得比较清晰，他选择了介乎于疯狂说教与婚宴贺词之间的音调。他讲道：

“女士们，先生们，停一停。听一听我的讲话。你们总是不太注意别人对你们的演说——然而，别人无时无刻不在对你们讲演，天天如此。无线电台里，电视里，望弥撒时，剧院里，影院里，宴会上，集市上。讲话轻而易举，最令人厌恶的，莫过于听人当面讲故事。听人信口编造。然而你们却都习惯了。你们不是人，因为你们不知道自己生活在一个人的世界里。学学说话吧。你们也尝试一下。即使你们无话可说。既然我告诉你们，别人在让你们说话。为什么就不试试，当你们还活着的时候，尝试一下，取代你们自身的机器：去吧，讲一讲，到处去讲。宣传福音。你们到时候瞧，过不了多久，你们就再也不需要广播和电视了。很简单，你们会像我一样，在街头不期而遇，相互讲些故事。随便讲些什么。那时，你们会发现你们的孩子和妻子会围过来，贪婪地听你们讲故事。你们可以跟他们讲述最为美丽的东西，不断地讲……”

现在，听众已经形成，差不多由以下人员组成：

（一） 十来个男人、女人和孩子，固定听众。

（二） 二十来人，听一会便走。

一般情况下，总共有三十来个听众，在人行道上形成一伙。

“我现在给你们讲点什么。你们听好。我——不久前，我独自一人坐在山间一条石路的石阶上。我抽着一支烟。从我坐的方向望去，景色美丽，我兴高采烈，静静地观赏着。对面，只见一座山丘，接着是一座城市，城市一直延伸到海滨，远处是绵长的海岸线。一切都是那么寂静。天空占去了四分之三的全景。下方的大地多么寂寥，仿佛是蓝天的继续。那景观你们可想而知。两座高山，一座城市，一条小河，一片海湾，一角大海，还有一条烟柱，盘旋而上，直冲云霄。差不多到处都是这样。我之所以告诉你们这些东西，是为了让你们听明白下面要说的事情。你们懂吗？”

无人回答，可有几位笑呵呵地点了点头。

亚当随意挑选了一位听众，看了看他，问他道：

“您懂吗？”

“懂，懂，我懂。”那人回答。

“那——您，您就没有什么可以讲一讲？”

“我？”

“对，您，为什么不讲讲？您住在乡下？”

那人往后一退，人群仿佛也跟着退去。

“不，我——”

“您在卖什么东西吗？”一个女的问道。

“对，在卖话，”亚当答道。

方才的那位听众仿佛恍然大悟：

“您是耶和华证人团的一员吧？嗯？”

“不。”亚当答道。

“噢，那您——您是个预言家，是个预言家？”

可是，亚当没有听清；面对众人的发问，他重又回到他刚开始说的那番话所创造的神秘的黑暗境地，回到他那狂热的孤立境地，回到那赖以栖身的碉堡之中，接着，继续往下讲：

“突然，世上的一切全都变了。对，猛一下子，我全都明白了。我明白了这个地球是属于我的，而不属于任何活着的种类。不属于狗，不属于老鼠，不属于寄生虫，不属于任何别的种类。不属于蜗牛，不属于蟑螂，也不属于野草、鱼类。它属于人。既然我是个人，它也就属于我。你们知道是什么使我明白了这一切？是因为发生了一件非凡的事情。是因为出现了：一个老太婆。对，一个老太婆。一个老太婆。你们马上就会明白是怎么回事。我当时在一条路上走，那是一条山路，坡很陡。我坐在这条山路的台阶上，只见山路往下转了一道弯，便消失了。面前，只有一段路，不超过百来米；路面铺着沥青，虽然太阳藏在云层后，可它的光线仍照得路面闪闪发光。突然，我听见一个沉闷的声音朝我传来，我往路下方一看，只见慢慢地出现了一个老太婆的身影，简直慢得可怕，那个老太婆胖胖的，模样丑陋，身着一件肥大的花布宽袖外套，外套像一面旗似的围着她飘荡。我首先看到了脑袋，然后是上身，髋，双腿，最后，是整个人。她正艰难地往山上爬来，什么也不想，大喘着气，像只奶牛似的，两条粗大的患湿疹的腿在沥青路面上拖拉着。我亲眼见她突然从山下冒了出来，好似从浴缸里突然出现，上山朝我走来。她那微弱的身影像个黑点，显现在布满云彩的天际。她是，是这样——她是天地间唯一的一个活动点。周围，大自然全都是一个模样，静止不动——除了，怎么说呢，除了在她脑袋四周形成的一个光晕，仿佛蓝天和大地是她的头发。城市向大海延伸，小河向大海流淌，高山浑圆如故，青烟始终直线上升。但是一切都是以她的脑袋为起点。仿佛这一切全都失去了平衡。全都变了模样。是她，你们明白吧，原因在于她。是她创造了这一切。青烟，对，完全是人的一个玩意儿。城市，河流，全都如此。海湾也是。高山，山上不见树木，到处都是电线杆，还有一条条小路和渠道。大道，小路，墙壁，房屋，桥梁，堤坝，飞机，如此等等，都不是蚂蚁！而是她。是她。一个微不足道的老太婆。又丑又胖。甚至都无法生存下去。人体组织全报废了。尽是蜂窝组织炎。走不直。腿上扎着绷带，静脉曲张，身上某个部位长着癌，肛门癌，或别的什么。是她。地球圆圆的，很小很小。人们拿它到处做交易。地球上没有一块地方，你们听清楚，嗯，地球上没有一块地方没有路，没有房屋，没有飞机，没有电线杆。要是想想自己竟属于这种人类，岂不会气疯了？是她。就是她，一包破烂，尽是内脏，尽是脏乎乎、血糊糊的东西，就是这种蠢物，长着厚厚的眼睛，干鳄鱼的皮，鲸鱼的须，硬邦邦的子宫，被掏得空空的腺，肺，肿肿的甲状腺，黄黄的舌头，准备结结巴巴说几句……发出像被杀的奶牛似的号叫……那沉闷的叫声……哞哞……哞哞……鼓得像球似的肚子……布满皱纹的皮肤……还有那个脑袋……光光的……胳肢窝尽是毛，七十五年来一直汗津津的，都沤出了口子。就是她。她……你们——你们明白了？”

亚当愈说愈快，快得到了不分句子，不再设法让人听懂的程度。此时，他已经被逼得紧靠在油漆的铁栏杆上；全身只见一个脑袋，露在人群之上，以某种预言家的姿态，以某种友好的形式，面对大庭广众。他成了众矢之的，人们对他指指戳戳，要去喊警察，去找照相机，对他任意嘲笑或侮辱。

“要跟你们说。等等。能跟你们讲个故事。你们知道。就像在广播里。亲爱的听众。我可以讨论。我可以跟你们讨论。谁愿意？谁愿意跟我说话？嗯？咱们可以就某件事讨论讨论？可以谈谈战争。就会爆发一场战争——不会……那就谈谈生活费。土豆价格多少？嗯？据说今年土豆个头很大。而萝卜个头很小。或者谈谈抽象画。要是谁都没有什么可说的。你们没有什么可说的？那我可以讲个故事。是这样的。我可以编造寓言。当场编。听着。我这就告诉你们一些题目。听着。矮棕榈梦想周游东欧的传说。或者。一只被推销员变成姑娘的白鹳。或者。两只嘴巴的怪人阿斯德鲁巴尔。还有。狂欢节之王与一只苍蝇的爱情故事。或者。佩洛波纳兹国王后泽奥寻找宝物花边排箫记。或者。狂人的勇气。或者。如何捕杀响尾蛇。这很简单。只需要了解三点。响尾蛇。很傲气。不喜欢爵士乐。一看见火绒草，就犯蜡屈症。那么。应该这样下手。您拿起一支单簧管。您见到蛇时，给它扮鬼脸。既然它们很傲气，它们便会发怒，朝您冲来。这时。您就冲着它们演奏《蓝月亮》或《只是个舞男》。用单簧管吹。它们不喜欢爵士乐。这样，它们便会停下来。犹豫不决。就在这时，您掏出来。您从口袋里掏出一朵真正的雪地里生长的火绒草。它们马上就会犯蜡屈症。这时，只需伸手去抓，并对着它们身上的某个部位轻轻地哈气。待它们醒过来。它们发现自己已经不复存在。不再是什么响尾蛇。由于它们傲得可怕，准会受不了。它们宁愿自杀。于是，便屏住呼吸。一憋就是几个小时。直到它们自己憋死为止。它们成了黑乎乎的一团。你们听到了？等等。”

在十四点十分至十四点四十八分之间，亚当一直在讲着。围观的群众明显增多。他们开始真的显示出了保留的神色。阵阵感叹声不时盖过亚当的讲话。他愈说愈快，愈说愈不清楚。由于疲惫，他嗓音变得嘶哑，脸上出现了某种神经质的气色。

此时，他额头正中刻着两条深深的皱纹，耳朵发红。衣衫紧贴在后背和肩膀上。他说了这么多，又这么大喊大叫，结果呢，他根本没有制服听众，相反，他跟听众结成了一体，尖尖的脑袋，长满头发，胡须，在人群间晃动着，似乎是长在别人的身上；绝望并没有把他击垮，反而塑造了他，把他塑造成了一尊人头雕像。仿佛在一场特殊革命的前夕，人们对他刻骨仇恨，在暗中砍了他的脑袋，又像是在过去，人民群众被英雄所唤醒，在那黏糊糊的人海之中高举着一颗还活着的高贵的脑袋。两只既无辜又无耻的眼睛在眼眶里疯狂地闪动，被形形色色的荒唐念头所左右，仿佛像弹子般在线网里来回滚动。就这样，他们全都结成了一体，肉体与汗水混杂在一起，外表不可分割，被夹杂进去的一切全都无法生存下去。阵阵喧哗声，大笑声，嘲弄声，马达声，喇叭声，还有海声或船声，不再存在任何逻辑的联系。只见你来我往，乱哄哄的，彼此没有联系，那声音，那色彩，就像出现了一场骚乱。

事实真相难以描述，一切都以令人恐怖的速度在发展。事情就发生在一瞬间。人群中出现了骚动，也许还有怒骂。然后，一切又趋于正常。除了这一出人意料的异常情况之外，并没有任何偶然的因素。我想说的是，一切都是那么简单，那么自然而然，以至这样一阵骚动，人们至少为自己赢得了两个小时的时间。

本·贝拉
在奥兰受到热烈而隆重的欢迎：“我们必须要有一个统一党”

在曼德利奥和勒特拉亚斯路段之间，铁路被大火多处切断

多列火车被阻。许多别墅受到威胁。一个野营地匆匆迁离。

在提济乌祖，十万卡比尔人欢呼阿尔及利亚共和国临时政府

马赛海员总罢工至明日下午

科西嘉岛和非洲的班轮在未有新指令之前停航。

一位瓦尔的度假人在巴拉瓦斯-雷-弗洛意外溺水身亡

科西嘉岛之谜

两位德国游客的尸体在距离昂格伊奥纳海滩三公里的海面被捞起。

男的像是因头颅骨折而身亡。

女的没有留下搏斗的痕迹。

（下接第七版）

● 六月三十日在土伦失踪的一位农民在一山谷被发现，已经死亡。是事故、自杀，还是他杀？

● 在阿里亚娜居民区，一位十二岁的小孩在巴荣溺水身亡。

蒙彼利埃电　一位现年四十七岁、名叫罗贝尔·马勒、家住（瓦尔海滨）拉塞纳的度假人，昨日上午在巴拉瓦斯-雷-弗洛意外溺水身亡。

马勒先生无疑因充血病一时发作而溺水，被游泳者从水中救回岸上，尽管给予了精心照顾，但不幸者被送到蒙彼利埃一家医院，入院不久便咽了气。

一狂人在卡洛斯被捕

一个年轻的狂人躲在卡洛斯的一所学校里。

警察们逮捕了他。

一次短暂的追捕行动在卡洛斯阻止了一位精神病患者的出逃行为。

奇怪的行为

周日下午，在海滨人行道溜达的度假人群因一位名叫亚当·波×的年轻人的奇怪行为而惶惶不安；显而易见，这位年轻人已经丧失大脑功能，他面对大庭广众大声讲演，语无伦次，毫无意义。本来，此事可以就此了结，然而，出于一些不明的原因，他丧失了理智，最终在众目睽睽之下大肆裸露躯体，可定性为猥亵罪。　（下接第七版）

洛居索尔一案作出判决：

斯特法尼，判处二十年有期徒刑。

阿尔托，判处五年有期徒刑。

（阿夏尔第二次被缺席判处死刑）

一狂人在卡洛斯被捕 （上接第一版）

荒唐的出逃：被送交精神病院

警察很快被叫到现场，开始跟踪这一精神失常者。然而，他却逃之夭夭。警察在城市的上城区进行搜查，直到近半夜，二十二点三十分左右，才有人报告发现此人在卡洛斯居民区的一所幼儿学校里，他是越过围墙躲进这所学校的。

这位年轻人固守在这所空荡荡的学校的一间教室里，面对警察的警告，扬言要自杀。警察不得不动用催泪弹，以迫使他出来。片刻后，这位精神病患者终于向治安力量投降。他身上带着一件白刃武器——一把菜刀。

在出庭受审之前，这位出生于城内一个名声颇佳的家庭的年轻人将接受精神分析检查。已有种种迹象表明，他当时的所作所为因为精神病发作所致。如巴斯德研究院的精神分析专家波维尔大夫作出的精神错乱的诊断属实，这位年轻人将不受审，而被转到精神病院去。反之，他将受到两大指控：流浪与侵犯他人家宅罪，猥亵罪。那么，戈纳尔迪将担任他的律师。此外，警察局发出公告：凡因被控告者遭受损失或自认为遭受损失之人，请立即到警察局投诉，投诉将予以受理。

这位年轻的精神失常者好像在最后几分钟里突然招认曾在本地区多次纵火。这位精神病患者数次重复：“我是纵火狂，我是纵火狂。”然而，眼下似乎只判断为一种健忘症的表现。不过在今天上午，警察局接受了两起申诉。一位是L先生，以侵犯与破坏他人住宅罪向被告提出控告，另一位是M小姐，提出了伤害风化罪的控告。被控告者将于中午送往精神病院中心接受检查。

科西嘉岛之谜 （上接第一版）

这一男一女的两具尸体是昨日上午在昂格伊奥纳海滩发现的，昂格伊奥纳是科西嘉东海岸的一个海水浴疗养地，距离巴勒迪区不远。

这两具尸体的突然发现，可真是一桩神秘的案件。

那是在清晨七点时分，在昂格伊奥纳浴场，许多度假者正在安安静静地品尝海滨休息的乐趣，慢慢醒来，而在此时，两位垂钓爱好者朝浴场管理办公室奔去，报告说在离海滩约三百米的海面上漂浮着一具女人的尸体。数分钟后，莫利亚尼的警察便赶到现场。上面提到的那具尸体刚刚从水中捞上来不久，警察中队的队长又接到电话，说一位游泳者在北边三公里外的皮纳莱奥海滩又发现了一具尸体。

初步情况

两具尸体很快得到查证，这是一对德国人，夫妇俩于六月二十八日抵达昂格伊奥纳地区，本于昨天离开科西嘉岛。男的五十来岁，女的四十二岁，两人都是汉堡的公司雇员。两人的尸体都穿着衣服，身上没有任何弹痕，只是男的额头外有一个很大的血肿块，女的身上没有经过搏斗的痕迹，也没有任何伤痕。

不过需要指出的是，他们俩从水里一捞上来，耳

科西嘉岛之谜（接上文）

朵都大量出血，被叫到现场的马舍西大夫很快进行了检查，至少对男的作了诊断，定为头颅骨折。

事件错综复杂

经向浴场管理部门了解，得知这是一对普通的夫妇，在度假村中有许多这样的夫妇，他们没有任何特殊之处。不过那个男的总是带着一个文件夹，从不离身。

此外，女服务员发现这对夫妇生活不和睦，两人经常发生口角。

“在星期三晚上，即在他们死前的几个小时，他们是否吵过嘴？”有人问女服务员。

“没有，这天晚上他们没有到餐厅来，”她回答道。

还有一件奇怪的事，到后的第三天，女的便提出要住到一座平房去，因为据她说，她的伴侣打鼾，吵得她不得安宁。

确实是一对奇怪的夫妇：女的直到度假时才发现与之生活的男人打鼾，打得她不能入睡。

很快得出结论，他们俩并没有结婚。于是作出了艳遇的推测，据马舍西大夫看，死亡时间约为前一天的二十一时左右。

衣物的清点情况

按照法律，市镇最高行政长官，卡斯代拉尔·迪卡桑卡市市长莱奥纳洛到场，对在男的居住的房间中留下的衣物进行了清点。除了日常衣物和化妆品等用品外，在房间中还发现了那个文件夹，可文件夹中只有几块脏手绢和一些微不足道的用品。同时也发现了一定数量的法国和德国纸币。谋财害命的动机因此而被排除。对房间经过认真地检查后，警察又发现了几份无关紧要的信件，还有一些文学报刊的剪报，有哲学的，教理的，也有对人、对前途、对虚无等等的研究论文……

后来又得知了一些情况，男的和女的都不喜欢游泳。他们白天都是在远离海滩的树荫下度过的。

手提包中的一把钳子

被发现的带有有效形迹的第一件东西是女人的手提包：包内……有一把在德国买的新钳子。这对一个女人来说，可谓滑稽的用品。她是否想把它作为自卫或攻击用的类似大头棒的工具？另外还发现了大量的药物，其中有镇静药。通过一份病历卡，很快得知他们两人都因精神抑郁症在德国受到过治疗。

在十五点，法院人员来到现场：有代理检察长里西先生、预审法官莱奥纳洛先生和法医科洛纳先生。他们检查了出事现场，然后，巴斯迪亚的消防救护队员将尸体运到停尸房，法医将对尸体进行解剖。

种种猜测

根据初步检查，仍难以得出结论，但可以作出种种猜测：据说，在半夜时分曾有人听见呼喊声；但是，时间不吻合，此外，这天夜里，在附近楼里举行新游船的命名庆祝活动，相当热闹，听到的很可能是庆祝者们的欢呼声。

至于传说在傍晚时分经过的船只，实际上，每天晚上都有多艘船出海垂钓。

那么，这是否是前来行凶报复的杀手所犯的双重谋杀罪呢？

调查者曾有过这种想法，但是，更为可能的是如下推测：女的发现她所爱的男人要抛弃她；随着假期的结束，他们之间的爱情也将终结。利用男的身体虚弱（他腿有点儿瘸），她将他打死，扔入海中，自己也投水身亡。

我们再重复一遍，这一切不过是猜测而已，要是尸体解剖不能提供新的情况，调查者们的任务将不轻。

R

现在，他终于来到了阴凉的地方；他坐在一个清洁的小房间里，房间朝北，晒不到一点太阳，很阴凉。这儿，可以说没有丝毫的动静，除了某处一个蓄水池的喷水龙头往外喷水，发出微微的喷水声，还有远处的一个公园里，孩子们在下午五点，在沙堆和长椅间玩耍时的叫喊声。由于动静小，四壁便给人一种不坚固的印象；墙壁由空心砖砌成，上面抹了一层石灰和一层乳白色的油漆，表面布满细颗粒。无论是夏天还是冬天，墙壁自然都透出些许潮气。窗户开在外墙的正中。窗子安着铁条，给床上的毯子和条纹睡衣投上了一道道横的或竖的阴影，窗条有三条竖的，两条横的，将天空分割成块状，看似墙壁一般。这虽是一种随意性的分割，但却很和谐，十二这个数字奇怪地令人想起了马尼利乌斯所说的黄道十二宫。

亚当身着条纹睡衣坐在铁床的床沿，此时恰恰想到了这一点。他们给了他抽烟的权利，他在使用这一权利，同时还在使用一个塑料烟灰缸。那支烟头朝下放在烟缸里，正在燃烧的香烟给了他帮助，使他得以顺着一个想法不断想下去，只要香烟不灭，思路就不会中断。他们把他的头发和胡子全剃了，整个脑袋显得很年轻，此时这个脑袋正朝着那个长方形的单色铁窗；亚当已经寻找到了方法，选择了由窗条分割而成的方块中的一个，也许是出于邪恶的情趣，或者纯粹出于偶然，他选中了左边算起的第八块。不管怎么说，无论这种选择是否有意，亚当确实知道，据马尼利乌斯，黄道十二宫中的第八宫是死神宫。既然已经清楚地知道了这一点，他也就很难做到诚心诚意了；他根据这唯一的事实所能想象或能信赖的一切都无关紧要——不管各种角度，如四方、六边等，是否在黄道上得到检验，不管回归线、子午线、地平经圈与天球赤道点是否同似，呈三十度与六十度，也不管人们是否同意马尼利乌斯的说法，就力量而言，在黄道十二宫中，第八宫名列第三。亚当玩着这一游戏，就像人们做打海战，当吊死鬼，造房子或找差别等游戏一样。首先要接受基本规则，这样一来，他也就不再算是他本人了。而且，连窗条也不成其为窗条了；而是六个混合的十字，类似于：

A
D
O
N
A
I
Elohim **Eloher**[1]
Z
E
B
A
O
T
H

[1] 希伯来文，Elohim（埃洛希姆），为名词 Eloher（埃洛哈，即神）的复数形式，多专指以色列唯一的真神，偶尔也指其他神。

这些十字为别的符号构成了框架，如为条形、方形，另有两个燕尾十字，一个倒置的卐字，一颗犹太星，或者，表示着自我的始与终，甚或意味着犹太星和太阳的某种交替轮换。

如果人们突然间变成窗户，或与他正面相对，那就可见到他身体笔直地坐在床垫的外沿上，脑袋微微前倾，双手平放在膝盖上，就像有人平抬着手看表。这样看去，他好似在思考，或像是身子感到冷。他只是局限于盯着左侧的一点。

平行放置的两只脚下，铺着暗红色的方块地砖，地砖以前涂过釉，呈六边形，具有极为精确的几何形状，看上去就像是房间的缩小模型。阳光要从窗户进入房间，必须经过一系列的反照，仿佛隔墙上面铺着无数面斜切镜。那是油漆的光泽和不计其数的颗粒斜面使阳光反照，连续不断地从一个点跳跃到另一个点。亚当对这个房间已经十分熟悉，因为他一开始就将它细细看了一遍：屋子尽管很狭窄，但他觉得它还相当面熟，相当亲切，总而言之一句话，让人心里踏实。当然，屋子很深，而且沉闷，没有一点儿装饰。一切都显得冷飕飕的，实实在在，尤其是那几堵墙。不过，他在无意中品尝的正是这股冷飕飕的东西；他并不讨厌这一物质，因为这无形中展开了一场游戏：在这场游戏中，要适应，要屈服的是他，而不是物体，他胸有成竹，知道自己每走一着都会成功；为此，他始终保持冷漠，一动不动，无动于衷，体温因此而渐渐下降。从三十六点七度下降到三十六点四度。他坐在那支香烟的右侧，置身于若明若暗的光线之中，毫不关心时间，那乳白色的光线呈颗粒状，蒙着潮气，白昼里，类似的时光很多。他把从自己孩提时代起所度过的类似的时光全都搜罗到一起：比如，身置浴缸时，感到浴水渐渐从热到温，从温到凉，从凉到冷；当人躺到浴缸中，被一种异物一直淹到下巴，透过层层雾气，仰望着天花板，自问到底需要多少时间水才会变冷；人们想象自己置身在沸腾的水锅中，仅仅凭着精神的力量(或凭着禅的力量)，忍受着高温，战胜高达一百度左右的温度。最后赤条条走出浴缸，备受凌辱，遭受遗弃，或浑身直打哆嗦。

还有床：他经常想，等以后有了钱，一定要给自己的床脚按上轮子，推到外面去。尽管知道外面天气冷，他也会感到热，钻到被窝里，同时与外界保持直接的联系。这房间那么窄，那么闷，使他对自己的想法确信无疑。也许，他想做的首先是这一点。不管怎么说，这种事他极少碰到，差不多从未有过。他坚信，如果躺在那里睡觉，那他就用不着在深更半夜悄悄地回到床上去，环顾四周，设法弄清自己到底看见了什么，凭自己大脑的想象，猜想这儿是个空大衣架，那儿是一把椅子和一条毛巾，更远处，是美丽的月亮投射的窗条影，等等。如若那样，他也再也不用在上床睡觉前记住各种东西放置的位置，再也不用脑袋冲着房门的那一侧，有所戒备。这儿，门上有插销，窗上有铁条。房间紧闭，他形影相吊，独自一人呆在房间的正中心。

亚当松弛地倾听着，两只眼睛丝毫不动；他不再需要任何东西，各种各样的声音仿佛都发自他的自身——水管中的汩汩流水声，沉闷的敲击声，小虫子的脱皮声，从别处进入房间的断断续续的叫喊声，灰尘落在附近家具底下发出的呻吟声，吞噬细胞的微微颤动声，因隔墙的另一边有人一记猛击，一对尺蛾愕然惊醒后的抖动声。墙壁的另一侧，又紧连着别的房间，根据建筑学的结构统一规划，全都呈方形。

大楼的各个部位都为同一形状，房间，走道，房间，房间，房间，房间，房间，房间，房间，房间，房间，厕所，房间，走道……亚当为自己这样跟四堵墙、一道插销、一张床合为一体感到高兴。处在阴凉与明亮之中。这挺自在，要不，日子挺长的。他们迟早会想起来，喊他去。

外面，外面也许还有太阳；也许有小朵的云彩，或者天空被遮住了一半。所有这一切都是城市的残余部分，令人感到人们似乎就居住在周围，由于墙壁的缘故，众人形成了一个个同心圈；有许许多多的街道，纵横交错：将一片片房屋分割成三角形或四方形区域；街上挤满汽车、自行车。说到底，一切都是重复。每走一百米，差不多肯定可再看到同样的景象，连基角也丝毫不差，为三十五度，还有同样的商场、停车场、烟草店和皮件商店。亚当在脑中设计整个草图：他在图上又涂上了许多其他的东西。若取四十八度三分这一角度，那毫无疑问，准可以在交通图中的某处标示出来。要是芝加哥没有呈这一角度的地方，那才见鬼呢；若找到了这一角度，那只需看看图，就马上会清楚自己该怎么办。这样一来，亚当就决不会迷路。最难办的，是曲线，他不知该怎么对付。最好是画上一个符号，画上圆圈，不那么复杂：只需化圆为方（当然，在可能的条件下），将之分为多边形：这时，就有了角，他也就得救了。比如，他延长多边形的GH一边，便可得一直线。甚或延长两边，即延长GH或KL，便可得等边三角形GL_z，这样，他也就知道该如何行事了。

世界就像亚当的睡衣，布满直线，切线，矢径，多边形，矩形，梯形，形形色色，无所不有，布局完美无缺；地球或大海没有一块不是经过准确的切割，没有一块不能微缩为一个投影或一幅草图。

总而言之，只需以画在纸上的一个有近百条边的多边形为基础，就可保证在地球上的任何一点找到自己的道路。若在街上行走，按照自己矢径的指引，也许还可以，谁知道呢，也许还可以一直走到美洲或澳大利亚。在沧江畔的朱城，一座纸莎草墙空心小屋在阳光下，在树荫中，在树叶摇曳的微微声响中耐心等待，等待着救星似的土地丈量员到来，他手执圆规，在哪一天画上一个钝角，将小屋劈成几半。还有许许多多其他的东西，在马拉维岛，在乌拉圭，在维尔高地区，在世界的各个角落，无论是在干裂、广阔的干旱区域，还是在染料木茂盛的灌木丛中，都布满千百万个像寄生虫般脏乎乎的三角，千百万个像鬼符般可恶的方块，还有在天涯海角若道道闪电、直刺苍穹的直线。只要浪迹天涯。只要有张好地图，再加上自信心；只需对平面几何有着完全的信赖，对所有弯曲的东西，对所有波动的东西，对所有不可一世的、圆的或末端的东西怀着仇恨。

此时此刻，由于阳光从窗户射入房间，从前往后跳跃，从四面八方将他团团围住，仿佛给他裹上了一层细布，星光点点，还由于那清凉而又单调的水声，亚当在房间里愈来愈剧烈地抽搐着；他使劲地看，竭力地听，感到自己在变大，变成了巨人；他发现墙壁呈直线无限地伸展，四方块一个紧叠一个，每增加一个便扩大一分，面积愈来愈大；渐渐地，整个地球成了直线与方块的世界，直线与方块交叉而过，犹如火星碰撞，发出啪啪的声响，只见交叉点上闪烁着一个个硕大的火星，接着像只球似的往下坠落，而他，亚当·波洛，亚当·波……亚当，这个远离波洛家族的孤零零的一点，却置身于地球的中心，绝对处于其心脏的位置，凭着绘制的地图，随时就可上路，前行，从一角走向另一角，从线段走向矢径，给一条条直线命名，用食指在地面上刻下 xx′，yy′，zz′，aa′等符号。

亚当的目光自然而然地离开了窗条的第八个交叉点，他向后往床上靠去。他估计离吃晚饭还有两三个小时。等吃完晚饭，他将抽白天的最后一支香烟，然后睡觉。他曾要求他们给他纸张和黑色圆珠笔，可这恐怕是不允许的，因为女护士没有给他回话，早上和中午时都没有再提起这码事。再说，他自己也知道已经没有多少东西可写了。凡是累人的事，他一概不想做。他只想吃喝拉撒睡，自由支配时间，置身于阴凉与寂静之中，享受某种安逸的生活。他隐隐约约地感到周围生长着一棵棵树木。也许有一天，他们会允许他身着睡衣到花园去。他可以将自己的名字偷偷地刻到树干上，就像赛茜尔·J那位姑娘，在一片仙人掌叶上刻下自己的姓名。他将用偷来的刀叉，用罗马字体去刻。那刻字留下的刀痕将在阳光下、风雨中渐渐愈合，与树木共存亡，存在十二年，二十年：

亚当·波洛　　　亚当·波洛

他掀掉长枕头，脑袋直接枕着睡垫；接着，他将双腿尽可能往远处伸去；两只脚伸到了床沿外。床头柜就摆在他的右侧，紧挨着他的脑袋；床头柜分上下两层，没有门，由活动的铝板组合而成。下面一层摆着一只夜壶，空的。上面一层放着一副镀金铁架墨镜。一瓶以西番莲和奎宁为主要成分的镇静剂。一支香烟。可没有火柴——要火时，需按铃叫女护士——一条手绢。一本从医院图书室借来的雅克·迪克斯迪利的《萨尔及其命运》。一只水杯，里面有半杯水。一把白色的梳子和一帧从画刊上剪下来的莎·莎·加波尔的玉照。房间里的所有家具和整个房间的实用面积仿佛都以亚当这一个人为中心，只见他横躺在床上，双臂斜置，双脚并合，如同钉在十字架上，处在松弛与休息的状态。

亚当抽完烟，从某种意义上说，亦即用了一番脑子之后，过了很长时间，才差不多到了下午六点钟，这时，女护士拉开房门外侧的插销，走进了房间，她发现亚当已经入睡，她伸手碰了碰他的肩膀，让他醒来。这是一位可爱的年轻女子，可身上严严实实地裹着那件护士服，很难看出她到底有多大岁数，是否漂亮或相貌平平。她的一头秀发染成红棕琥珀色，那白皙的皮肤，在房间四壁的淡灰褐色中形成一个突出的白点。

她没有开口吩咐什么，而是先拿起被亚当放在地上的塑料烟灰缸，把烟灰倒进垃圾筒。在这种处所，时间过得本来就不快，加之她突然摆出这副姿态，出于某些说不清道不明的原因，也许是为精神病人服侍了成千上万个小时的缘故吧，她似乎成了一个矛盾体，变得荒唐不经，犹如四张幻灯片连续投射在屏幕上，她整个儿被固定在墙上；那身子在胯的部位折成两断，永远弯曲在那里，它唤起了世间辛勤与劳苦的回声，勾起了昔日食不果腹、堕落、衰老的回忆。不同的平面上，任何突出的多彩部位全被一连串的连续运动所摧毁，成了以淡灰色为主体的世界。不管何人，要是不幸撞见这一情景，都会发疯，立即闭上眼睛，因为眼前出现了色彩的变换——她面孔和罩衫的白色变成了墨黑，本来黄色的墙壁化作了一层粗糙不平的板岩，清凉和寂静的色调突然变幻，像是地狱和残酷世界的装饰。一个梦魇逼近了，红颜顿时黯然失色，任何东西都被它随心所欲地扩大或缩小。方才的那位女子是一个通灵的女子，正在发着世间最为可怖的谵妄：惧怕成为真正的疯子。她像树根似的紧紧缚着视网膜，她的脸庞由一变十，由十变百，在无限地增加。两只眼睛硕大无比，大张着，犹如两个洞穴。她从昏暗的熔界脱颖而出，像砸碎玻璃一样，轻而易举地摧毁了远景中的城墙，露出半个身子，俯瞰着一个模仿她的形象而出现的世界，等待着每一个微小的变化。她的形体渐渐干瘪，前后露出了骨头；看上去，就像是用羽毛笔画成的一幅图画，像是一件蛇皮用品；此时，她俨然似一个数字，不，似一个奇形怪状的字母，似一个大写的 Γ[①]，正在步步深入，开掘大脑深处。瞬息间，她燃起了一场猛烈的大火，打破了界限；在渐缓的来回走动中，她始终保持着静止不动的姿态，变成了机器人，变成了大火扫荡后的残枝败叶。她在赋予各种各样的可能性，继续自我折磨，以千种方式，在重复中不断变化自己的举动。亚当决定坐在床沿。接着，他排斥了自己的任何意志，等待着女护士终止一个举动之后复又开始这个举动，带来和蔼可亲的言语与问候。她问道：

“喂？您睡得好吗？”

他回答道：

“是的，好，谢谢……”

他接着反问道：

“您来整理房间了？”

女子把垃圾筒移动了几厘米。

“噢！不。今天，您自己也要动动手，不是吗？我们这儿没有钱给您雇清洁女工，您有何看法？您呀，还是乖乖地自己动手铺好床，然后扫扫地。我给您拿来了一把扫帚和一只畚箕。好吗？”

① 希腊字母表中的第三个字母。

“好……”亚当答道，“可是……”他好奇地打量着年轻女子。

“可是——我得每天都干吗？”

“我明白了，”对方答道，“每天早上都干——今天，情况有点儿特殊，因为您刚刚才来。可从现在开始，每天上午十点钟，都得动手干活。要是您乖乖的，那很快就会像对别人一样让您出去走走。您可以到花园里去，看看书，或者给花坛翻翻土，或者跟别人聊聊天。您很想去花园吧？嗯？您到时看吧。您在这儿一定会挺惬意。让您干点轻松的活计，编编小柳条筐，搞搞装饰。甚至还有一个车间，是个木工车间，工具齐全，什么刨子啦，电锯啦，等等。您到时看吧，一定会让您高兴的。条件是让您做什么，您就得做什么，对不对？现在，您这就去铺床，扫扫地板。这样，有人来巡房时，都干干净净的。”

亚当同意了，他站起身子，很快动手干活。在身着白衣的年轻女子监督下，他干得很好。收拾完毕后，他朝她转过身子问：

“这样行吗？”

“夜壶是空的？”

“对，”亚当答道。

“好。这样，就好了。我们以后肯定会相处得很好。”

她提起垃圾筒，补充道：

“好。那过一个小时后，巡房。”

“有人要来看我？”亚当问道。

“到时我会来喊您的。”

他又问道：

“有人要来看我？”

“我想您说得不错。”

“谁来？我母亲？嗯？”

“一个小时后有五六个先生要来看您，跟主治医生一起来。”

“是警察局的？”亚当问。

“噢，不是。”她笑着答道，“不是警察局的。”

“那是谁？”

“是些关心您的先生，好奇鬼！是些很好的先生，他们非要来看您不可！得乖乖的，嗯？”

“什么人呀？”

“一些很好的先生，我跟您说了。有五六个人。他们对您特别关心。”

“是些记者？”

“对，是这样。有点像记者。”

“他们要写我？”

“哎，是这样的——他们不是真正的记者。他们不会谈论您的，肯定……”

“那么，是我进这儿来时看见的那些人？”

女护士拿起所有该带走的东西，左手握着门把。

“不，不是那些人。是些跟您一样的年轻人。他们要跟主治医生到护士室来。他们会向您提一些问题。必须跟他们好好相处。他们也许可以为您做点什么。”

亚当追问道：

“是些警察，对吧？嗯？”

“是些大学生，”女护士回答道，她拎着垃圾筒走出了房间，“既然您什么都想知道，那告诉您，是些大学生。”

亚当又睡了过去，直到他们来时才醒过来，时间约摸在七点十分。

女护士像第一次来时那样，摇晃着他的肩膀，把他唤醒，让他尿尿，穿上睡衣，梳理头发，然后把他带到过道另一侧的一个房间前，让他一个人进去。

这个房间比他的病房还要窄小，里面挤满了人，一个个坐在椅子上。房间的一角，摆着一个药柜，另一角放着一杆罗马提秤，表明这是一间护士室。亚当穿过了众人和椅子，在房间尽端找到了一个空的座位，坐了下来。他一声不吭，呆了一会。护士室里的其他人仿佛根本不理睬他。在他身边，坐着一位年轻的姑娘，亚当问她是否有烟，她说有，打开黑皮包，拿出一包烟，给他递去。这是黄烟，相当贵，可能是布莱克牌，或是莫里叶牌，亚当问是否可以拿三四支。年轻姑娘让他把一包烟全拿去。亚当接过烟，向她道谢后，开始抽起烟来。过了几分钟，他抬起头，看了看众人；他们总共有七个人，都是年轻人，有男有女，年龄在十九岁至二十四岁之间，还有一位约摸四十八岁的医生。他们中没有一个人看他一眼，只顾自己低声说着什么。其中有三位年轻人做着笔记。第四位是姑娘，在看一本学生作业簿，就是刚才把那包烟全给了他的姑娘。她的年龄大概为二十一岁零几个月，名叫朱利安娜·R，事情凑巧得很，她身材纤细，长得特别漂亮，满头金发，挽起一个发髻，右踝骨上长着一颗美人痣。只见她身着深蓝色紧身人字斜纹布裙，腰系金色乙烯基里羊皮带。她母亲是瑞士人，父亲在十年前因溃疡病离开了人世。

她是第一个真正注视亚当的。她打量着他，两只眼睛带着淡淡的黑晕圈，目光严肃，充满理解，富有文化修养。接着，她交叉起双臂，小拇指插进肘关节的内连合部，食指的末节微微勾动着，脖子前倾，比平时倾得还厉害一些。脑门上，显示出某种稚气和母爱兼而有之的东西；额头高高的，但没有丝毫的俗气，十分自然地给发根留下了其应有的位置，只见头发先往左右两边分开，继而往后挽去，呈卷形，自然垂落，中间留着一条弯曲的头路。

无疑是她最专心倾听他人的讲话，无论是主治医生讲话也好，还是她的同学发言也罢。从她脸上那股异样的滞重表情，就可看出这一点，她脸部似乎十分对称，脸的下部，尤其是双唇，不仅没有丝毫僵硬，反而比较放松，显出较为强烈的询问神色。只见她微微张着嘴，一呼一吸，目光平视；这目光在毫无觉察中战胜了亚当的目光，带着千般激情，万般体贴，亲密和谐，其情感之强烈，犹如在造孽，犯下乱伦之罪。这是一座意识与知识的城堡，不是仇恨与暴力的所在，而是温馨、安全的处所，差不多染上了老年人特有的温和。

她首先发言。经主治医生点头同意，她朝亚当微微倾过身子，仿佛要握他的双手似的。可是，她仍然把双臂交叉在胸前，声音严肃地问道：

“您在这儿已经很长时间了？”

“不……”亚当答道。

“多长时间了？”

亚当犹豫了一下。

“一天？两天？三天？还更长些？……”

亚当微微一笑。

“对——是这样，三四天了，我觉得……”

“您觉得？”

一个戴黑眼镜的小伙子问道：

“三四天了？”

亚当又犹豫了一下。

“您在这儿高兴吗？”朱利安娜问道。

“高兴，”亚当答道。

“您是在什么地方？”另一个叫马尔丁的年轻姑娘问道：

“您知道您是在什么地方吗？这儿叫什么地方？”

“啊——精神病院，”亚当答道。

“您为什么在这儿？”姑娘马尔丁问。

“您为什么在这儿？”朱利安娜又问了一遍。

亚当想了一下。

“是警察把我带这儿来的。”他答道。

年轻姑娘在作业簿上记下了些什么东西，十有八九是他的答话。窗外的某个地方，一辆卡车正在艰难地爬一道陡坡。那大大减弱的隆隆的马达声传入窗户，像是肉蝇在嗡嗡作响，在四壁的白色装饰石板间编织了一个沉闷的音波网；那很可能是一辆满载废品的卡车；它正在那条通往焚烧厂的坡道上爬行，坡道两旁长满金合欢花。那儿，在人工堆成的山坡上，乱七八糟地扔着锌管、纸板和弹簧，废品堆积成山，等待着被投入火口，化为乌有。

“他们要留您在这儿多长时间？”朱利安娜·R 问道。

“我不知道——他们没有跟我说。”

坐在房间深处的一位个头较高的小伙子提高了嗓门：

“您在这儿多长时间了？”

亚当若有所思地看了看他。

“我已经告诉你们了。三四天了……”

年轻姑娘扭过脑袋，朝小伙子摇了摇头。接着，她又开始问道，声音中增添了几分温柔：

“您叫什么名字？”

“亚当·波洛。”亚当答道。

“那您父母呢？”

“我父母也是。”

“不——我是想问，您父母在吗？您有父母吗？”

“有。”

“您跟他们住在一起？”

“对。”

“您一直跟他们住在一起？”

“对，我想是的……”

“您在别的地方住过？”

“对——有一次……”

“什么时候？”

“不久前。”

“什么地方？”

“在一座山丘上。有一座空房子。”

“您在那儿住过？”

“对。”

“您在那儿好吗？”

“好。”

“您就一个人？”

“对。”

“您什么人都不见？什么人也不去看您？”

“对。”

“为什么？”

“因为他们不知道我在那儿。”

“您喜欢这样？”

“对。”

“可是您不……”

“很好。有一座漂亮的房子。山上也很好。可以看到山下的公路。我光着身子晒太阳。”

“您喜欢这样？”

“对。”

“您不喜欢穿衣服？”

“天气一热，不喜欢。”

“为什么？”

“因为穿衣服要扣扣子。我不喜欢扣子。”

“那您父母呢？”

“我离开了他们。”

“您是离家出走的？”

亚当从嘴中取出一截烟草。

“对。”

“您为什么出走？”

“从哪儿出走？”

年轻的姑娘又在作业簿上记了点什么。这一回，她也犹豫不决起来，垂下了脑袋。亚当看见了她脑壳上那条弯弯曲曲的 S 形头路。接着，她抬起脑袋，睁开两只沉重疲惫的大眼睛，目光重又落到了亚当的身上。这是两只聪慧的大眼睛，蓝蓝的，不屈地抵挡着睡眠的欲望。她的声音似乎随着目光而流淌，一直流进亚当的心底。在她没有考虑成熟之前，另两位姑娘和一位小伙子又提了三个问题，但没有得到答复：

“您病了？”

“您多大岁数？”

“您说您不喜欢穿衣服。可是——您特别喜欢光着身子？”

最后，朱利安娜又开了腔，那话语像是点着了的潮湿的炸药，在烟雾弥漫中滔滔不绝。也好似一根火柴，掏过耳朵后，火柴头的磷沾上了耳屎，虽然划着了，却不见火花，散发着一股呛人的烤焦的人肉味。又如火中扬起的燃烧物，在洒下的水中纷飞。

“您为何离家出走？”

亚当没有听清，她又重复了一遍，一点也没有生气，仿佛对着麦克风在说话：

“您为何离家出走？”

“我不得不出走，”亚当答道。

“那为什么？”

“我记不太清了，”他开始说道。所有人都在纸上做记录。只有朱利安娜·R 没有低头去记。

“我是想说——”

“您是否碰到了麻烦？”

“您是否跟父母闹翻了？”

亚当打了个手势。烟灰落到了朱利安娜的鞋子上，他结结巴巴地低声说了一句“对不起”，然后继续说道：

“不，说麻烦，这不确切，不——就这么说吧，我出走已经很长时间了。我当时觉得……”

“对？您当时觉得？”年轻姑娘问道。

她似乎真的在倾听。

“我当时觉得还是走了好。”亚当说，“我跟我父母没有什么麻烦，没有，可是——也许，不管怎么说，我像是个孩子，需要一个人呆着，于是顺从了这种需要……”

“一般来说，孩子都比较愿意跟别人在一起。”戴黑眼镜的小伙子说道。

“要是您愿意这么说，那是的——是的，这不错，他们都比较愿意跟别人在一起。可同时，他们也在寻找某种——怎么说呢？——寻找与大自然的某种交流。我觉得——他们都乐意——他们很容易顺从于某种纯粹以自我为中心的——人格化的——需要。可也在寻找一种渗透到事物中去的方法，因为他们也很惧怕自己的个性。事情的发展，就好像他们的父母给予了他们一种自我贬低的欲望。他们的父母使孩子们物化——把孩子们当作可支……的物品——当作可占有的物品。他们给孩子培养了这种物化心理。这样一来，就导致了这些孩子惧怕社会，惧怕大人的社会，因为他们隐隐约约感觉到他们在这个社会中彼此是同等的。正是这种同等使他们感到惧怕。他们必须担当某个角色。人们期待着他们做某件事情。于是，他们宁愿打退堂鼓。他们在寻求一种方式，以拥有一个属于他们自己的社会，拥有一个有点儿——有点儿神秘的天地，一个玩要的天地，在这个天地里，他们与无活力的物质并存。或更确切地说，他们能在这个天地里感到自己是最强者。对，他们不乐意感到自己与任何东西都是平等的，而是喜欢感到自己虽不如大人强，但比植物、动物和其他东西强。他们甚至走上极端，改变自己的角色。他们让植物担当他们的孩子角色，而自己则扮演大人角色。你们明白，在一个孩子眼里，一只马铃薯甲虫，与其说是另一个孩子，不如说是一个大人。我——对呀……”

这时，年轻姑娘从座椅上挺立起来。两只眼睛像眼镜般熠熠闪亮，她皱着眉头，似乎在思考什么。她的额与窦的滞重有所改变：变成了某种时兴的愉悦神情，源于两种被人们认为不可调和的因素的极不恰当的结合；就好比在一张白纸中间写上一些胡乱组合在一起的怪词，类似于：

质子—已经

耶稣—洗澡人

粉碎—祖母

岛屿—肚子

看她的神情，仿佛她此时展示的是她面具的正面；天知道是怎么回事，她像是个认真学习的年轻姑娘，在《圣经》的一段文字中发现了一个拼写错误，显露出介乎欣喜与厌恶之间的神色。

戴眼镜的小伙子往前倾着身子。

“可是您——您不再是个孩子了！”他说道。其他人哄堂大笑，神经质地大笑，主治医生止住了他们：

“请你们注意。哎，我们在这儿可不是为了取乐。噢，还是继续问为好。我先提醒你们一句，到目前为止，结果可不怎么令人满意。要是你们不能更好地组织问答，怎能指望形成有意义的看法？你们什么都问，可一点也不注意病人的行为举止，到了最后，若下不了任何诊断，你们又要大惊小怪了。病人的征兆你们全都放过去了。”

他站起身来，拿过那位戴眼镜的大学生手中的笔记本，浏览了一下，又还给了他。

“你们不知道怎么入手，”他说道，然后又坐了下来，“你们在笔记本上记了许多毫无价值的东西。记什么：‘记不清到医院已有多长时间——三四天，’又写什么：‘记不清为何离家出走，’还有：‘不喜欢穿衣服。原因为：不喜欢纽扣！’这一切根本就没有一点用处。相反，可能有价值的东西，你们却没有记录：你们无需记下这些玩意儿，而应该这样写：记忆混乱——性困扰，不负责任的胡思乱想——这样一来，就有了初步诊断。好了，继续吧。”

他说罢又朝朱利安娜 · R 补充了一句：

“噢，小姐，继续吧。您头开得很好。”

朱利安娜 · R 思虑片刻。此时，除了沉默之外，只有椅子的吱呀吱呀声，一两张学生作业用纸的沙沙声，还有一股奇怪的尿臊味和汗臭味，这味道也许是从护士室的墙壁里挥发出来的，也可能是从亚当身上散发出来的。亚当终于成功地将双肘支在膝盖上，上身不再显得那么驼，右手臂直立着，手心托着下巴，嘴里叼着就要燃尽的烟头。这个姿势都经严格计算，以尽可能节省气力。身着条纹睡衣，一头几乎剃得光光的短发，呆在这些人中间，有可能很不自在，加上护士室里又笼罩着一种冷冰冰的气氛，所以，亚当还算是比较超脱的。他那偏长的高挑个儿、干瘦的双臂和紧抿的嘴巴无不表明他具有非凡、奇特的智力，对摆弄姿态有着微微的兴趣。此外，趿着毛毡拖鞋的光脚丫子绝对对称，不差纤毫。可以看得出，他并不特别指望什么，只期待着一阵微风，一撮深翻的松软活土，以及盥洗盆排水的声响；他降生时间已久，身上再也没有任何东西可以重新获得生命，可以坚决抵挡住这位金发姑娘滞重的目光，抵挡住这双像酒瓶一般深邃的碧眼，这双眼睛沉重而贪婪，渴望以其认识的强大力量困住亚当和所有人。他凝望着她和其他人，仿佛在细看一张明信片。然而，他就局限在这个程度。一时间，他被淹没了脑袋，冲入了黑河，卷入了充满碎砾石的旋涡和巨大的锌板活动层中，那巨大的锌板在无限地逆射他那孤独、瘦削的男子汉身影。

朱利安娜·R不再看其他人。很难弄清她究竟是惭愧，害怕，还是怎么了。她问道：

“您为什么在这儿？您为什么在这儿？”

这可能不过是一个平平常常的提问，然而，这几乎像是一声宽厚的呼唤，一种隐隐约约的爱的称呼。她又重复问道：

“您能告诉我们——您愿意告诉我为什么吗？您为什么在这儿？我求求您，请您给我解释一下……”

亚当没有理会。他又从烟盒里拿出一支香烟，用方才抽的那支烟的烟蒂将它点着；接着，他把烟蒂扔到地上，用拖鞋尖碾了好一阵子。年轻姑娘手指夹着作业簿，看着他。

“您不愿意——跟我说说您为什么在这儿？”

另一位叫马尔丁的姑娘开口问道：

“您记不得了。”

他们中有一位咬着铅笔。

“您刚才告诉了我们一些有趣的事情。您跟我们谈到了孩子，谈到了自我贬低心理，等等。这——这是不是您身上的一种困扰？我是想说，这是不是因为您把自己比作那些孩子？说到底——我是想说——”

“您多大岁数了？”戴眼镜的小伙子问道。

“二十九岁，”亚当答道。他又冲着另一个说道：

“我明白您想要说什么。可我并不觉得可以回答这种问题。我想——除非是疯子或精神病人的一般表现。不管在什么情况下，我回答您是或不是，或干脆不回答，这都无关紧要。”

“可是，为什么要跟我们说这些？”那人问道。

“为了说明一下原因，”亚当答道，“我刚才谈到孩子的孤独。我想说明这一点。这也许没有用吧。”

“可这儿涉及的是您自己。”

“要是——不管怎么说，这回答了您的问题。”

“因为您有自贬心理。”

“或者因为，有可能到了二十九岁，身上还有孩子气的东西。”

年轻姑娘开口说了句什么，她单刀直入：

“您服过兵役？”

“对。”

“做什么工作？

“您做什么工作呢？”

“以前吗？”

“对，以前？”

“我什么都做过一点，”亚当答道。

“您没有做过固定的事情？”

“没有——”

“您做过什么事？”

“我不知道，我……”

“您做过什么中意的工作？”

“小事，我都中意。”

“什么小事？”

“呃，冲洗汽车，比如。”

“可您——”

“海滨浴场值勤，我也高兴。可我从来就不会做我想做的事情。我想当通烟囱的、掘墓的或开大卡车的。得要有人介绍。”

“您想一辈子都做这些事？”

“为什么不行？掘墓的，可有不少老手，您知道……”

“您上过学，不是吗？”

“上过。”

“您有毕业证书吗？”

“有两三张，对。”

“什——”

“我有地区地理学历证书……”

“那您为什么不用？”

“我曾想当考古学家——或发掘工程监督员，我记不太清了……”

“那……”

“这都是过去的念头了。”

年轻的金发姑娘一耸肩膀。

“说实在的，”她说道，“我在纳闷您在这儿到底做什么——”

亚当微微一笑：

“这就是说，您觉得我不是个精神病人？嗯？”

她点了点头。两只茫然的眼睛，难以探测。她朝主治医生转过身子。

“谁说他是个疯子？”

医生神情关切地看了看她，接着慢慢地在椅子下方屈起双腿。

“听着，小姐。这应该给你们当作一次教训。你们总是不等掌握全部情况便作出判断。至少等你们问完了再说。您知道他做过什么？”

她接受了意见，眉间出现了一道深深的皱纹。医生有趣地打量着她。

“你们知道。任何病症都没有那么简单。并不是任何病症都像上一次那么简单。您记得吧，那个水手？我说起来也许会让你们感到惊奇，可在精神病中并不存在极端。在一个杀人的疯子和一个看似完全无害的疯子中间，基本不存在什么界限。你们，你们到这儿来都以为会碰到特殊的人，他们要不自认为是拿破仑，要不就是根本说不出两个连贯的词。由于情况并非如此，于是，你们大为失望。有时，比如今天，你们还会碰到一些聪明透顶的病人。”

他谨慎地停顿了片刻。

“说到底，既然今天你们碰到了一个特别的疑难病症，我这就帮你们一把。在你们看来，病人是正常的。呃，要知道，他一进来，我便给他做了心理病理测试，初步的测试情况表明他不仅不正常，而且的确是个精神病患者。我这就给你们念一念我从初步测试中得到了什么……”

他拿起一张纸头，念道：

“——系统化类妄想。

“——疑病倾向。

“——夸大狂（有时变为缩贬狂）。

“——被迫害狂。

“——主要表现为自我辩解，推脱责任。

“——性欲异常。

“——精神错乱。

“简言之，病人始终处于抑郁狂状态，可能向精神错乱发展，甚至可能变为严重的谵妄狂。在这个具体病例中，如果我敢断言的话，那么，其谵妄的发作是有序的，是因为病人的文化记忆恢复和智能状况所造成的。但是，最突出的是经常性的记忆断裂、崩溃和抑郁状态，尤其是谎语癖、精神错乱和不同程度的性困扰。”

医生把手放在脖颈后，那脖颈尽管每天用薰衣草水涂擦数次，仍然相当粗大。他似乎兴趣越来越浓地品味着自己在听众中造成的为难情绪。特别是朱利安娜·R的为难情绪，尤为让他高兴。只见他冲着她做了个耸肩的动作。

“您明白了，小姐，我们俩下的结论不一致。您继续跟波洛先生交谈，设法验证一下我的结论。我发现他听您说话要比听别人说话更专心。我有把握，相信您一定能够让他说出一些十分有趣的事情来——不，是真的，抑郁型病人对好感极为敏感。您以为如何，波洛先生？”

亚当只听到了个话尾，其他的话声音很低，都是以秘密的口吻，讲给学生听的；亚当看了看医生，又看了看手头那个细细的白色烟蒂，他说道：

“对不起。我没听见您前面问了什么。”接着，他又陷入一种迷迷糊糊的状态之中。他感到自己已经丧失了现实的落脚点。朱利安娜·R咳嗽了一声。

“呃——我们继续吧……您觉得怎么样？我是想说，您觉得我们会遇到什么情况？”

亚当抬起脑袋：

“怎么回事？”

朱利安娜又重复一遍：

“您觉得我们现在会遇到什么情况？”

亚当看了看年轻姑娘的眼睛，现在，这是两个近乎亲切的空洞，弯弯的眉宇向前突出，使从上方射下的光线在她白白的脸蛋正中形成了两个介乎于灰蓝色之间的色点，就像是落在一个用石膏做的死人脑袋上。亚当从肺部呼出一点儿气。

“我想起了某件荒唐的事情，突然想起来的。”他说道，“我不知道我为什么想起了这件事——真滑稽……”

他看了看年轻姑娘的上眼睑。

“那是——就说我十二岁那一年吧。我认识了一个很滑稽的人，他叫特维兹米伊尔，可大家都喊他西姆，因为他名叫西蒙。西蒙·特维兹米伊尔。他是在耶稣会长大的，这给了他一定的社会地位。他为人友好，可有其特殊的友好方式；他不太喜欢跟我们说话，总是呆在自己的一角。我想是因为他知道中学里的人都了解他父亲经常用棍子打他的缘故吧。他从来都不愿意跟谁谈起这种事。

他毫无疑问是我所认识的人之中最聪明的，可在班里，他却总是倒数第一。可是，大家都觉得，要是他乐意，准可以得全班第一。有一次，他跟一个人打赌，说他保准可以夺得拉丁文朗诵写作课和代数课的第一名。他果然是名列前茅。最有意思的是，对此谁也不感到奇怪。连那个打赌的同学也不感到惊奇。后来，我觉得西姆感到后悔了，因为老师们都琢磨着对他感起兴趣来。他故意犯戒，让人把他从中学撵了出去，后来再也没有人听到提起他。他跟我真正只讲过一次话，那是在圣诞节假期的前夕，他临离开中学的时候。他身上青一块紫一块地来到了教室，课间休息时，他在厕所跟我谈起了他是怎么祈祷的。他告诉我，他觉得唯一可以接近上帝的办法，就是在精神上再次完成他在物质上所完成的工作。必须循序渐进，渐渐地攀登创造的各个阶段。他已经度过了两年动物生活：在我认识他的时候，他已经上了一个阶段，即叛逆的天神阶段。他必须对撒旦顶礼膜拜，直到他最终得以成功地与撒旦建立完美的交流。您该明白。不仅仅是在关系上，这么说吧，不仅仅是在跟魔鬼的肉体关系上，就像大部分圣人或神秘主义者那样，比如像圣安东尼或阿尔斯神甫，而是彻底的交流，也就是说对恶行，对其目的，以及与上帝、动物和人的关系的理解。这么说吧，上帝是通过他的反面人物——魔鬼，通过自身，通过自身的本质理解自己的。西姆每晚都用两个半小时把自己彻底奉献给撒旦。他为撒旦祈祷，唱赞歌，他还经常给撒旦供奉祭品：一些小动物和一些过失。他也尝试过魔术，鉴于他的年龄和所处的年代考虑，他排除了魔术中在他看来过分幼稚或过分大胆的成分。这是一个类似克利斯迪斯的阶段，您知道，或叫‘星期六男爵’的阶段。可两者有不同之处，那就是对西姆来说，这不过是宗教生活的一个阶段。但带着对上帝最崇高的爱。有着在精神上重新创造的欲望。他下决心——”

亚当犹豫了一下，然后决定继续往下讲。年轻的金发姑娘上身笔直地端坐在座椅的边沿，只见她浑身在颤抖。手指在作业簿的封面上留下了汗津津的痕迹。不时有一丝阴影沿着她眉毛的线条掠过，那是一群鸟儿从窗前飞过时投下的阴影；由于他长时间地说话与回忆，她与梦境中的传奇人物之间的差别也就荡然无存。言语在生存，那生存的或许是她，或许是独角兽和火怪，或许是其他任何东西。

“对——他十六岁左右下决心与撒旦的信仰决裂——是十六七岁的时候。这样，离到成人还有四年时间，他用这四年时间来经历人的阶段。然后再用九年时间经历天使阶段。到了三十岁时，如果他不懈努力，不为自己的雄心或自我牺牲行为所左右，那他将完全依附于上帝，即一切依附于上帝，一切通过上帝，一切为了上帝。置身于妙不可言的境界——整个儿置身于妙不可言的境界。他将不再是西姆·特维兹米伊尔，而成了上帝本身。您明白吧。您明白吧。”

他的话语在护士室里仿佛发生了奇特的回声，在这间狭窄的小屋里，洁白的四壁，铺砌着装饰石板，那话语就像是在浴室里，或像是在厕所里回荡，仿佛在地上的某处出现了一个巨大的长方形空洞，改变了语句的深度，毁灭了词语的意义。

“特维兹米伊尔。特维兹米伊尔。西姆·特维兹米伊尔。打这之后，那天之后，他再也没有跟我说过话。我好像得知他在这期间死了。他可能在经历撒旦阶段期间在某处染上了梅毒。跟一个妓女把荣耀归还给了魔鬼。您明白那回事吧。从某种意义上说，对，那是个聪明绝顶的家伙——要是他能成功地进行到底，那最终报纸上少不了要讲到他。”

亚当冷冷一笑：

“滑稽的是，您知道吧？要是他比较乐于交往，那中学里准有许多人会跟着他，信仰他和他的宗教。比如我就会。可他什么也不想知道。他对什么都怀疑。他甚至都不愿听人讲鲁伊斯布鲁克或奥卡姆。说到底，他有庸俗的一面，这就是导致他失败的原因所在……”

“您肯定自己一点都没有跟随他——跟他的宗教和他的学说走？”朱利安娜问道。

戴黑眼镜的家伙补充问道：

“您说他当时有多大年纪？”

“谁，西姆？”

“对。”

“他当时可能比我大一点，十四五岁……”

“对，因为这样就更好解释了——人在这个岁数，胡编乱造的很可能就是这种神秘主义，嗯？”

“您是想说那是些幼稚的玩意儿？”

“对，我——”

“的确是这样。可那总还是很美的。我觉得——我觉得，要是人们认为那是传授教理等等的年岁，那看来可能还是挺美的，不是吗？”

“再说，您曾经认为那美得不得了——”

朱利安娜·R眉头一皱，好像脑袋突然剧烈疼痛。

“——以至您跟随了他，是不是？”

主治医生肯定地说：

“对，是这样。我甚至还要问，您肯定这件事讲的不是您自己？那个西姆，您叫他什么来着？真有其人，那个西姆？”

“西姆·特维兹米伊尔……”亚当说道。

他一耸肩膀，香烟烫到了他食指的指甲，他只得再一次地把它扔到地板上，用鞋尖碾灭。

“不管怎么说，我……我不能告诉您。我是想说，是我还是他，这无关紧要，您明白吧？甚至不论是您，是我，还是他，这都无关紧要，嗯？”

他思虑片刻，接着猛地朝年轻的金发姑娘转过身子：

“您把我列入哪一类？列入精神分裂症一类？”

“不，列妄想狂一类，”朱利安娜回答道。

“真的？”亚当问道，“我想，我想您会把我列入精神分裂症一类。”

“为什么？”

“我不知道。我不知道。我认为。我不知道。”

亚当问能否给他端杯咖啡来。他借口自己渴了，或冷了，可实际上，目的在于微微地改变一下小房间的气氛。呆在一间护士室里，里面放置着护士椅，讨论着护士的事，散发着护士的味，又带着一个巨大的护士的空缺，他置身其间，感到厌倦。不管怎么说，医生还是喊来了护士，让她端杯咖啡来。

他很快得到了他那杯咖啡，他把咖啡放在左膝盖上，用勺子轻轻地搅拌起来，以便把糖化开。他几乎连脑袋也没有抬一下，只顾小口小口地饮着咖啡。他脑中有着某种东西，仿佛长了个肿块；他纵然绞尽脑汁，也弄不清那到底是什么玩意儿。也许是对一位死者的回忆，是对某人死亡的一种稀奇古怪的回想。或者严格地说，像是黑夜里呆在一艘船上，回想起千万件东西，比如夜幕笼罩中的波浪和倒影。

“那您不知道——您知道现在要做些什么？”朱利安娜继续问道。她停顿片刻，又问：“您能给我一支香烟吗？”

亚当把烟盒递给了她。她从小包里拿出一个小小的珠光打火机，点着了烟。她显然把其他人都给忘了，这可能意味着她很快也会把亚当忘个一干二净。

“您不知道您会遇到什么情况……”

亚当手一摆，落到了裤子上，离髌骨仅几毫米。

“不知道——可我意识到自己会这样，这就够了。”

她尽了最后的努力，开口问道：

“您难道对什么都不感兴趣？”

“感兴趣，为什么？”

“那您对什么感兴趣？对死？”

亚当莞尔一笑。

“噢，不！我可一点儿也不想死。”

“那您——”

“您知道我想要什么？我要别人让我安静。不，也许不完全是这样……可我想要做的事多着呢。想要做不是我的事的事。想要做别人让我做的事。我来时，女护士让我乖乖的。看见了吧，这就是我要做的事。我要乖乖的。不，死，我真不想。因为——因为死可能不那么让人安宁。就像在出生前。可能内心沸腾，恨不得复活。我觉得这样会让我受累的。”

“您一个人已经呆够了……”

“是的，是这样。我想跟别人在一起。”

他吸了一口从朱利安娜鼻孔里喷出来的烟。

“我就像《圣经》中的那个人物，您知道，就像那个基哈西，以利沙的仆人：以利沙让乃缦在约旦河洗七次澡，或做类似的事。为的是治好麻风病。治愈后，他给以利沙带去了一份礼物，可基哈西独吞了。于是，上帝惩罚了他，让他得了乃缦的麻风病。您明白吧？基哈西，就是我。我得了乃缦的麻风病。”

“您知道什么？”朱利安娜说道，“噢，您不知道写得最美的诗句有哪些吧？说这话可能显得太自负，肯定的，可我还是乐意告诉您。您愿意我告诉您吗？”

亚当点了点头。她开始吟诵起来：

“是‘甚或我——’”

可她的声音突然发不出来了。她咳了咳，继续吟诵：

“甚或我无生命而活着，

宛如心中铭刻的形象，

死亡！”

她看了看左侧，看了看亚当左侧几厘米的地方。

“这是维庸的诗句。您知道吧？”

亚当喝了口咖啡。他举手摇了摇。他看了看其他人，他们都在听着，一个个带着几分拘束，也带着几分讥讽。他纳闷为什么让他整天穿着睡衣。也许是为了防止他逃出去？或许尽管衣服上有着一条条纵向的条纹，他穿的不是一件睡衣？这可能是疯人院的服装，或病号服。亚当端起膝盖上的那杯咖啡，喝了个精光。只有杯底还沾着一点液体状的白糖。亚当用勺子刮了刮糖，舔了舔。他真想再喝几杯咖啡，再喝几十杯。他也恨不得把自己的念头说出来。也许对那位年轻的金发姑娘说。他想对她说，留下来跟我呆在这所房子里吧，留下来跟我在一起，我们一起来煮咖啡，无论是白天还是黑夜，什么时候煮都可以，然后我们俩一起喝；周围也许有大花园，我们夜里可以去散步，一直漫步到天明，头上不停地有飞机飞过。

戴黑眼镜的家伙摘下了眼镜，看了看亚当。

“如果我听明白了的话，”他说道，“您那位同学的宗教目的，是想造成某种泛神论——神秘主义。通过感知与上帝建立某种联系？是所谓的信念之路，对吧？”

朱利安娜 · R 补充道：

“可这些玩意儿，与您有什么关系？这些神秘主义的事情？那想说明什么问题？您为什么对此这么感兴趣？”

亚当往后一仰。几乎是猛地一仰。

“你们没有明白。你们一点都没有明白。你们知道，对上帝我不感兴趣，西姆也不感兴趣。不存在那样的上帝，我不知道什么样的上帝，造物主的上帝吧。他是用来满足某种合目的性的或绝对的需要的，就像一把钥匙开一把锁。他妈的，你们永远明白不了这一点！这提不起我的兴趣。我没有必要被创造，就像这场讨论。他这样并不让我感兴趣，因为他就像一场讨论。可要是他填补了一个空白，就不一样了。一个可怖的、难以承受的空白。介乎于生命层次之间……介乎于两个层次、两个时间之间，你们明白吗？”

“可是，那又有什么用，这些神秘主义的玩意儿？”戴眼镜的大学生问道。

“没有什么用。没有什么用。绝对没有什么用。您跟我说话用的词好像都是我不理解的词。您想要这有什么用？我无法回答您。那差不多就像是要我设法跟您解释清楚我为什么不是您——就以鲁伊斯布鲁克为例吧：对土、气、火、水这不同的物体的本原进行区分，对他来说又有何用？看上去，那可能像是荒唐事。可那并不荒唐。神秘主义使他得以达到一个层次——可不是心理的，不是心理的，嗯？——妙不可言的层次。至于这一层次到底处在什么位置，这无关紧要。也无所谓是哪种层次。重要的，是在他生命中的某个特定时期，他觉得自己对一切全都明白了。正因为与被他一直称为上帝的那一位建立了联系，而就其定义而言，这位上帝是不朽的，万能的，无所不知，无所不在，因此，鲁伊斯布鲁克也成了上帝。至少在发生神秘主义危机的各个阶段如此。也许他不懈努力，在他生命的末期达到了他的层次，达到了自我的彻底袒露。是这样。重要的不是知道，而是知道自己已知。在这个状态，文化、知识、语言和文字都不再有任何用处。简单地说，如果愿意，这也许是一种快慰。可是，决不是自身的目的所在，您明白了，不是其目的所在。到了这一层次，的确如此，就没有多少真正的神秘主义者了。要明白——为了以辩证的方法加以说明——当然，关系是不一样的——人们可以以自身的存在而存在。很简单，这是一个状态。可说到底，这是知觉最终有可能达到的唯一的境界。不管采取何种方式，知觉的最终所在是条死胡同。到那时，它便不成其为知觉。它便成了过去。而在这个阶段，它突然被夸大，变得巨大无比，压倒一切，以至除它之外，任何东西都无关紧要。人们以自身的存在而存在——对，是这样。以存在而存在……”

R 小姐微微地摇摇头，她的下嘴唇在发抖，仿佛脑中在翻腾着相互矛盾的想法。

“这些玩意儿，是聪明。”戴眼镜的家伙说道，“只能这么说了……”

“这不说明任何问题，这是形而上学的故弄玄虚。”另一个大学生打断了他的话。戴眼镜的那一位继续说道：

“我不知道——我不知道您是否想过这是一种别人无法阻止的推理。就像是一块三面镜中的反光。因为我，比如我就可以跟您这么说，人们是以存在而存在以存在而存在。可以这样一直推断下去。在我看来，这不如说是一种修辞法。是人们在十二岁左右闹着玩的一种修辞法。叫作形式推论。就好比说，一艘船要用六天时间才能横渡大西洋，因此，如果用六条船，那就只需要一天。”

“我不——”

“除非，除非存在的概念以一种统一性为前提。这一统一性就是存在的意识。而且这一存在的意识并不同于该词的普通定义，因为这种定义是可以无限扩大的。就像所有的想象性的东西。完全可以不断地想象。嗯？”

“不对，”亚当说，“这不对。因为您混淆了。您混淆了作为所经历的现实的存在和作为我思的存在，即作为思维的始点和终点的存在。您以为我在讲心理学概念。我就不喜欢跟您谈这些。您总是想到处套用您的那个令人讨厌的分析系统，那些讨厌的心理学玩意儿。您一劳永逸，采用了某一个心理学价值系统。用于分析。可您不明白，您不明白我正在试图让您注意一个更为广阔的系统。某种超越心理学的东西。我想要您注意到一个巨大的系统。从某种角度说，要您注意到一种万能的思维。一种纯思维的状态。您明白吧，注意到某种东西，它是推理的顶点，形而上学的顶点，心理学的顶点，哲学的顶点，数学的顶点，一切一切的顶点。对，就是这么回事：什么是一切的顶点？那就是以存在而存在。”

他把讲话引向朱利安娜·R。

“因为我刚才谈到了迷醉的状态。您把它与一种心理现象混为一谈。那是一种自我医治的东西。一种什么东西，像是：病理性类妄想。我才不在乎呢。我这就设法向您讲清楚是怎么回事，讲完就拉倒。您再也不要问我对巴门尼德有何看法，因为我再也无法告诉您……”

亚当把椅子往后推去，背靠着墙。墙壁冰冷，结实，砌着白色的方瓷砖，可轻而易举地让它加入到斗争或睡眠的行列。再说，墙上肯定很快就要回荡起亚当通过背部传出的声音，将他的话声传遍房间的每个角落，以免他高声叫喊，造成疲惫。亚当几乎含糊不清地解释道：

“我可以跟你们讲讲一两年前发生的某件事情，它跟上帝、自我分析或类似的玩意儿毫不相干——当然，要是你们乐意，你们尽管按照心理学标准去分析好了，这是你们的自由。可我认为，这毫无用处。正是由于这个原因，我才故意挑选某件似乎与上帝、形而上学和所有那些玩意儿毫无关系的事情。”

他停顿了一下，看了看朱利安娜。他看见她的面孔在发出难以察觉的颤动，尤其是在鼻孔下方或眼睛周围，似乎一腔复杂难言的怒火就要爆发。虽然在场的其他人都没有意识到发生的变化，但他猛然间感到了自己极端滑稽可笑。他朝前倾着身子，放弃了身子的支撑点，将自己整个儿置于充满敌意的目光的摧残之下。于是，他平静地开口说道，脑子异常清醒地意识到唯有这位年轻的金发姑娘可以听懂他的讲话：

“对……”

他重复了一遍，留下了七秒钟的间隔：

“对——对。”

她说道：

“继续说吧。”

亚当脸刷地红了。他把双腿屈放在椅子下，似乎就要站立起来。仿佛凭借着这短暂的时刻，凭借着一位陌生的年轻姑娘带着淡淡的茶褐色光晕的目光和由于大脑混乱从喉咙眼里挤出的“继续说吧”这句话，便在他们俩之间缔结了一份友好和约。她也用黑色薄底尖口皮鞋的鞋尖碾灭了烟蒂。就其形式和内容而言，这情景十分滑稽，就好像有一男一女，素昧平生，互不认识，可突然意识到他们俩肩并肩站在一起，被一个摄影师偷偷地摄入了镜头之中。

“不用了，”亚当咕哝道，“您不喜欢轶事性的东西。”

她一声不吭，垂下了脑袋；可与第一次相比，下垂的幅度要小一些，只有S形头路的前部可以看清。然而，她的动作却相当大，使裙服袒胸的低领敞开了，亚当在乳房根部中间发现了两条银丝，那是一条链子的两侧。链子的末端无疑还在下方，紧贴着胸罩兜，挂着一个小巧玲珑的珍珠十字架或一枚镶嵌着海蓝宝石的圣母像章。把某种有些神圣的东西，把神像紧紧地贴在女人的躯体最具生物学特征的部位上，这种想法够奇怪的。幼稚，自负，或令人怜爱。亚当看了看其他人。除了那位戴黑眼镜的大学生在记笔记，那位名叫马尔丁的姑娘在跟主治医生说话，其他人无不表现出厌倦的神态。此时，厌烦已经取代了拘束，变得荒唐，好像是个噩梦，在没完没了地重复着同一的动作，同一的声响，同一的气味。

亚当预感到这可能还会持续一刻钟，绝对不会再多延长下去，他决定最充分地利用留给他的这点时间。

“不，我这就告诉您，这用不着。这不仅是因为您不喜欢带有轶事性的东西——而且还因为从某种角度看，从真实的观点，现实主义的观点看，这也没有必要。”

“为什么？”朱利安娜问道。

“因为那是文学。不折不扣。我知道，大家多多少少都在搞文学，可现在，这不行了。我真的已经厌倦了——这是必然的，因为读得太多了。人们自以为不得不以完美无瑕的方式介绍一切。总是认为必须以最新颖的例子来阐明抽象的思想，那例子要时髦一点儿，如有可能，最好淫秽一点，尤其——尤其不要与所谈的问题发生任何关联。哎呀，所有这一切纯属虚假！什么回忆，童年，心理分析，年轻时代，基督教历史等等，全都散发着假诗的臭味。尽作些廉价小说，什么手淫啦，鸡奸啦，伏多瓦教派啦，美拉尼西亚人的性行为啦，就这些玩意儿，要不就是奥西昂，圣阿芒的诗，或者弗朗西斯科·达·米拉诺胡编乱造的抒情短诗。要不就是：多美尼科·维纳齐亚诺的《一位少妇的肖像》。莎士比亚。威尔弗雷德·欧文。儒阿奥·德·德斯。莱奥维尔·洛姆。完整主义。法齐尔·阿利·克利纳西。等等，等等。还有诺瓦利斯的神秘主义。尤庞基·帕沙居戴克的歌曲：

我出生像一株百合
我长大像一株百合
接着时间流逝了
暮年来到了
我干枯了
我死了。

“还有基皮卡马约克。维拉科查。卡巴可沙-加加。阿廷朗克里约克。安迪卜-阿克拉。梅纳弗塔赫的诺言。叶忒罗。大卫王的基诺尔琴。塞内加悲剧。还有什么 Anime, parandum est. Liberi quondam mei, vos pro paternis sceleribus poenas date.①还有这些玩意儿：马卡维奇香烟，维迪维锦标赛，瓦伊达，辛查诺烟灰缸，圆珠笔，我的派克圆珠笔 No. 576——据《许可证58. 8. 26, J. O.》复制。尽是这些东西。这对吗？这有什么意思呢？这

① 拉丁文，灵魂，我的后代要准备为我的父辈而受罚。

对吗？”

亚当把手插进短发中。他感到，手这么一插，大有美国人的派头。

“你们知道个啥？”他问道，“你们知道什么？我们浪费时间搞他妈的烂电影。电影，对。也搞戏剧，搞心理小说。我们再也没有多少简单明了的东西。我们都是伪君子，都是小人。都是老不死的烂人。我们好像都是三十年代作家笔下的人物，一个个矫揉造作、漂漂亮亮的，讲究风雅，富有文化教养，富有那混账的文化教养。那就像一件湿淋淋的外套，沾在我背上。沾在我身子的每一个部位上。”

“呃——如此讲来，什么是简单明了的东西？”戴眼镜的大学生插嘴问道，问得不太对味。

“怎么，什么是简单明了的东西？您不知道。您，您难道就一点儿都不知道？”亚当举手伸向口袋，想取那包香烟，可又猛地一下止住了。

“您就看不见，看不见您周围人的那种生活，他妈的那种生活？您就看不见人们在生活，看不见他们在生活，在吃喝？……看不见他们是幸福的人？您就看不出那个写下‘地球像桔子那样蓝’的人是个疯子，或是个蠢蛋？——可是，不，您心想那是个天才，他把现实分裂成几个词。您在列举，蓝，地球，桔子。美啊。这脱离了现实。这是一种幼稚的魅力。不是成熟的东西。您愿意怎么说都无妨。可是，我，我需要系统，要不，我就成了疯子。要么地球是桔子，要么桔子是蓝色的。可是，在使用言语的系统中，地球是蓝色的，桔子是桔子色的。我已经到了一个我再也无法容忍、胡说八道的阶段。您理解，我很难找到现实。我缺乏幽默感？因为在您看来，需要幽默感才能明白这玩意儿？您知道我说些什么？我并不缺乏幽默感，相反，我走得比您要远得多。是这样。最终我毁了自己。我的幽默感，它是在无言之中。它是含而不露，我无法跟您讲。既然我难以用语言来传达它，它自然就比您的要多得多。嗯。实际上，它没有限度。您知道。我干什么事都是这样。地球像桔子那样蓝，可天空像座钟那样一丝不挂，水像雹子那样红。更有甚者：鞘翅目的天空在胞片中泛滥。想睡觉。香烟雪茄糟蹋着灵魂。第 11，887。A，B，C，D，E，F，G，H，I，J，K，L，M，N，O，P，Q，R，S，T，U，V，W，X，Y，Z 公司。”

“等等，等一会儿，我——”年轻姑娘开口说。亚当自个儿继续往下讲：

“我想阻止这种愚蠢的游戏。要是您知道我想阻止，这就好了。我被压垮了，我差不多很快就要被压垮了……”他说道，声音并没有变弱，只是增添了几分中性的色彩。

“您知道发生了什么事？”他问道，“我这就告诉您，跟您说。事情是这样的，人人都在生活，几乎到处是这样。可有的人在夜里安安静静地在自己家中昏死了过去。还有的人经受着痛苦，因为妻子走了，狗死了，孩子咽呛了。您知道——我们，我们这些人，跟所有这些有何相干？”

“您是因为这才做出所有那些事儿的？”年轻姑娘问道。

“什么所有那些事儿？”亚当高声反问道。

“呃，那些事情——所有那些传说的——”

“等等！”亚当说道。他迫不及待，仿佛为自我辩解而感到羞愧：

“我受够了！今天的心理病理学够了——我是想说——再也没有什么需要搞明白的东西了。全完了。您是您，我是我。别再想方设法不断地往我位子上挤。其他的，纯粹是幻想。我受够了——我求求您，别再想方设法搞明白。您知道——我，我感到耻辱——我不知该怎么说。别再谈这些了……”

他突然放低了声音，身子朝朱利安娜·R倾去，只让她一个人听：

“我们现在这样吧：我这就跟您说，声音低低的，只对您一个人说。您也要回答我。我对您说，您好，身体好吗？您呢，您就对我说，谢谢，我很好。您明白我想要干什么吧：然后，您叫什么名字，您真漂亮，我很喜欢您裙子的颜色，或您眼睛的色彩。您是什么变的？蝎子？还是天平？您就回答我，是，或者不是。您跟我谈谈您的母亲，您最后一顿饭吃的是什么，或者您在电影院看到了什么。谈谈您在爱尔兰，在锡利群岛的旅行。给我讲个您度假的故事，您童年的故事。谈谈您开始抹口红的那一次。您在山里迷路的那一次。您要告诉我您是否喜欢在傍晚时分散步，那时，天渐渐黑下来，听到各种各样隐藏着的东西在蠕动。或者，您冒雨去看中学毕业会考结果，看名单时，心里是怎么想的。您轻轻地跟我说，跟我谈那些微不足道，我都没有必要细听的事情。诸如暴风雨或春分秋分啦，布列塔尼地区的秋天啦，比您人还高的蕨啦。还有您害怕的时候，您怎么睡不着的时候，以及您透过百叶窗的隙缝观看黑夜的时候的情况。而对别人，对所有别的人，我将继续讲述属于我自己的故事。您知道，这个错综复杂的故事，能说明一切。这个神秘的玩意儿。您乐意吗？”

其他人朝前倾着身子，在细细地观察；有几位，比如那位棕发大学生，面带讥笑。他们压根不相信这个故事，他们希望这个属于另一个世界的故事快快结束，好让他们回去吃晚饭，然后晚上出门去走走。电影院里，总有什么东西可看的，歌剧院里，也许在演格鲁克的戏。

亚当从年轻姑娘身上看到了赞许的神情；在她脖颈上，在她脖颈周围，在她唇角，肩膀，乳房，脊椎骨处，甚至在她紧缩在金扣薄底浅口鞋里的那双极不对称的脚上，他都看到了这种赞许；他把身子往后一仰，靠到了墙壁上；他伸开双腿，远远地碰了年轻姑娘那裸露的膝盖一下。他感到自己的身上留有睡衣一道红一条黑的纹印；这些纹印像是在一种结实的、难以穿透的平面上继续扩展，此时此刻，在他和这一伙大学生之间，正渐渐地构成了这一平面。他的手在摸索，从上衣口袋里找到了那包香烟。戴黑眼镜的大学生伸手递给他一盒火柴。小硬纸盒里，共有五根火柴：三根用过的，两根未用过的。亚当圆满地点燃了香烟，只是在这一成功的举动中，出现了一个瞬息即逝的细小情况：一滴汗水从他胳肢窝坠落了下来，像一根冷针，直刺他的第二根肋骨处。然而，动作之迅速，而且说到底，又是情理中可以容忍的事，所以，谁也没有觉察到什么。朱利安娜·R蜷缩在座椅里，显得越来越疲惫：她显然还在等待着某种东西。这某种东西，不是新奇的东西，而是某种必然合群的东西，某种安宁而又冰冷的东西，比如就像杠掉语句中的某个词。

“一两年前，”亚当开始说道，“还是继续讲我刚才的那个故事吧……”

朱利安娜·R拿起笔记本，准备记下要点。

“我跟一个姑娘呆在海滩上。我去洗海水浴，她躺在卵石上，专心致志地看一本幻想画刊。上面有个故事，叫《参宿四》，我记得。等我从海里上来时，她还在那儿。我见她身上挺热，不知是什么原因，十有八九是想惹她烦，我把湿漉漉的脚踩在她的背上。她当时身上穿着比基尼。她一惊，猛地抬起身子，冲着我说了句什么。我再也记不清是什么了。可重要的，是她说了。两分钟后，她又朝我走过来，对我说：‘因为你刚才把我搞湿了，我现在要你一支香烟。’她伸手到我放在身边卵石上的裤子口袋里去搜，想拿香烟。可是，我默默无声，当时就琢磨起她的这句话来。两个小时后，我记得，我还记忆犹新。我回到家里，查了词典。我向您发誓。我查了每一个词，想搞个明白。可我还是弄不明白。我彻夜未眠，一个劲儿地在考虑这句话。差不多到清晨四时的样子，我脑子不中用了。姑娘的那句话再也出不了我的脑袋。句中的词四处乱窜。我看见到处都写着那些词。卧室的墙上，天花板上，长方形的窗户框架上，毯子边上，全都是。我一连几天几夜在不断地咕哝这句话。最后病倒了。后来，我神志又开始清醒了。可情况已经不再一样。仿佛旦夕之间全都变了，变成了假的，或变成了对的。我心里想，不管我怎样摆弄这个句子，也不管我怎样摆弄与该句子相关联的现象，都可能属于纯逻辑范围。我是想说，我开始全都明白了，全都一清二楚了。我想我必须走，必须把我的摩托车，以及其他东西全都扔到海里去。我想象那……”

然而，亚当在众人的眼里已经消失了，就像他不得不在他母亲眼里，在米雪尔眼里，在许多其他人眼里消失一样；他孤零零地呆在护士室光线明亮的一端，那细长的四肢、椭圆形的脑袋和横夹着一支香烟的左手，整个儿微微地飘动着。他那挺立在金属椅上的身子，仿佛在一阵无意的混乱中冒着热气；他那突出的下巴、挂着汗珠的额头和三角形的眼睛，无不在起着一定的作用，将他变成一个史前时代的创造物。看他的模样，仿佛他渐渐地从颜色发黄的浑水中冒出身子，像是湖沼中的飞禽，羽毛紧贴在身上，每一块细小的肌肉都在运动，以便腾飞，飞向太空。他的声音不再那么易懂，从地球的居民身上滑过，像一只风筝，带着他随着音波飞翔。在他脑袋上方，离天花板很近的地方，两个天蓝色的球体在碰撞，势均力敌，在不断膨胀的摩擦中，放射出磁爆。那就像是命运之神的一个闪念，像是秘密祭礼和列圣品仪式的关键所在，于某一天在机车两个齿轮碰撞的火花中产生。亚当变成了大海。除非他在朱利安娜·R的目光的磁力作用下，或在一件普通的条纹睡衣的催眠作用下睡着了，只是没有摆出睡觉的姿势而已。不管怎么说，他在往后飘去，浑身松软，透明，一起一伏，嘴中的话语像卵石般相互撞击，发出滑稽可笑的咕噜咕噜声。狭窄的房间里，布上了一张动荡不定的大网，其他人都冒着随他而去的危险。当亚当停止说话，开始发出微弱的哼声时，医生决定采取行动，可为时已晚。他喊了两三声：

“喂，波洛先生！波洛先生！喂，喂！”他一边抓着亚当的胳膊摇晃着。接着，在亚当这张瘦削的脸上，在这张磨得像羊皮纸一般干瘪发皱的面孔上，医生看见了一种类似咧嘴强笑的面容。这一笑容始于面孔的上部，就在颧骨下方的那一部位，将整个脸庞一劈为二，然而，却没有张开嘴巴，没有露出半点门牙。这时，医生放弃了任何希望，让人叫来了女护士。他们一个个慢慢地走出了冰冷的房间，与此同时，有人带着亚当，跌跌撞撞地穿过走廊。

亚当在深深的睡眠中感觉到他们走了，他的双唇在蠕动，险些喃喃地说出一声“再见”。然而，他喉咙眼里连一声也哼不出。在某处一本笔记本的下部，一支蓝色的圆珠笔在纸上，轻盈地沙沙作响，写下了这么一个词：“失语症。”

当他由女护士温暖的胳膊搀扶着走过走廊的一个拐角继而又一

个拐角时，他身不由己地进入了传说的天地。他也许在声带冻结之前，曾经声音极其微弱、细小地自言自语，心想自己独自呆在自己的天地里，非常惬意，暗自庆幸自己终于找到了梦寐以求的漂亮的房屋，这房子清凉，洁白，坐落在一座奇美的花园中心，沉浸在一片恬静的氛围中。他思忖自己多么幸福，独自呆在漆成天然本色的卧室里，透过那唯一的一扇窗户，不断传来宁静的声响。他并不反对；他终于就要获得这一切，获得这长时间的休养，拥有这北极的夜晚，连同那在子夜时分闪耀的太阳，周围，将有人照料着他；他将在自由的天地和隐秘的睡梦中漫游；有时甚至可以在夜晚把漂亮的女护士领到矮林中去。将会有不少来信。会有不断的来访，也有装满巧克力和香烟的包裹。有一年一度的节日，在基金会创立的那一天，在四月二十五日或十月十一日。有圣诞节和复活节。也许明天，那位年轻的金发姑娘会来探望他。这一次，是独个儿来。她说不定会拉起他的手，跟他久久地深谈。他会给她写一首诗。过不了两个星期，如果一切顺利的话，人们将允许他通信。然后，等到晚秋时节，他们可以双双到花园里漫步。他将告诉她，我可能还要在这儿呆一年，或许时间还会短一点；等我出去以后，咱们俩一起到南方去生活，去帕多瓦，或者去直布罗陀海峡。我将做点工作，晚上，咱们一起去夜总会，或者咖啡店。以后嘛，如果我们有兴趣，还可以再回到这儿过一两个月。他们会客客气气地接待我们，给我们最好的房间，正对着花园。外面，枯叶在阳光照耀下沙沙作响，雨水嘀嘀嗒嗒地落在生机盎然的绿叶上。耳边传来火车的轰隆声。

过道上弥漫着蔬菜浓汤的香味。仿佛一切都那么空灵，既清凉，又温暖。那正是掰开树枝和泥块，在地下挖掘自己藏身之穴的大好时机，等洞穴挖成，先伸进双腿，悄悄地钻进洞里，在里面度过病快快的冬日。然后，手捧椴树花茶，在最后一支香烟的烟雾缭绕中，夜幕渐渐合拢，犹如降临在圣巴德神奇的烟雾中。甚至，还会响起教堂的钟声。一只蚊子围着灯在嗡嗡地飞，那声音宛如大理石抛光机发出的声响。这正是将地球丢弃给白蚁的时刻。正是逆向而逃，一步步回到往昔之中的时刻。人们沉浸在孩童时代在黄昏时分感受到的那份惊惧之中，犹如身陷圈套；吃罢了饭，整个儿淹没在雾海之中，面前摆着一只盘子，盘子装饰着枸骨叶冬青，空空的，煞是奇怪，只是盘底还残留着浓汤的结块。接着，来临的将是摇篮时代，人们因渺小，因愤怒而窒息，憋死在襁褓之中。然而，这不值一提。因为，还必须走得更远，退回到血与脓中，退回到母亲的腹内，手脚盘成蛋形，脑袋倚靠着橡皮膜，陷于睡梦中，那幽暗的梦境，充斥着奇怪的世间梦魇。

亚当孤零零地躺在床上，置身于一层气流之下，不再等待着任何东西。他在拼命地活着，眼珠盯着天花板，三年前，十七号的大出血把天花板都浸透了。他知道人们走了，现在已经离得相当远。他就要迷迷糊糊地在人们给他的天地里安睡；天窗的对面，墙上晃荡着一个独一无二的十字，呈珍珠色和玫瑰色，仿佛与窗条形成的六个卐字相呼应。他现在已置身于牡蛎之中，而牡蛎沉入了海底。

当然，还有几件烦恼事。得整理房间，送尿化验，回答测试。时刻都有可能被突然释放。但是，幸运的是，眼下，他被长久地固定在这张床上，固守着这四壁，窗条，固守着明亮的金属和鲜艳的油漆所构成的这份和谐。

故事在等待着最坏的结局中结束了。可请您等等。您到时瞧吧。我(注意我没有过分频繁地使用这个词)认为大家可以给他们以信任。等到将来的一天，倘若对亚当或对他身上的另一个什么人没有什么好议论的话，那才真叫怪呢。

对现代西方文明的极端厌弃

柳鸣九

这是一部颇为奇特、甚至有点惊世骇俗的小说，不论从内容到形式都是如此。

对这样一部小说，与其把它当作现实生活的一种摹仿、社会事件的一种复制、人物性格的一种塑造来加以分析，远不如把它作为作者的一种寓意、一种启示、一种抒情、一种奇思妙想、一种一鸣惊人的意图来加以感受，更为适当。

既然是主观色彩浓重的奇思妙想之作，就不妨对这一“主观”作些推想。

它是勒克莱齐奥的“第一部小说”。这个二十三岁的青年人，过去肯定尝试过文艺创作，但尚未崭露头角，他显然想一鸣惊人，而要在巴黎文坛上一鸣惊人，惊世骇俗又无疑是一条可行的途径，甚至是一种最佳选择。

惊世骇俗，就是要打破人们认识上的惯性。对一部小说来说，在什么问题上来打破人认识的惯性最能引起惊骇？就小说所要表述的内容而言，那就莫过于人自身的存在问题、人类的存在问题了，勒克莱齐奥在小说首章的第三行原文中，就指出他的主人公叫亚当，而且重复了一次，一开始就叫伊甸园中那个人祖的名字，明确了他的意向，他要写的是人，是大写的人，是人的象征。

如果就亚当·波洛的行径表现、生活方式、外形特征来说，他是一个流浪汉：从家里出走，独自栖身于一所被荒置的空屋之中，整天无所事事，不是光着身子晒太阳就是到处闲逛、抽烟、喝啤酒，一身破衣，皮肤上一层汗泥……流浪汉，在巴黎街头、在地铁里，都可以碰见不少，他们蓬头垢面，衣服褴褛，往往没有携带任何行装，倒常有酒瓶或饮料罐在手，不是眼光停滞、表情冷漠地呆着，就是高声嚷那么几声，或者像醉汉那样咕哝自语。行人都避开他们，怕惹麻烦，但肯定有很多人对他们为什么选择了这种生活方式深感奇怪，对他们脑子里转悠些什么有些好奇。选择这样一个人物作主人公，至少可以获得两个为一般人感到陌生而又感到新奇的文学描写领域，一是这个人物的生活真相与生活内情，二是这个人物的精神世界。这两个文学描写领域之易于带给作品以某种轰动效应是不言而喻的，似乎也已有先例，雨果在《巴黎圣母院》中描写了巴黎流民的生活真相、乞丐王国的组织内幕，不是给小说增添了不少奇特的成分、浪漫的色彩、吸引人的魅力？让·热内在他的《小偷日记》中揭示了自己作为流浪汉的精神世界，不是特别引人注意，甚至萨特由于他那种敢于对自己行径负责的精神而把他称之为“圣徒热内”（《圣徒热内，殉道者或逢场作戏的角色》，一九五二年）？

勒克莱齐奥没有在这两个令读者感兴趣的文学描写领域朝流民生活的社会性方面、现实性方面全力以赴，例如，他不去写流民生活在整个社会背景上的意义、它作为一种社会现象的根由，他也不去写这一个流民的经历、遭遇与他跟社会生活中各种人物的关系及其始末。他要在已使读者很感陌生、很感惊奇的流民生活方式与流民人物的精神世界中，注入他自己的一些思考与寓意，他这些寓意与思考肯定是不同凡响、惊世骇俗的，于是，内容与形式的两结合，就使作品的惊世骇俗几乎达到了振聋发聩的程度。

要在一个人物身上注入惊世骇俗的内容，或者要把一个人物表现为惊世骇俗的形象，该采取什么样的方式？

自从有了小说以来，人物各种各样奇特的经历已经无所不有了，人物各种各样古怪的性格也相当齐备了，写经历与塑造性格，似乎已成为了古典的方式，新的能引起惊世骇俗效果的方式是什么？这时，也许勒克莱齐奥想起了萨特的《恶心》。萨特在他这部著名的小说里，不从经历写，不从性格写，而采取了一种全新的写法：从感觉写。主人公洛根丁对客观事物、对社会生活的反应，几乎都只是一种感觉，一种恶心感。通过视觉、嗅觉、听觉、触觉的感官，恶心感进入他的认知领域，并成为了理性思维过程中与精神世界结构中的基本内容，成为了他世界观、社会观的基本成分。于是，一个惊世骇俗的人物形象洛根丁在人类小说里出现了，正是通过他，萨特表现了自己惊世骇俗的“恶心感”的世界图景，为自己的存在主义哲理奠定了基石。

勒克莱齐奥也下决心从感觉写起，首先靠亚当·波洛那种奇特的感觉方式来使他成为一个惊世骇俗的形象。

亚当·波洛的感觉方式之一：原始化。

原始，是近代文明中一个令人感兴趣的课题，原始生活，甚至成为一部分思想家、文化人用来对抗近代文明的一种理想。十八世纪的卢梭在《人类不平等的起源与基础》里，就从各种角度把原始人的生活赞颂为人类理想的生活，这成为近代一个思想传统的源头。亚当·波洛作为一个小说人物，似乃这个思想传统的产物。他住在山上荒弃的屋子里，城市中、海滩上的尘世生活就在他俯视的范围之内，他丝毫也不关心社会、城市、海滩和种种消息与动静，他也从不思索自己的过去，回忆自己的亲人，考虑自己的将来，似乎与现代社会斩断了一切联系。他唯一关心的现实问题，只是自己吃喝拉撒睡这几个从原始人的时代起就存在着的，可说是人类最古老、最基本、最原始的问题。如果他比原始人多点什么的话，那就是抽烟与吃巧克力，仅仅这两点才使他带有现代社会人的色彩。除此之外，现代人的政治、社会交往、文化、娱乐、信息、知识等等其他的需求，对他都是不存在的。在这个意义上，亚当·波洛是原始化的。他是现代社会中的一个原始人，在现代社会里按原始方式生活的人，与米歇尔·图尼埃笔下的鲁滨孙[①]、埃尔韦·巴赞笔下的无名青年[②]同属一类，可说是现代文明的化外之民。

亚当·波洛的原始化，更重要的是在于他的感觉方式。关于原始人的精神状态，浪漫派诗人雨果有过这样的想象与描写：“他自由自在，听其自然，他的思想如同他的生活一样，像天空的云彩，随风而变幻而飘荡。”[③]这是形容与比喻，既不具体也不尽准确，但有关原始人“野性思维”的人类学研究告诉人们，自由自在倒的确是原始人的精神状态，这种自由自在，既是指它还没有受到后来文明社会里各种规范与知识的限制与束缚，更重要的是指它几乎只有纯感觉的内容而没有多少理性的内容，是指它只有关于自身原始需要的内容、自我感官所能及的范围里种种具体事物的内容，而没有超乎于原始需要之上的道德内容、没有超出感觉范围之外的抽象内容。亚当·波洛正是保持着这种感觉方式，他解决了生存所必需的吃喝睡问题外，就是躺在露天，脑子里空空的，观看太阳，观看天空与大海，或者极目远眺，猜想大路上松树之后的松树，电线杆之后的电线杆，进行着一种儿童似的简单思维活动；面对着客观景象，他往往只注意事物的形状、直线、曲线与物质的反光；即使他被关进了疯人院，他所考虑的不是他的处境、不是这个机构将如何

① 见米歇尔·图尼埃的小说《星期五或太平洋上的灵薄狱》。

② 见埃尔韦·巴赞的小说《绿色教会》。

③ 拙译《雨果文学论文选》，页二三，上海译文出版社，一九八〇年。

对待他、他该如何说明情况、如何解脱、他的前途将会怎样等等，甚至他对把自己关进疯人院的这种荒诞的误解、这种暴力的强制也毫无所感，无动于衷。他脑子里活动的内容都是与他眼前所见的具体事物有关，如他的床、他的房间、他的睡衣、他房间窗户上的窗条，而且几乎都是关于这些事物的可感性方面，如触感、线条、色彩、亮度、音响，似乎他只是一个纯感觉的机器，除了接受可感事物的具体信息外，从不将这些感觉加工、提炼、概括、联想。亚当·波洛就这样在自己的感觉方式中摒弃了任何复杂的人类内容与社会内容，并且始终保持着一种直感的方式，而拒绝将直感朝理性的、思维的方向提升。这就是我所说的原始化的感觉方式。

亚当·波洛的感觉方式之二：降格化、非人化。

谁都知道，人是动物变的，当类人猿开始完全直立起来、利用工具进行求生存的活动，人类就出现于这个世界。在传统的思想观念中，人是万物之灵长，宇宙的主人。世界上的一切都以人的规范、人的观念定位，都被人赋予了各种意义。人按照自己的想象创造了神，人实际上神化了自己，使自己成为了这个世界上的真正的神。人脱离人猿的动物状态而开始升格为世界之神的过程，也就是人类创造文化的过程。人与动物的区别就在于文化与本能的区别。在现代思维中，人对人自身的这种神的地位、人的文化的绝对意义与绝对价值，有了愈来愈多的反思。亚当·波洛既然力求把文明从他的脑子里排除出去，既然他力求保持自己简单的原始的思维，只要他愿意，他未尝不可以再还原一步、降格以求，使自己的感觉非人化、动物化。你看，他在夜里一动不动地呆着，“为再也没有多少人的气息而自豪，等待着首群夜蝶飞来”，就像自然界中一头安静的动物。你看，他在城市的街道上不止一次毫无目的地紧跟着一只狗，模仿狗的动作，找作为狗的感觉。作为一个人，他完全失落了，即使是在人群熙攘的闹市之中，他“什么也看不见，任何东西都不再具备任何意义”，他只感受着自己在行走时的生理感觉，就像跟在一只狗后面的另一只狗。这一番经历使他觉得“他已经不再完全属于那个可恨的种类，也证明了他可以像他的朋友‘狗’一样，在市区的街上自由行走，到商店里去乱窜，而没有任何人发现。也许不久，他也可以冲着美国汽车的车轴或禁止停放汽车的标牌，安安静静地撒尿，或在光天化日之下，在两棵悬铃木之间，在漫天的灰尘之中做爱”。在动物园里，他想象自己“奇妙地成了狮子家族的一员”，又想象自己“加入了最微不足道的笼中部落，与蜥蜴、老鼠、鞘翅目动物或鹈鹕打成一片”。

他这种感觉方式很可能遭到从人文主义观念出发的思想理论以及一般的常理常情的责难，但是，小说中似乎存在这样一个隐喻：亚当·波洛既然是亚当，他只不过是回到了伊甸园而已，在上帝安排的那个乐园里，本来是先有鱼虫、飞鸟、牲畜、野兽，而后才有了人，人与动物和平共处，互为良伴，交流对话。

亚当·波洛的感觉方式之三：物化。

他不仅在感觉中力图把自己从二十世纪的文明人还原为原始时期的初民，把自己倒退降格为非人，而且还力图物化自己，使自己消散融化为宇宙中的一点物质。他不想让人相信“我是个活人”，有时，他愿意掩埋在碎石堆里，“占据物质、灰烬、卵石的中心，渐渐地化为一尊雕塑”。有时，他只要做“二十四个小时的树”，甚至感到“我刚才已达到植物境界……成了青苔，成了地衣。差不多就要成了细菌和化石”。有时，他想象自己不再是此人，也不再是他人，他“最终的结局不是美，丑，理想，幸福，而是忘形，虚无”，“消亡在矿物的冻结之中”，成为了“自生不灭，死而复生……在无穷之中重复几百次，几百万次，几十亿次”的物质，化为大自然的一部分，他觉得如此化为宇宙的一部分就“不懈地、永久地占据了宇宙的中心，任何力量都无法拉开宇宙的拥抱，将他从宇宙的怀抱中夺走，哪怕日后的哪一年哪一日，死神将在第四纪的两片木条中拍摄下他的人体形状”。

亚当·波洛的这三种方式，构成了他的怪异性与惊世骇俗性，在这两方面，他比萨特笔下的洛根丁有过之而无不及。在现代社会中的常人眼里，他这三种感觉方式几乎等于神经不正常。亚当·波洛是一个精神病患者？然而，从他与女友的哲理性谈话中，从他在街头那一番演讲中，从他被关进精神病院后与医疗小组那一番广泛的针锋相对的交谈中，人们一眼就看出他是一个头脑正常、性格纯良、智力高超、思辨能力惊人的青年，他在自然科学、社会科学、人文科学等等领域里所拥有的丰富知识与深刻见解，足以使人深感惊奇，于是，亚当·波洛就以一个哲人、一个寓言家、一个信徒的形象站立在小说里了，而他那三种感觉方式也都显示着哲理。第一种方式是体现了卢梭推崇原始，回到大自然中去的思想传统。第二种方式隐含着《圣经》中对伊甸园那纯净世界的理想，用现在流行的话来说，就是生态平衡的理想。至于亚当·波洛的第三种人与物同化的感觉方式，我们中国人是似曾相识的，庄子就说过“天地与我并生，而万物与我为一”①，还说过“故其好之也一，其弗好之也一，其不一也一。其一与天为徒，其不一与天为徒。天与人不相胜也，是为谓真人”②。两相对照，亚当·波洛又颇有认知了“万物与我为一”之真谛的“真人”气味了。是的，作者勒克莱齐奥也的确把他当作一个“真人”，他这样明确地指出：“亚当无疑是世界上唯一的一个活人。”他还指出过：“亚当·波洛……无疑是他所属种类的最后一位幸存者，确实如此，因为这一种类已近末日。”

为什么？

不难看出，亚当·波洛所选择、所追求的感觉方式带有明显的针对性，包含着强烈的逆反心理，他的这三种感觉方式的关键与核心，都是对现代文明的摈拒、排斥与否定。亚当·波洛否定、对抗西方现代文明的思想立场明确表述为语言，是在他的街头演说词与他对精神病院一组医生的辩驳之中。

亚当·波洛在街头的那番演说，是他对整个现代人类、整个工

① 见庄子《齐物论》。
② 见庄子《大宗师》。

业化社会的活动方式与生活方式的一种反思性的宏观认知、一股偏激的否定情绪、一篇尖刻抨击的檄文。他提出一个根本问题，人类控制了地球，成为了地球的主人，按自己的意志来安排一切，按自己的形象来改造一切，创造了青烟、河流、城市，在大地上到处竖起了电线杆，制造了炸弹，征服空间，无时无处不在利用与榨取这个圆圆的小小的地球，拿它来做交易，所有这一切是合理的吗？亚当·波洛的答复是否定的，而且他否定得极为彻底、极为偏激。在他看来，人类在地球上“没有做过任何有益的事”，人类活动的结果就是现代化的社会，在这个社会里，人都成为了电气化的奴隶：“我是电视，你们是电视，电视在我们身上！”当然，亚当·波洛的这篇街头演说，仅仅是他的思想纲领，实际上他对现代工业社会的反感与否定要比这具体得多，深入得多，几乎无处不有，无时不有。在他眼里，现代化的城市只不过“由水泥、硬拐角、窗、门和铰链组合而成”，到处只剩下这种那种直线曲线、这种那种角度，“全都是一个模样，丑陋极了”；人们的生活也都千篇一律，“好似千万册书叠放在一块”；人们的语言，“就其音调而言，明显是单音”，每个人全都丧失了自己的个性，他们实际上“从未曾存在过”；最后，人类“只有一个男人，一个女人”。亚当·波洛所向往的，就是摆脱这种现代文明的社会与生活，回到原始的自由自在的状态中去。他认为人的本性是要“寻找与大自然的某种交流”，“顺从于某种纯粹以自我为中心的——人格化的——需要”，而他只不过是“顺从了这种需要”、过起了我们在小说里所见到的那种奇特的生活而已，但这却使他成为了一个惊世骇俗的怪人。

如果亚当·波洛在街头演说里是对人类现代化的活动状态提出了指责的话，那么他在与一组医生进行辩驳中则对现代人类的文明与文化提出了诘难。他以自己一个聪明同学的遭遇为例，指出现代人认知感受能力的严重缺陷，根本不能理解真正智者的精神境界，有很多事物实际上都是在现代人的悟性之外的，对此，现代人不仅不认识自己的局限，反而把这种局限与褊狭视为当然的真理与谬误的分界线，把自己悟性之外的事物斥为荒唐。他还指出现代人“令人讨厌的分析系统”的弊病，特别是心理学价值系统与语言表达系统的局限。他指责现代人“浪费时间搞他妈的烂电影……搞戏剧，搞心理小说”，以致“再也没有多少简单明了的东西”。他对作为现代人一个标志的“文化教养”不屑一顾，称之为沾在现代人的背上、沾在身子每一个部位的“一件湿淋淋的外套”，尽管在这次辩驳中他自己表现出了非凡的文化修养。在这里，他不是作为现代文明社会中一个不开化者、一个粗俗无知者、一个野蛮人来盲目反对现代文明的，而是作为现代文明的掌握者、富有者来对现代文明进行诘难的，正因为他是从现代文明中叛逆而出、转身一枪，他的诘难也就十分有力，颇有振聋发聩的作用。

亚当·波洛的惊世骇俗，就是作者勒克莱齐奥的惊世骇俗。亚当·波洛只是他臆造出来的一个人物，在现实世界里很难找到，即使在神奇的乞丐王国、在奇特的流浪汉群中也很难找到。这个人物只是他的工具，他寓意的表达工具。当然，他的寓意范围要比亚当·波洛的思想观点、行为方式、感觉方式所构成的范畴要更为广泛，他不仅让亚当·波洛成为他寓意的形象载体，而且在这形象载体之外的形象描写中，也填进了自己的寓意。他在K章中，以一个人被淹死的场面为由，虚拟人在“状若空美发油瓶的美人鱼，被斩去脑袋的沙丁鱼，手提式油箱，宛如百合花的韭葱，全都在用沙哑的声音唱着圣歌，发出呼唤”的情况下，如何葬身海底，充满了对以人为中心、将万物拟人化的人类自我中心主义的嘲讽；他在L章中，把对死者的议论与哀悼死者的场面描写得那样可笑，是要在这场面里注入人世乃一场滑稽戏的寓意，他对于死者经历的叙述，蕴含着现代人生活无意义、因而“他从未曾存在过”的含义；他在M章中对社会生活各种浮光掠影的描绘，是要展示现代文明社会的脓疮：色情、毒品与流浪行乞……他对打电话一场的描写，是在揭示现代人交往语言的程式化与虚伪，形容现代人“差不多把整个脑袋伸进那酚醛塑料隔音壳里，里面一股温乎乎的电热，必须等待着吱吱声停止，响起火花的撞击声，等待着从一个深渊的深处升腾起一个不真实的声音，发出的谎言将你团团围住”这种交流方式的可笑与荒诞；他还把夜总会描写得令人生厌，像噩梦一样可怕，把精神病院里的医生描写得那样主观武断，以概念与臆测来代替眼前确切的客观事实。作者笔下的所有这一切，加上了他通过亚当这个人物所见所闻、所思所感、所行所止而表现出来的寓意，构成了他对现代文明社会中人类异化的全面揭示，表现了他对人类工业化文明同时带来的严重后果的忧虑，他对人将失去大自然、失去自己的个性与生气，甚至在高度规范化的社会活动中将失去自己真正存在意义的忧虑，事出有因，发人深思，他把自己的寓意推到了惊世骇俗的极端，也许正是为了向世人敲一次警钟。

在艺术形式上，这部小说无疑也会引起一些惊世骇俗的效果，如果在它面前是一群习惯于传统小说的读者的话。首先，它不大像小说，它没有完整严密的故事，甚至连贯的情节也没有，其中的一个个场景几乎都是松散地堆在一起，它们像一段段的散文，很少具有叙事的功能，与中心人物形象也往往并无关系，各自所蕴含的寓意，也无逻辑的联系，甚至它们往往突如其来，使人莫名其妙，如N章中马蒂亚斯写侦探小说的一段就是一例。这种零星、分割的形象描写之凑集，就像是一幅现代派的静物画或实物拼贴，一些杂乱而毫无内在联系的物件就凑成了一个画面。小说的各章以字母而不是以数字为序。某些未完成的文句以及被删改的段落与字句，也都排印在小说里，就像作者手稿的复印件。有时，还有象形图样、化学方程式以及一张张报纸的版面，原封不动地出现在行文里。所有这些都给小说带来了新奇的风貌，但它们明显带有纯粹的形式主义的性质，完全是一个新潮派作家所能摆弄出来的一些时髦的廉价的新玩意，就像一个标新立异的青年穿上了一件色彩奇特、图形怪异的衬衣。

值得重视的倒是小说中一些比较内在、新颖却又似曾相识的艺术成分。作者对客观物件的形状、线条、色彩、细部的冷静描写，使人感到有“新小说”派的“物主义”的痕迹；他笔下亚当·波洛那种非理性的“向性”式的精神反应，使人想起娜塔丽·萨洛特作品中阿米巴虫式的心理活动；他小说中那些行人与旁观者不连贯的无意义的对话，与荒诞派戏剧中的对话颇有相像之处；他描绘文字中那种隐晦、难以理解的联想完全是超现实主义的，而他那些跳跃性极大的比喻则是象征主义式的。的确，二十世纪文学中这些先行者都是勒克莱齐奥这个青年人所熟知的，他在自己这部小说里几乎汇集了那些反传统的先锋人物所提供给他的乳汁，这使他超越了纯粹形式主义的玩意而获得了虽说是反传统、但却不失某种艺术哲理的美学价值，他以这部作品获得了一九六三年的勒诺多文学奖，一举成名，并非偶然。

这部作品作为一份思想研究的材料与作为一份艺术研究的材料都具有一定的意义，会引起爱好思索与研究的读者的关注，而且，它已成为勒克莱齐奥这位“新寓言”派的主要人物的代表作之一，而“新寓言”派在当代法国文学中的重要地位，现在是愈来愈清楚了。

图书在版编目(CIP)数据

诉讼笔录/(法)勒克莱齐奥著;许钧译.—上海:
上海译文出版社,2010.10(2023.8重印)
ISBN 978-7-5327-5177-8

Ⅰ.诉… Ⅱ.①勒…②许… Ⅲ.小说—法
国—现代 Ⅳ.I565.45

中国版本图书馆CIP数据核字(2010)第145977号

JEAN-MARIE GUSTAVE LE CLÉZIO
Le procès-verbal

本书根据伽里玛出版社1963年法文版译出

图字:09-1998-075(2)号

诉讼笔录 Le procès-verbal	J.M.G. LE CLZÉIO 让-马·居·勒克莱齐奥 著 许钧 译	出版统筹 赵武平 责任编辑 周 冉 装帧设计 陆智昌

上海译文出版社有限公司出版、发行
网址:www.yiwen.com.cn
201101 上海市闵行区号景路159弄B座
上海市崇明县裕安印刷厂印刷

开本890×1240 1/32 印张9.25 插页2 字数139,000
2010年10月第1版 2023年8月第2次印刷

ISBN 978-7-5327-5177-8/I·2950
定价:59.00元